PRIX CLUB DES LECTEURS

Ce livre a été lu en avant-première par des lecteurs et des libraires de la France entière, membres des Clubs des Lecteurs J'ai lu. Chaque mois, ces passionnés se réunissent pour partager leur amour des livres ; chaque année, ils élisent le roman de l'été. Pour en savoir plus sur les modalités du prix, rendez-vous ici : jailu.com.

Librairie Le Pavé dans la Mare à Élancourt (78)
Chantal, Geneviève, Hélène, Jacqueline, Laurence, Marie-Claude, Marie-Espérance, Marie-Thérèse, Maryse, Nadine, Sophie, Stéphanie

Librairie Charlemagne à Hyères (83)
Anne-Marie, Coralie, Élodie, Martine, Sabine, Sabrina, Stéphanie B., Stéphanie P.

Librairie Olbia à Hyères (83)
Anne, Colette, Danielle, Fabienne, Françoise, Jacline, Lucie, Marcello, Maryse, Monique, Odile, Sabrina

Espace Culturel E. Leclerc Porte de Gouesnou à Gouesnou (29)
Annaïg, Audrey, Brigitte, Florence, Gwen, Hélène, Inès, Isabelle, Karine, Marilyn, Marion, Morgan, Nathalie, Nelly

Librairie Un point un trait à Lodève (34)
Anne J., Anne S., Colette, Cynthia, Élisabeth, Hélène, Isabelle M., Isabelle P., Magali, Marie, Marie-José, Michèle, Raoul, Stephan

Librairie Vauban à Maubeuge (59)
Agnès, Anne, Catherine, Édith, Henriette, Isabelle, Ketty, Medina, Nathalie, Sylvia

Librairie Colbert à Mont-Saint-Aignan (76)
Brigitte, Catherine C., Catherine M., Christian
Christine, Jérôme, Monique, Odile, Véro

**Espace Culturel E. Leclerc Pless
au Plessis-Bellevil**
Anthony, Aurélie, Carole, C
Ilona, Lou

Librairie For
Amel, Camille, Catherine, Céc ernando,
Floriane, Isabelle, Raphae ouna

Cultura Venette 0)
Delphine, Gwenaelle, Isabelle elle N., Maryline,
Noémie, Régine, Sylvie, Typhaine

Fille en colère
sur un banc de pierre

DE LA MÊME AUTRICE

ROMANS

Le Sommeil des poissons, Le Seuil, 2000 ; Points, 2013.

Toutes choses scintillant, Éditions de l'Ampoule, 2002 ; J'ai lu, 2005.

Les hommes en général me plaisent beaucoup, Actes Sud, 2003 ; Babel, 2005 ; J'ai lu, 2010.

Déloger l'animal, Actes Sud, 2005 ; Babel, 2007 ; J'ai lu, 2009.

Et mon cœur transparent, Éditions de l'Olivier, 2008 (prix du Livre France Culture-Télérama 2008) ; J'ai lu, 2009.

Ce que je sais de Vera Candida, Éditions de l'Olivier, 2009 (prix Renaudot des lycéens 2009, prix Roman France-Télévisions 2009, Grand Prix des lectrices de *Elle* 2010) ; J'ai lu, 2011

Des vies d'oiseaux, Éditions de l'Olivier, 2011 ; J'ai lu, 2013.

La Grâce des brigands, Éditions de l'Olivier, 2013 ; Points, 2014.

Soyez imprudents les enfants, Flammarion, 2016 ; Points, 2018.

Personne n'a peur des gens qui sourient, Flammarion, 2019 ; J'ai lu, 2020.

ILLUSTRÉS

La Très Petite Zébuline (illustrations de Joëlle Jolivet), Actes Sud Junior, 2006 (bourse Goncourt du livre jeunesse).

(La suite en fin d'ouvrage)

VÉRONIQUE OVALDÉ

Fille en colère sur un banc de pierre

ROMAN

J'AI LU

Préambule

Quand elle voulut passer par la fenêtre, elle entendit la petite l'appeler. Pourtant elle croyait savoir se faire aussi discrète qu'un chat. Elle fut effrayée puis agacée puis (S'il te plaît s'il te plaît s'il te plaît, emmène-moi, chuchota la petite) résignée. Elle posa un doigt autoritaire sur ses lèvres même si ce n'était pas nécessaire. Il ne fallait pas réveiller les autres, la petite le savait aussi bien qu'elle. Les autres ameuteraient les parents. C'étaient de vraies poules caquetantes et froussardes. Et si elle n'emmenait pas la petite, il y avait le risque, qu'elle n'était pas prête à courir, que celle-ci se mît à hurler – ou plus vraisemblablement qu'elle se postât à la fenêtre à l'attendre toute la nuit en chantonnant de plus en plus fort et en finissant par alerter la maisonnée. Merci bien.

Elle aurait pu renoncer. Elle aurait dû renoncer.

Elle se le répéta bien un million de fois toutes les années qui suivirent.

Elle eut d'ailleurs une hésitation, peut-être valait-il mieux rester, se rallonger dans la chambrée, à écouter ses deux autres sœurs qui gesticulaient dans leur sommeil, pétaient et miaulaient sous leurs draps à cause de leurs rêves lascifs tout juste pubères. Peut-être valait-il mieux abdiquer, enrager, et se délecter de sa rage, puisqu'il y a un plaisir dans l'abdication, cela va sans dire, le plaisir tragique de la passivité et du dépit, le plaisir du drapage dans la dignité, on ne nous laisse jamais rien faire, on a juste le droit de se taire, on nous enferme, alors que les autres là-bas au loin s'amusent et se goinfrent, qu'est-ce que j'ai fait dans mes vies antérieures pour mériter ça, oh comme je suis malheureuse.

Peut-être aussi que le jeu n'en valait pas la chandelle. Mais le jeu, n'est-ce pas, en vaut rarement la chandelle. Le jeu n'est désirable que parce qu'il est le jeu.

Alors elle fit un geste à la petite pour lui signifier de la suivre. Le visage de celle-ci s'éclaira. Ses yeux s'agrandirent. Elle n'était plus que gratitude et excitation. C'était assez joli à voir.

Elle l'aida à grimper sur le rebord de la fenêtre en la tirant par ses poignets si fins, elle serra sans doute un peu trop fort pour bien lui faire comprendre qu'elle acceptait de très mauvaise grâce qu'on l'accompagnât et que ce serait elle qui commanderait ce soir, il n'y aurait pas à tortiller. Elle sauta la première dans la cour et se retourna pour accueillir la petite dans ses bras. Celle-ci était perchée sur le rebord et elle portait ses savates à la main. Il n'aurait plus manqué qu'elle se cassât une cheville. Elle fronça les sourcils pour encourager la petite. Qui sauta. Elle la réceptionna. Elle perdit l'équilibre. Mais elle la réceptionna. Sans dommage. Et elles demeurèrent une seconde immobiles, debout, à respirer l'odeur du maquis, des eucalyptus et du romarin de leur mère, l'odeur de la pinède, et plus loin, si c'est possible, portée par le sirocco, celle de la poussière de la route, de la mer et du sable encore humide, celle du carnaval de Vavamostro, du caramel et des churros, du massepain et du chocolat, de la sueur et du gasoil. Elles se regardèrent, elles s'aimaient vraiment très fort, ces deux-là, la grande caressa les cheveux de la petite qui souriait avec ses affreuses dents du bonheur. Ce soir, avoir la petite aux basques c'était pas l'idéal, mais bon. Prête ? demanda la grande. La petite acquiesça. Alors elles se mirent à courir en se tenant par la main.

1

C'est au moment où elle mettait les pâtes dans l'eau que sa logeuse lui a crié depuis le rez-de-chaussée qu'on la demandait au téléphone. On conviendra avec Aïda qu'il n'y a pas pire moment pour être dérangée. Elle a donc consulté le paquet de pâtes et elle a dit tout haut, J'accorde sept minutes à ce coup de fil. Elle a baissé le feu sous la casserole où mijotait la sauce tomate et elle a répondu, J'arrive. Mais il faut croire que sa voix portait mal parce que la logeuse a continué de brailler dans l'escalier.

Cette nuit-là Aïda avait rêvé qu'elle recevait un coup de téléphone et que, lorsqu'elle approchait son oreille du combiné, de la fumée s'en échappait. Elle fait souvent des rêves prémonitoires. Mais l'heure de l'appel ne lui était pas apparue, sinon elle n'aurait pas mis les pâtes dans l'eau.

Il est intéressant de noter qu'Aïda a fait installer il y a quelques années le téléphone chez elle, elle n'a pas de portable, ce n'est pas son genre, mais un téléphone fixe, c'est moins désagréable qu'entendre sa logeuse hurler dans l'escalier et souffler comme un buffle, vu que tout ce tintouin l'épuise et la dérange au milieu d'activités de la plus haute importance. Le fait qu'on l'appelle sur le numéro collectif peut signifier plusieurs choses, je vous laisse y réfléchir, mais ce qui m'étonne ici c'est qu'elle pense à la cuisson possiblement ratée de ses pâtes avant de se demander pourquoi on ne l'appelle pas directement chez elle. Cela nous donne une petite idée des priorités d'Aïda – ou de son fonctionnement cognitif (mais je suis injuste : considérer que ses abus de jeunesse ont assez affecté ses facultés de raisonnement pour qu'elle pense temps de cuisson des pâtes plutôt que, Qui m'appelle sur ce numéro, bordel ? est un peu exagéré).

Elle enfile ses espadrilles et se dirige vers la porte qu'elle a laissée grande ouverte pour créer des courants d'air. Il fait vraiment chaud pour un mois d'avril. Elle ne court pas dans l'escalier. Aïda n'a pas envie de courir. Au besoin elle écourtera le coup de fil. La logeuse l'attend en bas sur le pas de sa porte et lui sourit. C'est un sourire professionnel, Je n'ai pas voulu donner ton numéro, on ne sait jamais. Tu as surtout envie d'écouter la conversation, pense Aïda qui la remercie de sa prévenance. Le téléphone est dans l'entrée de l'immeuble juste à côté de la porte de la logeuse, c'est un appareil à pièces qui, malgré sa vétusté, émet encore une tonalité et peut recevoir des appels. Plus personne ne s'en sert, dit la femme, songeuse. Elle reste là, sur le seuil de chez elle, et s'allume une cigarette. Elle doit peser cent quarante kilos. Et elle a des seins si impressionnants qu'ils pourraient tenir lieu de plateau. On réussirait sans difficulté à y caser une assiette à dessert et une tasse à café – et peut-être un sucrier. Elle doit avoir du mal à passer de face comme de profil dans l'encadrement de sa porte. Il faudra qu'Aïda songe à vérifier. Il lui arrive de s'intéresser aux accommodements des humains avec leur environnement, leur corps ou leurs contemporains.

Aïda prend le combiné de bakélite, se détourne de sa logeuse qui, n'ayant manifestement pas envie d'enfumer son propre appartement, préfère rester adossée au chambranle.

— Allô ? dit-elle.

— Coucou, répond sa sœur.

Et c'est grotesque, ce coucou. On ne dit pas coucou à quelqu'un qu'on n'a pas vu (et pas voulu voir) pendant quinze ans.

2

Au petit matin, juste avant ce coup de fil, on trouve Violetta assise à la table de la cuisine. Elle regarde fixement ses mains qui enserrent un mug Best Mum rapporté de Londres par son mari afin que les enfants le lui offrent. Elle se réchauffe alors qu'il est inutile de se réchauffer. Violetta a froid. Si Leonardo n'était pas dans la pièce, elle fermerait bien la porte-fenêtre. Mais son mari a toujours chaud, surtout le matin. Et il aime écouter les oiseaux. Aujourd'hui Violetta n'entend pas les oiseaux, elle a froid et elle est préoccupée.

— Pepita est revenue, dit son mari.

Il donne des noms aux oiseaux qu'il aime, ceux qu'il estime particulièrement remarquables. Pepita est une tourterelle turque qui arbore deux fins colliers de plumes noires au lieu d'un seul. C'est évidemment la préférée de Leonardo.

— Elle est au pied du mûrier.

Comme Violetta ne répond pas, il se détourne de la fenêtre pour lui jeter un œil. Elle lui sourit. Son sourire est bizarre. Il émane clairement de quelqu'un qui n'écoute pas. Elle pense que Leonardo n'y voit que du feu, il est plus vraisemblable qu'il estime inutile ou fatigant de le relever. Il se remet à contempler le mûrier. Puis il pose sa tasse dans l'évier et dit, Bon il faut que je me sauve.

Violetta se dit qu'il pourrait peut-être un jour aller jusqu'à ranger sa tasse sale dans le lave-vaisselle mais il faut relativiser, raison garder et apprécier chaque petit pas, c'est ça le secret. Son propre père par exemple aurait laissé la tasse sur la table. Et sa femme ne serait pas restée assise pendant qu'il était debout.

Avant de retourner dans la chambre enfiler cravate et veste, Leonardo pose sa main sur l'épaule de Violetta. Elle se méprend sur son geste. Elle pense que c'est un signe de réconfort compte tenu de la situation. Alors elle se dit qu'elle peut parler de ce qui la turlupine et lui confier la conclusion à laquelle elle est parvenue cette nuit :

— Je crois qu'il faut qu'on la prévienne.

Il retire sa main.

Personne n'évoque jamais Aïda dans cette maison. Ce qui, j'y reviendrai, est salutaire pour lui aussi.

— Parles-en à Gilda, dit-il.

Il botte en touche. Il voudrait que les histoires de la famille Salvatore demeurent cantonnées à la Grande Maison et ne viennent pas polluer l'atmosphère de la sienne. Il a déjà assez à faire comme ça. Et puis il ne se sent pas très à l'aise avec tout ce qui a trait à Aïda. Il n'arrive pas à avoir les idées claires. Il craint même que la revoir ne lui procure une émotion qu'il préfère ignorer – mais peut-être est-ce dû à sa fatigue du moment, il mélange tout, ses inquiétudes, son travail, les pressions des Severini sur des affaires de marchés publics, la famille Salvatore, la mort du patriarche, tous ces gens qui comptent sur lui, et puis, cerise confite sur la *cassata*, le retour possible d'Aïda.

— Tu verras peut-être Gilda avant que je puisse lui parler. Tu ne lui dis rien, n'est-ce pas ? insiste Violetta.

C'est une précaution inutile. Leonardo n'a aucune envie de parler à sa belle-sœur de quoi que ce soit en général et de leur farce familiale en particulier. Il se contente chaque jour de la semaine de la saluer en échangeant des considérations météorologiques (C'est moi ou il fait plus chaud qu'hier ?) ou liées à leurs progénitures respectives (Mon Giacomo avait encore de la fièvre hier soir. Là, c'est Gilda qui parle. Gilda est obsédée par la santé de son fils et par tout ce qui concerne ce garçon de onze ans, le fait d'avoir réussi à mettre au monde un mâle étant le plus grand triomphe et la plus grande source d'anxiété de son existence).

Leonardo et Gilda travaillent tous les deux à la mairie de Iazza. Gilda est à l'état civil, Leonardo est responsable du développement immobilier, de l'aménagement du territoire et de la défense du littoral (vous remarquerez à juste titre qu'entremêler ces diverses fonctions est en soi assez contradictoire et dans une certaine mesure impayable : c'est comme vouloir dépolluer les centres-villes avec des trottinettes au lithium).

— Ne t'inquiète pas, répond Leonardo. Je ne dirai rien à Gilda. Je te laisse faire sur ce coup-là.

Il aime bien s'adresser à sa femme comme s'ils formaient une équipe. Il sort de la cuisine et repasse une tête avant de partir de la maison, Tu feras une bise aux filles. Ce sont les vacances de Pâques. Les filles n'ont pas à se lever à l'aube pour aller à l'école. Violetta acquiesce. Elle a fermé la porte-fenêtre. Elle a une éponge à la main. Elle ne paraît pas du tout être à ce qu'elle fait (que fait-elle d'ailleurs ? Il semblerait qu'elle mime une femme au foyer au petit matin). Leonardo se demande encore une fois pourquoi elle s'obstine à porter des robes d'intérieur comme celles que les rombières un peu fofolles portaient en Californie en 1976 (longues, vaporeuses, avec des imprimés plumes de paon explosifs, on se croirait dans un *Columbo*). C'est assez beau mais c'est complètement anachronique. Et de ce fait ça ressemble à un symptôme.

Il ne souhaite pas s'attarder sur la question. Il est préoccupé même s'il n'en montre rien. Il vérifie la boîte aux lettres. Pas de nouvelle lettre des Severini. Elles ne sont jamais signées. Mais il sait qu'elles sont des Severini.

Violetta vient à la porte lui faire un petit signe pendant qu'il monte en voiture et démarre. Il roule dans une vieille Lancia Thema grise – d'avant ce qu'il estime être l'embourgeoisement mortifère de la marque et sa déliquescence.

Ça ne lui semble pas un symptôme. On voit toujours mieux la paille dans l'œil de l'autre, etc. Il allume l'autoradio, c'est Roberto Alagna comme toujours, et Leonardo s'en va vers la mairie en chantant *Caruso* à tue-tête, éloignant du même coup les chipotages des sœurs Salvatore et l'éventuel retour d'Aïda.

3

Gilda se gare à son emplacement derrière la mairie. Pippo, le cantonnier, la regarde faire sa marche arrière. Il est planté sous un citronnier, colosse mélancolique. Il porte comme toujours une cravate et un veston. Elle n'aime pas tellement comment il l'observe. Elle n'a jamais aimé. Elle lui adresse un petit signe de la main. Il ne répond pas. Pippo n'arrive en général ni par la gauche ni par la droite, il est là, tout simplement. Il est immobile, appuyé sur son balai, et il la regarde s'agiter, prendre son sac sur le siège passager, claquer la portière, s'apercevoir qu'elle a oublié son badge dans sa veste de la veille, ouvrir le coffre pour retrouver veste sur plage arrière et badge dans veste. Il reste là à la contempler avec son casque sur les oreilles – nul ne sait s'il écoute de la musique ou si le casque ne sert qu'à le protéger du brouhaha des humains. Son visage est un peu perturbant. Ses yeux sont trop rapprochés, ils le font ressembler à certains poissons qui ont les yeux du même côté. Gilda finit par l'ignorer comme tous les matins où elle le croise. Elle s'est arrogé cette place depuis cinq ans parce qu'elle est à l'ombre des citronniers même en plein midi. Elle a feint de se résigner à choisir une place derrière le bâtiment – ce qui l'oblige à en faire le tour alors que d'autres ont leur emplacement réservé bien en vue devant le parvis (en plein cagnard). Elle a l'impression que Pippo devine tout cela. Pippo, c'est comme les chiens ou les enfants. On est vexés quand ils ne nous aiment pas et comblés quand ils nous font la fête. On a tendance à penser qu'ils en savent long sur les gens. Gilda est du genre à faire la modeste (vous apprendrez à la connaître), du genre à dire qu'elle prendra la part de tarte qui restera quand tout le monde se sera servi parce qu'elle sait pertinemment que personne n'osera prendre la plus grosse et que, dans le plat, il n'y aura plus que celle-ci (surdimensionnée, dégoulinante de sirop et de fruits). Son mari, le père de Giacomo, lui a souvent reproché ce trait de caractère. Il a beaucoup répété, Arrête de faire ta victime. Cela dit, il n'a plus en ce moment l'occasion d'être exaspéré. Il est parti pour le continent il y a quelque temps. C'est temporaire (espère encore Gilda). Elle ne peut rien contre ce vilain penchant à jouer les victimes. C'est plus fort qu'elle. Elle est comme ces gens pingres qui ne se résolvent jamais à mettre un billet dans le pot commun pour le départ d'un collègue même s'ils foutent en l'air leur réputation un peu plus à chaque fois.

D'ailleurs elle est pingre aussi.

Mais elle n'a pas que des défauts, loin s'en faut, et elle a des circonstances atténuantes, j'y reviendrai.

Ce matin d'avril, elle a déposé Giacomo chez la voisine, laquelle s'est proposée de le garder avec son propre fils de neuf ans. Les deux garçons s'entendent bien. Gilda n'est pas convaincue que la fréquentation d'un enfant de deux ans plus jeune que lui soit un stimulant pour Giacomo mais bon, c'est pratique.

Quand elle rentre dans la mairie, il y a déjà la queue aux guichets. Elle agite la main pour saluer tout le monde et referme la porte de son bureau derrière elle, retire ses chaussures, se prépare un café (elle n'utilise pas de cafetière à capsules, elle serait obligée d'en offrir à ses collègues, et sa réserve fondrait comme neige à Palerme), s'assoit en soupirant, allume son ordinateur et lève les yeux au ciel pour un public invisible quand le téléphone se met à sonner.

C'est Violetta, bien entendu, Violetta qui veut savoir ce qu'elles doivent faire maintenant que le Vieux est mort. Elles ne disent jamais papa. Elles disent le Père ou le Vieux, et à leur mère elles disent Ton Mari. Parfois, quand elles sont en verve, elles disent Sa Seigneurie. Depuis vingt ans, elles ne l'ont jamais nommé. Ce fut parfois acrobatique. C'est comme ne pas vouloir choisir entre vouvoiement et tutoiement, et esquiver en permanence.

— On fait comment ? attaque Violetta.

— À quel propos ?

Violetta laisse s'installer un silence. C'est sa façon de conserver son calme.

— Au sujet d'Aïda.

Gilda boit son café filtre en grimaçant. Elles n'ont pas prononcé entre elles le prénom de leur sœur depuis quinze ans. Elles sont décidément douées pour l'esquive, n'est-ce pas ? D'ailleurs je me demande si elles ont pensé à Aïda pendant tout ce temps. Elles ont peut-être réussi à la reléguer dans une malle parfaitement cadenassée au fond du grenier de leur mauvaise conscience.

— On l'appelle pour l'enterrement du Père ? continue Violetta.

Il faut croire que la malle de Violetta est moins bien cadenassée que celle de Gilda.

— Je ne comprends pas ces gens qui vont aux enterrements de ceux qu'ils n'ont pas vus depuis mille ans, dit Gilda pensivement. C'est bizarre, non ?

Elle sent que ce qu'elle vient de prononcer n'est pas d'une folle bonne foi. Elle change son fusil d'épaule.

— Pour maman, ça risque d'être très perturbant, dit-elle.

— Elle est déjà perturbée.

— Justement.

Chacune se met à ruminer, selon des modalités différentes, l'éventualité du retour d'Aïda après quinze ans d'absence. Quinze ans pendant lesquels aucune des deux sœurs restées sur l'île n'a tenté d'entrer en contact avec elle. Ce qui, tout à coup, leur paraît même à elles un peu radical. Il est possible que l'une d'entre elles, ou même les deux, s'étonne de l'apparente facilité avec laquelle elles l'ont écartée.

— Alors tu penses qu'il ne faut pas l'appeler ? reprend Violetta.

— Elle ne s'est pas trop donné la peine de prendre de nos nouvelles pendant quinze ans, non ?

— Gilda !

— Quoi ?

— Vu les circonstances de son départ, ça aurait paru un peu étrange qu'elle nous envoie une petite carte à chacun de nos anniversaires.

— Je n'ai pas dit ça.

— Tu n'as pas dit ça.

— Ce que je veux dire, Violetta.

— Ce que tu veux dire ?

— C'est que tout s'est calmé depuis le temps. Et personne ne parle plus ni d'Aïda ni de Mimi.

Mon Dieu cette conversation est un début d'incendie. Elles n'ont plus évoqué Mimi depuis si longtemps.

— Sauf maman qui, je te le rappelle, aperçoit Mimi à tous les coins de rue, dit Violetta.

— Oui, mais maman croise aussi au marché la Gandolfi qui a clamsé il y a cinq ans.

— C'est vrai.

— Tiens, tu savais qu'Alzheimer touche une personne de plus de soixante-cinq ans sur six à Iazza ?

— Maman n'a pas Alzheimer.

— Non non bien sûr.

— Bon alors on appelle Aïda ou pas ?

— Je n'en vois pas l'intérêt, s'obstine Gilda.

— C'est simplement que lui proposer de venir me semble normal. Ou juste. Ou moins injuste.

— Tu as toujours été comme ça.

— Comment ?

— Je ne sais pas. Trop réglo peut-être.

— Il y a des choses sur lesquelles je ne suis pas du tout réglo, dit Violetta pensivement.

Puis elle sort son imparable argument :

— De toute façon on aura au minimum besoin de sa procuration pour tout le tintouin avec les notaires. Donc elle finira par être au courant de la mort du Vieux.

Gilda va abdiquer mais elle fait une dernière tentative :

— Ça s'appelle ouvrir la boîte de Pandore. D'ailleurs, s'empresse-t-elle d'ajouter, savais-tu que Pandore…

— Stop.

— Quoi ?

— Je m'en fous, Gilda.

— Très bien. Fais comme tu veux, alors.

La conversation roule encore quelques minutes, mais c'est décidé, Violetta appellera Aïda. C'est elle l'aînée. C'est aux aînées que revient ce type d'astreinte. De plus Gilda est au bureau. Elle est débordée, etc. Il y a une forme d'appréhension chez Violetta et de légère excitation chez Gilda. Tout bien pesé, celle-ci apprécie – elle n'est pas à une contradiction près – la menace des règlements de compte et des disputes, elle aime les scènes à forte teneur dramatique, elle ne peut pas s'empêcher de trouver ça distrayant, même si dans les circonstances qui nous occupent le retour d'Aïda pourrait briser un équilibre péniblement acquis.

Violetta précise qu'elle appellera Aïda vers midi. Elle va réfléchir à ce qu'elle lui dira. De toute manière elle ne sait pas si le numéro qu'elle a est toujours le bon. Elle espère secrètement qu'il ne l'est plus.

4

Après le coup de fil de sa sœur, Aïda s'est installée sur la terrasse pour déjeuner. La terrasse est communautaire mais Aïda est la seule à s'en servir le midi en semaine. D'une part elle ne travaille pas pendant la journée, et d'autre part elle aime la chaleur. Les locataires du 22 via Brunaccini se plaignent, eux, de ne pas avoir la clim. Ils se calfeutrent, persiennes fermées, accrochent des serviettes mouillées aux fenêtres, disposent des ventilateurs en des points stratégiques (certains plus astucieux que d'autres posent des bouteilles d'eau congelée devant les ventilos, c'est idéal, l'air qui se dirige vers leur nuque est glacé, c'est l'angine assurée, ou le torticolis, mais qu'importe, tant qu'on a la fraîcheur). Alors qu'Aïda se délecte de la langueur dans laquelle la plonge la chaleur, elle se sent engourdie comme une jambe croisée trop longtemps.

Elle a mis son couvert, versé les pâtes dans un joli plat, et le parmesan dans un bol (ne jamais déposer le sachet directement sur la table, il ne s'agit pas d'un principe, non non non, c'est une *nécessité* pour que la vie ne parte pas à vau-l'eau), elle s'est assise devant son assiette, les pieds sur un tabouret. La vue qui s'offre à elle est un horizon-amoncellement de toits-terrasses bric et broc, d'aménagements dépenaillés, chaises en plastique, bâches délavées, parasols publicitaires, plantes en pot, vélos, paraboles, jouets, linge à sécher raide à cause de la poussière et de la pollution, canisses et chats errants. Elle mange lentement. Parce qu'elle apprécie ce moment et parce que cela fait longtemps qu'elle a cessé de dévorer sa nourriture comme si on allait la lui voler ou qu'elle avait des choses urgentes sur le feu. Afin d'obtenir cette paix, le cheminement fut long et laborieux. Elle n'est pas sûre de vouloir tout faire voler en éclats en retournant à Iazza. À moins que. À moins qu'elle ne puisse enfin comprendre ce qui s'est passé il y a plus de vingt ans, maintenant qu'elle a l'esprit clair et que la présence accusatrice du Père ne pèsera plus sur toute chose. C'est tentant. Mais c'est fort incertain. Mais c'est tentant. Et puis ça s'appelle ouvrir la boîte de Pandore, non ? (Revoilà Pandore qui sort de sa boîte comme un diablotin grimaçant. C'est l'image qui lui vient en tête. C'est parce qu'elle ne sait plus bien qui est Pandore.) La possibilité d'une résolution commence à tournicoter dans ses méninges. Elle sait que ce n'est pas une pensée adéquate. Parfois on ne peut rien faire contre les pensées inadéquates. Elles s'infiltrent et s'implantent. On vous dit, Ne pense pas à un bison rouge, et vous visualisez tout de suite un bison rouge. Les pensées inadéquates sont comme le bison rouge. Quand elles sont là on ne peut plus les déloger. Chaque tentative raffermit leur ancrage.

Aïda cogite.

Pourquoi ne pas remettre les pieds à Iazza ?

Il n'y a pas de raison, grands dieux non, qu'elle s'oblige à rester à distance. Rien de ce qui est arrivé ne lui est (exclusivement) imputable.

Elle sait que la vie qu'elle mène pourrait paraître misérable à beaucoup, elle est gardienne de nuit dans un hôtel de la via Mariano Stabile, ce qui lui assure une relative tranquillité et lui permet de consacrer une grande partie de son temps à lire des ouvrages de vulgarisation scientifique (en ce moment elle lit *Trous noirs et distorsions du temps* de Kip S. Thorne), manie qui au début l'a fait passer pour une fille qui pète plus haut que son cul, mais comme elle n'impose jamais de leçon à personne, on a fini par hausser les épaules, on a accepté que ce soit sa marotte, comme quelqu'un qui compulserait des manuels de stratégie pour gagner au poker à tous les coups sans pour autant y jouer. Son responsable, Gino, l'accueille régulièrement le soir en lui demandant comment se porte l'Univers, ou si l'apocalypse est bien pour après-demain. Elle avait aussi travaillé quelques années dans une boutique de maisons de poupée. Elle trouvait merveilleux de vendre de toutes petites casseroles et de minuscules chaises à bascule à de vieilles dames courbées. Mais les vieilles dames finissent par mourir et personne ne semblait plus s'intéresser à ce monde parfait miniature. La propriétaire avait pris sa retraite et voulu lui laisser la boutique. Ça n'avait pas paru une très bonne idée à Aïda. Elle se voyait devenir elle aussi une vieille dame qui n'arriverait plus à s'adapter à un monde de taille normale – et qui ne le souhaiterait pas. Après cela elle était devenue gardienne à la déchetterie de Capodicasa. Elle s'étonnait toujours de ce que les gens jetaient. C'était assez récréatif. Et très calme. Mais un jour les carabiniers avaient retrouvé les corps de deux bébés dans un congélateur. Aïda avait démissionné immédiatement.

Elle vit dans une pension du quartier de Vucciria, il y a des ordures partout dans la ruelle en bas de chez elle, et des règlements de compte en veux-tu en voilà, l'électricité est capricieuse et l'eau courante n'en parlons pas, c'est bruyant et parfois fort malodorant. Aïda est régulièrement mélancolique mais elle sait comment se sortir de ce genre d'état, elle est organisée et méthodique, elle n'a pas d'amoureux, elle en a eu beaucoup, elle n'en veut plus, ça la reprendra, mais pour le moment, elle n'en ressent pas la nécessité, il y a peu de femmes comme elle dans son entourage, des femmes dont la principale préoccupation ne serait pas les hommes. Pour sa part, Aïda finit toujours par dire aux hommes, Tu n'es pas obligé de rentrer chez toi mais tu ne peux pas rester ici. C'est la formule que les barmans sortaient aux derniers clients à l'heure de la fermeture quand elle était jeune. (Elle pense souvent « quand j'étais jeune », or elle n'est pas bien vieille, elle a un peu plus de trente ans (c'est toujours un peu étrange les gens qui disent « quand j'étais jeune » alors que manifestement ils le sont toujours – étrange et assez agaçant, je suis bien d'accord).)

Ce que sa mère lui dirait c'est « tu n'as personne », et sa mère lui conseillerait de se faire des mèches, de cesser de porter des sandales éculées, de se raser sous les bras, d'échanger ses débardeurs grisouilles contre des chemisiers à fleurs, et d'être enfin, POUR UNE FOIS DANS SA VIE, accueillante.

Pour ce que ça a servi à sa mère d'être accueillante.

Bon.

C'était couru d'avance. Entendre la voix de sa sœur allait faire revenir en force les souvenirs. Et elle allait se mettre à ruminer. Et ruminer c'est laid. Elle avait pourtant construit des digues solides. Pas pour oublier. On n'oublie jamais tout à fait, n'est-ce pas, tout le monde vous le répète à l'envi. Il s'était toujours agi d'empêcher la submersion. Son équilibre tient à l'entretien de ces digues – sa petite tête, c'est un peu la Hollande qui tente d'empêcher les eaux de la mer du Nord de l'inonder.

Il faut savoir que sa mère lui écrit une carte par an, se débrouillant sans doute pour que personne, ni le Vieux, ni les sœurs, ni quiconque à Iazza, à part le postier sans doute, ne le sache, une carte qui donne quelques nouvelles – bilan météo, ulcères, point nécrologie rapide –, une carte pourvue d'un joli timbre choisi avec soin, représentant en général un animal sous-marin, un lamantin ou une baleine à bosse, une carte n'appelant aucune réponse. Ce qu'Aïda s'abstiendrait de toute façon d'envoyer. Il faut croire qu'elle est encore en colère. Elle attendait peut-être simplement que sur l'une des cartes sa mère écrive « Reviens donc, ma toute petite chérie », alors qu'en lieu et place de cet appel il n'y a à la fin de chaque carte qu'un « Et ramène-la-nous », comme si pareille chose était possible, comme si pareille chose était en son pouvoir, et ce « Ramène-la-nous » ne manque pas de la faire replonger à chaque fois quelques minutes (avant réédification en quatrième vitesse des digues susmentionnées) dans la cinglerie de cette île, une cinglerie mâtinée du déni primitif de sa mère, un déni endurant, fascinant. Coriace.

Aïda débarrasse son couvert. Elle entend les jumeaux de la voisine qui braillent. Elle est pieds nus. Le sol en béton de la terrasse est rugueux et brûlant. Elle sent la sueur créer un sillage de ses cheveux à son dos. Elle les porte entortillés en chignon. La chevelure d'Aïda est si longue, noire, épaisse et mouvante qu'on croirait une lourde créature attachée à son crâne. À rebours de cette opulence, elle est petite et sèche, tout en pointes et en angles. Ses sourcils – on pourrait presque dire son sourcil – sont épais, au-dessus d'une paire d'yeux sombres qui, disait sa mère, lui « bouffent le visage ». L'un de ses anciens amants, un poète polytoxicomane, répétait que ses sourcils avaient l'air d'être brodés sur son visage. Elle a le nez court et les dents mal plantées. Adolescente elle en était complexée. Elle a gardé l'habitude de sourire bouche fermée, ce qui donne toujours un je ne sais quoi d'inquiétant ou d'hypocrite. Mieux vaut dans ce cas sourire peu. Les gens qu'elle croise s'accordent à dire, après réflexion, qu'elle est belle. Je ne sais pas ce que signifie un tel consensus quand il concerne quelqu'un au physique aussi particulier. Ces histoires de beauté sont injustes et mystérieuses.

Elle va se préparer un café. Le contraste avec la lumière du dehors est si fort qu'Aïda est aveuglée quelques secondes. Rentrer dans l'ombre de la cuisine est un soulagement. C'est comme cicatriser. Vous voudriez toujours rester dans cette cuisine de pierre. Elle passe ses avant-bras sous l'eau du robinet en attendant que le café soit prêt. Puis elle ressort, elle s'assoit sur un petit tabouret en plastique à l'ombre de l'auvent près des cactus. Elle regarde son horizon, concentrée. Que les digues tiennent est une affaire de concentration.

Elle se souvient brutalement d'une de ses peurs d'enfant. Une jolie peur. Presque une intuition. Ou un avertissement. Elle craignait toujours, quand elle se baignait dans la crique de Cala Andrea, que sa mère et les autres mères ne soient plus sur la plage quand elle sortirait de l'eau. Que ce soit d'autres femmes à leur place. Qu'il n'y ait plus personne de connu. Elle aurait quitté un rivage pour aller barboter là où elle n'avait pas pied et elle serait revenue sur un autre rivage. Ou plutôt sur le même rivage mais dans un autre temps, avec d'autres gens. Elle retournait sur la plage avec toute la vitesse que lui permettaient ses mini-bras et ses mini-jambes, nage du petit chien et affolement. Elle s'échouait avec une dernière vague, levait le nez, et sa mère était bien assise sur les rochers avec les autres mères, les petits piaillaient, les grands se bagarraient avec des bâtons en tentant de se crever les yeux et de se rompre le cou, tout était normal.

Aïda s'est dit longtemps que c'était peut-être ce qui était arrivé à sa petite sœur Mimi quand elle avait disparu. Mimi était bien revenue là où elles étaient convenues de se retrouver mais entretemps le monde avait totalement changé. Il y avait eu un glissement et Mimi était depuis lors coincée dans un lieu qui n'avait plus la même perspective ni les mêmes coordonnées que le monde connu.

De toute façon, puisqu'on n'avait jamais retrouvé Mimi, il n'y avait pas d'autre explication. Il n'y en avait jamais eu.

5

Je pourrais écrire quelque chose comme : elles étaient quatre sœurs inséparables promises à la plus belle des vies. Il y avait Violetta la reine, Gilda la pragmatique, Aïda la préférée et Mimi le colibri.

Avant tout, il faut préciser que leur père était un passionné d'opéra. Et son épouse, pour lui être agréable (cette déplorable tendance foncièrement inutile), avait proposé de donner à chacune de leurs filles un prénom en rapport avec sa marotte. Il aurait préféré un Rodolfo ou un Alfredo ou même à la rigueur un Giovanni, mais ils n'avaient eu que des filles. Concernant Mimi, la quatrième, puisque c'était encore et définitivement une fille, il avait décrété qu'elle se prénommerait Cio-Cio-San – le vrai nom de Madame Butterfly. Mais sa femme, une fois n'est pas coutume, s'y était opposée. On s'était mis d'accord sur Mimi. Ça ressemblait plutôt à un surnom. Mais au moins c'était prononçable. Il eut donc trois héroïnes de Verdi et une de Puccini. Cela posé, n'avoir que des filles, c'est ne pas avoir d'enfants. C'était ce qu'il répétait, mi-figue mi-raisin.

Pour le moment, figurez-vous ces quatre petites filles sur une île baignée de soleil. Elles ont chacune deux ans d'écart avec la précédente. Un rythme parfait, répétait leur mère. Un bébé tous les deux ans. L'une commence à babiller quand la suivante arrive. Il fallait bien que quelque chose soit parfait dans cette progéniture exclusivement féminine.

Elles eurent toutes six ans un jour ou l'autre sur cette île. Ce fut le meilleur moment de leur vie – sans doute parce qu'à six ans elles étaient trop égoïstes et comblées pour percevoir les ténèbres. Souvenez-vous de cet âge où la vue d'un lit vous donnait envie de faire du trampoline et pas du tout de vous y assoupir. Souvenez-vous de cet âge où vous faisiez huit fois le chemin qui menait à la plage parce que vous couriez devant les adultes et que vous reveniez sur vos pas pour aller les chercher comme un chiot impatient, et puis vous repartiez en sens inverse, et ils étaient si lents, si lourds et si bavards. Souvenez-vous de cet âge où jamais vous ne marchiez mais toujours sautilliez. Souvenez-vous de cet âge où construire un château de sable vous demandait un tel degré d'implication que vous étiez quasiment désespérée à l'idée de sa nature éphémère. Souvenez-vous de cet âge où vous aviez toujours raison même si vous étiez aussi peu expérimentée qu'un beignet, souvenez-vous, les adultes étaient incessamment tiraillés, quand ils vous parlaient ou vous regardaient, entre l'agacement et l'attraction (ne suis-je pas irrésistible, ne suis-je pas étonnante, ne te surprends-je pas à chaque instant, n'es-tu pas joyeux de me voir bouger et vivre et courir et m'agiter et lancer de petits bouts de phrases drôles et sans consistance ?). Vous ignoriez que les mammifères sont programmés pour aimer leur progéniture et tout ce qui ressemble de près ou de loin à une progéniture de mammifère, ne les voyiez-vous pas s'extasier devant des chatons ou des bébés phoques, cela ne vous alertait pas, vous continuiez de sauter sur les lits et de danser en ayant l'impression d'être une ballerine, la grâce incarnée, la beauté absolue, et personne ne vous détrompait. Souvenez-vous de cet âge où vous aimiez tant que l'on vous chatouille, et vous riiez. De ce rire particulier, hoquetant, idéal, éphémère, un rire de plaisir pur, un modèle de rire, un rire qui disait, Je n'en ai pas assez, je n'en aurai jamais assez, je veux que ça continue toujours. L'impossibilité de revenir à cet âge. L'impossibilité paralysante de revenir à cet âge. Et vous deviniez déjà que plus on vieillit plus on se fossilise, plus on s'immobilise, plus on devient une excroissance osseuse qui a du mal à bouger, plus on devient une arthrose, ou un genou sans cartilage, et moins on aime sauter sur les lits et se faire chatouiller en hoquetant. Vous le deviniez mais ça ne vous arriverait jamais. Vous étiez quelqu'un de spécial, sans doute immortel, c'était impossible autrement. Vous regardiez les adultes avec un peu de pitié. Ils étaient si vieux et leurs corps étaient si poilus, si peu disciplinés, le vôtre était une flèche, quelque chose qui traversait l'espace avec agilité, avec une forme de ferveur, quelque chose de lisse, de soyeux, d'odorant (mais une odeur de sous-bois ou de rose qui se fane, une odeur humide, viscérale, pas une odeur rance et aigre comme celle des adultes), vous étiez parfaite, les adultes vous le disaient, les adultes aiment tellement les enfants, ils aiment les toucher, les embrasser, ou du moins les femmes, vous l'aviez remarqué, les hommes aiment leurs propres enfants (peu souvent à parts égales, vous l'aviez remarqué aussi) mais rarement ceux des autres, ce n'était pas un problème, vous pensiez que vous resteriez toujours ainsi, vous le saviez, vous étiez si mignonne, tout le monde le disait.

Et même si votre père était l'un de ces hommes maussades et colériques qui ne retrouvent un semblant d'enthousiasme qu'en écoutant Verdi, même si votre mère faisait toujours tout pour le garder dans de bonnes dispositions, quitte à surjouer l'exemplaire petite femme d'intérieur, même si la façon dont il lui parlait laissait entrevoir qu'il la respectait beaucoup moins qu'il n'aimait certaines de ses filles, vous vous sentiez encore à peu près protégée du monde, vous aviez l'impression que votre famille était encore en harmonie, et de toute façon, ces gens chez qui vous viviez, vos parents, n'auraient pu être différents de ce qu'ils étaient, vous étiez tombée chez eux, c'était comme ça, c'était une donnée objective. Et puis vous aviez six ans. Et à six ans on passe de l'inquiétude à la joie à la bouderie à l'exaltation en une fraction de seconde. Vous étiez une petite chose en glaise malléable et aux possibles infinis. D'ailleurs plus tard vous seriez tout à la fois danseuse, gonfleuse de ballons, magicienne, cosmonaute, agente secrète et écrivainte.

Les quatre filles de Salvatore Salvatore eurent donc à tour de rôle six ans à Iazza. C'est après que Mimi, le petit colibri, eut six ans que l'univers décida brusquement de ne plus tourner en exclusivité autour du bien-être de la famille Salvatore.

À ce moment-là, Violetta se fit condescendante, Gilda devint chameau, Aïda perdit son statut privilégié et il n'y eut plus de colibri.

6

Comment s'habille-t-on pour retourner sur l'île qu'on a quittée quinze ans auparavant, qu'emporte-t-on, est-on sûre de reconnaître ses sœurs, sa mère, les paysages ? Les côtes de l'île ont peut-être été bétonnées et sont dorénavant envahies par les touristes une partie du temps. Peut-être n'y a-t-il plus de vignes, les terrains agricoles ont peut-être tous été remplacés par des armadas de bungalows. Quel virage a pris Iazza, ce caillou que rien ne pouvait consoler ? A-t-il résisté à l'air du temps ? Est-il devenu une destination chic ? Ou bien populaire ? Aïda se dit que, selon le virage amorcé, la physionomie de l'île sera considérablement différente. Et qu'au fond elle s'en fout. Sinon elle se serait renseignée depuis longtemps. Elle veut juste régler deux trois choses là-bas et hop elle retournera à sa vie délicieusement monotone et calme au milieu du tumulte de la ville.

La mort du Vieux n'est pas une surprise. Elle a vu le cadavre de son père en rêve quelques nuits plus tôt. Il était d'une maigreur d'anachorète, allongé dans un cercueil. Sa peau était jaune, ses paupières closes immenses et bleutées au milieu de son visage, sa moustache, ses sourcils et ses cheveux étaient gris, presque blancs, tandis que, la dernière fois qu'elle l'avait vu, sa chevelure était encore noire et abondante. Le cercueil était exposé dans la vitrine d'une échoppe dans une ruelle (l'une de ces ruelles qui quadrillent le quartier de ses songes, toujours le même quartier, toujours les mêmes ruelles, un endroit qu'elle ne connaît pas, qui n'appartient qu'à ses nuits, qui lui indique sans doute possible qu'elle est en train de rêver). Elle passait plusieurs jours de suite devant l'échoppe (dans le temps élastique des rêves) et le cercueil était toujours ouvert avec son père engoncé dans son blouson bleu bien fermé jusqu'au cou, ses mains croisées sur l'estomac, ligotées par un chapelet, alors qu'il n'avait toujours eu que mépris pour les culs-bénits. Elle s'indignait auprès du boutiquier. Elle demandait à ce qu'on l'enterre. Elle ne voulait pas assister à la putréfaction de son père. Le type haussait les épaules, il buvait de la vodka à son comptoir et elle avait terriblement envie de boire de la vodka bon marché elle aussi, de retrouver son goût de plastique et de désinfectant. Et sa brûlure.

Elle fait régulièrement, comme je le disais plus haut, des rêves prémonitoires mais elle ne s'en vante ni ne s'en étonne. Ce serait idiot : les rêves prémonitoires existent bel et bien et finissent simplement par coïncider avec l'un des univers possibles.

Elle a demandé à sa sœur de quoi le Vieux était mort. Son pacemaker a déraillé, a répondu Violetta. Ça arrive de plus en plus souvent sur l'île, a-t-elle précisé. D'une part, Aïda ignorait que son père portait un pacemaker (où aurait-il pu se le faire implanter si ce n'est à Palerme, sur « le continent », comme on dit là-bas), et d'autre part, elle ignorait ce qu'induisait la précision de sa sœur sur les loupés, inhérents à Iazza, des petites machines cardiaques. Elle n'a pas poursuivi car elle a senti la science insulaire du complot lui effleurer les cheveux comme un vent froid. Sa sœur l'appelait pour l'enterrement du Vieux. Pour une surprise c'était une surprise.

Le Vieux est mort. Il avait dû s'en croire dispensé. Mais en fait non.

Aïda s'affaire. Elle appelle l'hôtel où elle travaille, dit qu'elle va s'absenter quelques jours parce que son père est mort, son chef Gino lui indique qu'il lui faudra un certificat de décès, elle dit, Tu rigoles ? ils se connaissent depuis longtemps, il sait qu'il peut lui faire confiance en toute chose, contrairement aux autres employés de l'hôtel qui fument de l'herbe dans la cour de derrière et siphonnent les mignonnettes des minibars en surfacturant les clients. Au moins Aïda est fiable, que ce soit pour les horaires, les contrôles ou les livraisons (Gino se fait livrer des trucs la nuit à l'hôtel, Aïda les réceptionne et ne pose jamais de questions). Il répond que c'est pour la comptable. Elle prononce doucement, Va te faire foutre, Gino. Et elle raccroche. Si elle était sa propre mère elle dirait tout haut, Non mais, en mettant les poings sur les hanches.

Elle sent qu'elle est un peu réticente au moment où elle fourre quelques vêtements – et un ou deux livres sur les ondes gravitationnelles et les trous noirs – dans un grand sac en skaï que lui a prêté sa voisine de palier. Il semble qu'elle hésite à pulvériser sa tranquillité et son ennui. Elle ne se plaint pas que sa vie soit ennuyeuse puisque c'est elle qui veut qu'elle le soit. Roberto son dernier amant le lui répétait quasiment en autant de mots. Il s'intéressait à Aïda comme il aurait pu s'intéresser à une bestiole d'un nouveau genre. Roberto était marié, il possédait deux boutiques de vêtements dans le centre. Il était plutôt malheureux, couchait avec ses vendeuses, s'inventait des maladies fatales et admirait la manière dont Aïda avait aménagé plutôt que subi le caractère immuable de sa routine.

— Je refuse de tourner mal, lui avait expliqué Aïda alors qu'ils fumaient au lit un après-midi après avoir fait l'amour, c'est arrivé à tellement de gens autour de moi.

Ce n'était pas tout à fait vrai. Mais cela résonnait comme il faut.

Roberto trouvait apaisants leurs échanges (de fluides et de paroles). Aïda l'aimait bien. Et puis il avait fini par se reconcentrer sur sa vie de famille – sa femme avait développé un cancer du poumon sans avoir fumé une seule fois dans sa vie. Il n'avait pas dit à Aïda qu'il rompait. Il n'avait plus appelé. Parfois les choses se délitent d'elles-mêmes. Ou disparaissent. Aïda n'avait de toute façon pas besoin de ce type de mise au point. Si Roberto avait daigné l'informer de leur rupture, elle aurait haussé les épaules. Gentiment, sans aucune animosité. Elle aurait souri et serait retournée à sa routine sans Roberto, léger accident climatique dans son ciel de traîne.

J'aimerais ajouter que, compte tenu des conditions dans lesquelles elle a été élevée, Aïda est la meilleure version possible d'elle-même.

Elle pense un instant à ce que ses sœurs doivent se dire à l'idée de la revoir. Elle se demande si elles s'étaient préparées à la chose. Normalement oui. Le Vieux était, comme il se doit, censé casser sa pipe un de ces quatre. Et il faudrait bien s'occuper de la succession. Mais parfois, les gens sont étonnants. Ils cantonnent dans un espace fort reculé de leur crâne les cogitations déplaisantes. Les projections accablantes. Les fantômes de petite fille.

Décidément on est doué chez les Salvatore pour la jolie danse de l'esquive et du déni. Aïda autant que les autres, avec son incapacité de penser la disparition de Mimi en d'autres termes que « coincée quelque part ». Les mots « enlevée » ou « morte » sont des mots résolument impossibles.

Aïda Salvatore, cesse donc, se sermonne-t-elle. Cela fait longtemps qu'elle a arrêté de penser à la place des autres. C'est une question d'harmonie. Imaginer ce que pensent les autres est le moyen le plus efficace de se faire des nœuds dans la tête. Mais là, dans la situation présente, cette mauvaise tendance pourrait l'aider à courir entre les gouttes d'acide qui vont lui tomber dessus dès qu'elle aura mis un pied à Iazza. Il n'y a qu'à se souvenir de la façon dont ses sœurs l'ont traitée avant son départ de l'île. Aïda essaie de comprendre pourquoi Violetta l'a appelée pour l'avertir de la mort du Vieux et l'inviter aux obsèques.

Ce qui complique en effet la donne c'est que dans un endroit comme Iazza il aurait été aisé de faire disparaître Aïda des registres de l'état civil. Et, magie, personne n'aurait eu à la prévenir de quoi que ce soit. On aurait pu la laisser dans l'oubli. Définitivement. On aurait pu l'abolir. Et la progéniture de Salvatore Salvatore se serait limitée à ses deux grandes filles. Alors quoi ? Scrupules ? Remords ? Sensiblerie ? Sursaut d'honnêteté ?

Mais d'ailleurs, pourquoi donc, sommes-nous en droit de demander, Aïda décide-t-elle de retourner là-bas puisque apparemment Iazza n'est pas exempte de chagrins endémiques ? Parce qu'il y a peut-être un peu d'argent à la clé, se justifie-t-elle. Elle n'est pas quelqu'un de vénal mais, tout de même, il faut penser temps qui passe, matelas à rembourrer, dégradation inéluctable, corruption des tissus et des organes, et changement de local. Elle aimerait bien avoir un endroit à elle, petit, tranquille, parce qu'elle sait, tout le monde sait ici, ce n'est pas un scoop, que les habitants du 22 via Brunaccini vont être expropriés et que le bâtiment sera rasé, on en parle depuis longtemps mais là ça y est, les engins de démolition sont presque dans la cour, ça fait quinze ans qu'elle habite là, et elle sait, tout le monde sait ici, que ces immeubles presque insalubres sont dans le collimateur de la mairie qui veut dorénavant et urgemment construire à leur place des logements classe moyenne, air conditionné, colonnes corinthiennes et façade en trompe-l'œil. Rénover le centre-ville. Redonner pompe et dignité à ces quartiers historiques. Alors elle va devoir déplacer son désir d'immuabilité du 22 via Brunaccini quelques pâtés de maisons plus loin. Pour ce faire, il lui faudra un peu d'argent. Et de l'argent il doit y en avoir à Iazza. Il y a au moins la maison-du-bas (même si elle n'est pas folichonne) et les terrains du bord de mer. C'est bien joli de partir en se drapant dans sa dignité mais ça fait souvent de vous un va-nu-pieds. Un va-nu-pieds qui ne s'est pas renié certes, mais en retournant à Iazza, en participant à la gentille mascarade de la succession, elle ne fera que prendre une toute petite part de ce qui lui a été si brutalement retiré, et elle repartira en ville se choisir et aménager un appartement dont on ne pourra pas la déloger.

Vu d'ici ça a l'air d'un projet plutôt sensé, non ?

7

Depuis quinze ans Aïda s'en tient aux faits. Les faits, en soi, sont sûrs et objectifs. La moralité des faits est une construction. Leur interprétation est un calcul. Leur interprétation est politique. La posture d'Aïda est relativement confortable si l'on ne souhaite pas une vie sociale très active. En tout cas c'est la manière la plus élégante, la moins indigne, qu'elle a trouvée pour passer son petit moment sur Terre. Au fond elle ressemble à un âne philosophe.

Contes et légendes de la famille Salvatore (1)

Salvatore Salvatore, le père des filles, dit plus communément le Vieux et plus clandestinement Sa Seigneurie, était arrivé à Iazza un 2 mai. Il avait vingt et un ans. Il venait de Centuripe, un village sur les flancs de l'Etna où sa propre mère avait travaillé dans les plantations d'amandiers. Ses père, oncles et grands-pères avaient, toute leur courte vie, trimé dans les mines de soufre, bonnet en laine sur le chef et bottes en caoutchouc aux pieds, porteurs de paniers à balancier. Ils s'étaient dirigés chaque jour vers le cratère et son lac turquoise. Le lac était percé çà et là de paresseuses bulles d'acide chlorhydrique. Les oiseaux tombaient raides morts en plein vol à cause de ses vapeurs vénéneuses. Les hommes de Centuripe appliquaient sur leur nez et leur bouche un foulard (technique follement efficace contre les gaz toxiques, je ne vous fais pas un dessin) et remontaient cinquante kilos de soufre plusieurs fois par jour, devenant peu à peu, semaine après semaine, mois après mois, plus chétifs et plus bossus. Ils mouraient si jeunes que c'en était presque risible de comparer leur durée de vie à celle des chiens du village.

Ce fut le fils Saviano qui, enrôlé en 1943 dans l'aviation, découvrit en survolant l'Etna à bord d'un Savoia-Marchetti SM79 un matin de mars que Centuripe vu du ciel ressemblait à un géant abattu, bras et jambes écartés. Quelle splendeur. Et quel privilège d'être le seul habitant de Centuripe à avoir été témoin de cette merveille. Le fils Saviano, revenu de la guerre délesté d'une jambe, n'eut de cesse de claudiquer tout son reste de vie à travers le village pour raconter la grandiose apparition. Précipitez-vous sur vos appareils idoines, ils vous permettront de vérifier ce que j'allègue ici et ce que le pauvre fils Saviano trompetait à toute heure.

La mère de Salvatore Salvatore était une femme qui ne s'en laissait pas conter. Après la mort de son époux, elle avait tenté de mobiliser les mineurs de Centuripe pour qu'ils défendent leur avenir, et si ce n'était le leur, déjà pas mal écorné, alors celui de leurs enfants. Elle avait eu la chance pour sa part de n'en avoir qu'un – on sait qu'une progéniture trop abondante handicape les femmes. Son mari était mort intoxiqué avant d'avoir pu lui faire de plus nombreux enfants et elle était déterminée à porter le deuil de son époux jusqu'à la fin de ses jours sur cette Terre si peu accueillante. Ce qui l'autorisait non seulement à s'adonner à la récolte des amandes, mais aussi à l'édification des mineurs et enfin à l'éducation de son fils.

Si vous aviez interrogé Salvatore sur sa mère, il vous aurait parlé de son abnégation, de son intelligence et de son intransigeance, il aurait même précisé qu'elle faisait divinement la cuisine, alors qu'on mangeait peu et rarement plus d'une fois par jour chez la veuve Salvatore, le fleuron de sa gastronomie étant le bouillon de poulet avec les pattes qui surnagent, gélatineuses et couleur cadavre-de-noyé, rien de bien engageant. Salvatore aurait bien entendu ajouté que sa mère était magnifique et qu'elle avait les cheveux longs jusqu'aux chevilles (des cheveux tellement noirs qu'ils en étaient bleus). C'est un trait caractéristique des fils, ils se souviennent de leur mère beaucoup plus catégoriquement belle qu'elle ne le fut.

Quoi qu'il en soit, elle était déterminée. Elle bataillait avec le maire afin qu'il prît fait et cause pour ses concitoyens au lieu de les laisser crever dans l'indifférence – et pour le plus grand bien – de la compagnie des mines. Elle n'aimait pas le curé mais finit par s'en faire un allié. Elle disait que sa moelle était moins pourrie que celle du maire. Il lui parla de sacrifice un peu à la va comme j'te pousse. Elle recourut alors à une grève de la faim, la fit sans discrétion, alitée dans la salle communale (la salle paroissiale lui semblait mieux convenir à son martyre mais le curé avait fait la grimace) à côté des mineurs qui, le dimanche matin, jouaient au rami pendant que leurs femmes se rendaient à l'église. Elle était là, mater dolorosa, maigre à faire peur, avec son Salvatore à son chevet qui lui humectait les lèvres tandis que les hommes du village marmonnaient, d'abord affligés, puis admiratifs au bout du huitième jour. Ce furent finalement eux qui allèrent déloger le maire. Et intronisèrent l'un des leurs à sa place. On appela cet épisode « la très petite révolution de Centuripe ».

De son côté Salvatore était un garçon sauvage. Il était « gaulé comme un sprat en couche », disaient les (rares) vieux assis sur le muret de pierre à l'ombre de l'église. Et vu que ces gens-là n'avaient que leur corps et leur vitalité comme capital – capital précaire sous ces latitudes – et qu'ils s'évaluaient tous à cette aune, l'aspect de Salvatore ne leur disait rien qui vaille. Ce fut ainsi jusqu'à ses quinze ans, moment où sa morphologie se développa selon un rythme dissonant. Il gagna en pieds, en mains, en épaules et en nez avant que le reste de son corps ne se déploie. Il devint un petit jeune homme irascible et solide, qui se muscla en boxant tous les détracteurs de sa mère. Et surtout il devint pathologiquement méfiant. Il préféra toujours la compagnie des bêtes à celle de ses camarades (ce qui perdura toute sa vie, j'en veux pour preuve sa passion télévisuelle adulte pour les documentaires animaliers et son dégoût pour les émissions décadentes de la RAI avec vedettes, hystérie et bons sentiments). Son appétence pour l'opéra s'inscrivait sans doute dans cette ligne, ce fut une manière de ne pas faire comme les autres gamins de sa génération. Il écoutait à la radio les programmes de musique classique, et sa mère s'enorgueillissait d'avoir un fils à l'oreille aussi fine. Il aurait pu rester à Centuripe, il était d'une sédentarité de caillou, n'eût été l'insistance de sa divine mère à lui faire quitter le village. Elle lui enjoignit toute son enfance de partir pour parcourir le vaste monde.

Mais quand il se décida enfin à prendre ses cliques et ses claques, il amorça son tour du globe par une halte à Iazza et n'en redécolla plus, sédimenté.

Il avait débarqué un 2 mai, disais-je. Il avait lu dans le *Quotidiano de Sicilia,* qui arrivait sporadiquement à Centuripe, qu'on cherchait à Iazza un jardinier ayant des notions d'apiculture. Il n'avait aucune compétence en jardinage, ne savait foutre pas où se situait Iazza, ni ce qu'était l'apiculture, mais il s'était dit, Ça ou autre chose… L'annonce indiquait de contacter la comtesse di Gandolfi au domaine des Sycomores. Il avait appelé depuis la mairie de Centuripe – appareil en libre service dans le hall, socialisme et grands espoirs. Le mot « sycomores » associé à « domaine » et à « comtesse » lui plaisait. Il imagina un palais. Il mentit sur ses qualifications mais il savait être persuasif, il avait été à bonne école. On lui dit de se présenter. Après plusieurs jours de voyage, il débarqua un jeudi par le bateau de midi. Ce que personne ne fait à partir d'avril sans y être contraint, eu égard à la chaleur cauchemardesque, amplifiée par l'infernal sirocco, et à l'humeur souvent badine du capitaine et de son second qui aimaient asticoter les quelques rares bizuts. Il vomit tout le long de la traversée, ce qui explique peut-être, mais c'est aller vite en besogne, sa réticence à repartir. Salvatore était un gars du centre, des montagnes et des terres volcaniques, ce n'était point du tout un gars du littoral. Il n'avait jamais vu la mer avant d'y dégobiller tripes et boyaux.

Et ce 2 mai, comme tous les 2 mai à Iazza, les ânes étaient encore sur les toits.

8

— Je crois que ce serait bien d'aller l'accueillir au port, dit Violetta à Gilda quand elle lui rapporte sa conversation avec Aïda.

— Tu crois ? s'assure Gilda en grignotant des cacahuètes à l'autre bout de la ligne.

— Ces choses-là se font.

— Ça fait tellement longtemps qu'on ne l'a pas vue.

— Justement.

— Nous ne la reconnaîtrons pas, Violetta.

— Bien sûr que nous la reconnaîtrons, que vas-tu imaginer ? Tu penses qu'elle a pris quarante kilos, qu'elle s'est teinte en blond et qu'elle clopine sur une jambe de bois ?

— De toute façon, je n'ai pas le temps, j'ai un boulot de dingue à la mairie.

Violetta soupire. Elle sait que sa sœur n'en rame pas une à la mairie. Tout le monde le sait.

— J'irai, en ce qui me concerne, reprend-elle.

— Comme tu veux. Moi je ne peux pas. Je bosse, je m'occupe de Giacomo, j'ai de nouveau des calculs rénaux et des migraines atroces, je dors mal, je n'ai pas une seconde à moi...

— Je ne te demandais rien, Gilda. À part ton avis.

— Eh bien, si tu tiens à aller l'accueillir, tu me représenteras.

Et sur ces mots, Gilda raccroche. Le souci des convenances de Violetta l'agace – « ces choses-là se font », gningningnin, pense Gilda. Elle y voit un signe manifeste de mauvaise conscience. Il y a des gens qui vous croient même quand vous criez au feu depuis un container frigorifique et il y a ceux qui ne vous croient jamais. Gilda fait partie de cette dernière catégorie.

De son côté, Violetta se met à tourner en rond. Aïda a dit qu'elle arriverait mercredi. Elle a donc deux jours pour se préparer. Se préparer de quelle façon ? Choisir les habits appropriés, ni trop tape-à-l'œil ni intentionnellement trop usés ? Se composer un visage calme et bienveillant ? Faire deux heures de yoga et une heure de méditation ? Se lancer dans une monodiète agrumes ?

Se débarrasser, quelle que soit la méthode, des mauvaises pensées et aller accueillir la petite sœur prodigue. Voilà ce dont il s'agit.

Elle va dans sa chambre, se plante devant son dressing – une pièce qui s'illumine dès l'ouverture des portes, antimites et bois de cèdre, rangement par saison puis sous-ensembles par couleur. Elle commence à sélectionner, tamiser, écrémer. Malgré (ou à cause de) la profusion de sa garde-robe, elle a souvent l'impression de ne pas faire le bon choix. Alors que chez les autres tout lui semble imparablement avisé et décontracté. Ses deux petites la rejoignent, s'allongent sur le lit, se chamaillent, rigolent, chantonnent, enfilent des robes de leur mère, elles adorent participer au Grand Tri. Violetta fait des essayages. Les petites froncent le nez ou applaudissent. Leur absence de goût est un trésor. Elles aiment ce qui brille mais détestent ce qui pigeonne – un monsieur pourrait avoir envie de leur voler leur maman. Violetta finit par choisir un pantalon blanc et une chemise à carreaux orange. Elle se sent pathétique de s'obliger ainsi. Elle dit aux petites que c'est pour aller accueillir leur tante dans deux jours.

— Quelle tante ? demandent-elles en chœur.

Violetta leur explique qu'elles ont une tante en plus de Gilda, mais comme elle vit loin elles ne l'ont jamais rencontrée. L'une des petites demande, Elle ne voulait pas nous voir ? Violetta sort la formule magique, C'est un peu compliqué. Puis elle ajoute, Sa vie a été un peu difficile (tout est *un peu*), mais maintenant elle est prête à revenir. Les petites sont ravies, Elle a des enfants ? Elle va s'installer à Iazza ? Comment elle s'appelle ? Elle te ressemble ? Elle est gentille ? Nannu l'aimait bien ?

C'est la question centrale. *Nannu*, le Vieux, Salvatore Salvatore, qui avait tant aimé Aïda, était-il triste qu'elle fût partie ? Violetta se secoue. Elle s'assoit sur le bord du lit, elle prend une petite de chaque côté, elle entoure leurs épaules de ses bras et elle décide de leur raconter Aïda. Les merveilleuses et trépidantes aventures d'Aïda, Violetta et Gilda sur l'île de Iazza. Les bêtises qu'elles ont faites. Les langues qu'elles ont inventées. Les chiens dont elles prenaient plus ou moins soin. Leurs petits jeux et dérobades. C'est comme retrouver le visage qui avait été biffé ou déchiré sur la photo. Les fillettes rigolent et en redemandent. C'est un moment idéal. La chambre est fraîche, le climatiseur ronronne, les draps sont blancs, les murs et les voilages aussi, le sol est délicieusement lisse, on dirait un ruisseau de montagne.

Au-dessus de la cheminée en marbre il y a un tableau peint par le Vieux qui représente la crique de Cala Andrea au coucher du soleil, ce n'est pas complètement réussi mais disons que le tableau a une valeur sentimentale (en fait c'est faux, aucun tableau du Vieux n'a de *valeur sentimentale*, il ne serait simplement pas venu à l'esprit de Violetta de refuser quand son père lui avait offert cette toile et avait entrepris de lui trouver une place sur un mur. Elle avait fini par l'accrocher dans sa chambre. Parce que la nuit elle ne la voyait pas. Et qu'elle pouvait dire à son père, Regarde, j'ai préféré mettre ton tableau dans ma chambre, ce qui était censé vouloir dire dans mon antre, ma pièce intime. Ce qui voulait réellement dire, Merde, je ne veux pas avoir toute la journée tes croûtes sous les yeux). On entend les cigales et les oiseaux dans la pinède même à travers la baie vitrée fermée. Violetta ne sait pas les identifier. Ça n'a pas d'importance. Son mari sait le faire pour elle et de toute façon ça ne l'intéresse pas tant que ça. Elles s'allongent toutes les trois sur le lit. Les petites se mettent à discuter. Violetta n'arrive pas non plus à bien identifier leurs propos. Elles parlent de leur tante fraîchement découverte et de personnages de dessins animés. Violetta adore ses filles mais pour autant elle n'aimerait pas s'avoir comme mère. C'était peut-être une erreur de faire des enfants. Elle se demande si, dans cette histoire, elle ne s'est pas laissé porter par le désir de Leonardo. Elle a du mal au fond à prendre des décisions. Elle ne sait pas si c'est parce qu'elle ne s'y autorise pas ou parce que c'est plus commode ainsi. Mais Violetta est sévère avec elle-même. Avoir ses jumelles a été un acte de volonté. C'est le moins qu'on puisse dire. Elle est vraiment allée loin pour ça. L'arrivée imminente d'Aïda – et la mort récente du Vieux – la pousse à une introspection importune. Pendant que ces pensées tournicotent dans sa tête, les petites sautent du lit et crient, On va dans la piscine, tu viens tu viens tu viens ? Les petites ne sont jamais immobiles – sauf devant un écran. Violetta se lève à leur suite. Elle chope un magazine sur l'étagère, même si elle sait bien qu'elle ne fera que le feuilleter vaguement en continuant de gamberger. Elle va s'asseoir au soleil dans un transat et s'assurer que ses deux petites ne se noient pas.

9

Violetta est allée chercher sa sœur au débarcadère. Elle patiente sur le quai à côté des mules qui vont transporter les bagages des touristes, et des types qui sont tout le temps là pour amarrer le bateau comme pour le retenir à l'île. Violetta s'est toujours demandé ce qu'ils font de leur journée quand aucun bateau n'accoste. J'imagine qu'ils fument en scrutant le large, en s'envoyant des vannes et en buvant du café à l'ombre. Quelque chose dans ce goût-là.

Elle s'est vêtue tout compte fait d'un jean à revers bicolore et d'une chemise blanche avec une petite broche très discrète en forme d'hippocampe – sans la broche, la tenue aurait été trop sobre. Elle est flanquée des petites, gauche-droite. Les deux fillettes sont calmes. On leur a promis des pizzas devant la télé si elles taisaient leurs ardeurs cinq minutes. Cinq minutes, ce n'est pas trop vous demander ? L'une porte une robe orange, l'autre une jaune.

C'est ce tableau délicieux qu'Aïda avise en descendant la rampe de la navette dans les bouffées de gasoil. Il n'y a aucun doute sur l'identité de la grande femme nerveuse accompagnée de son sorbet deux parfums. C'est que Violetta ressemble à leur père, en plus grand, en plus propre, en plus gêné aux entournures. Violetta est résolument masculine malgré les efforts qu'elle déploie et les artifices dont elle use. Elle ressemble tant à leur père que c'en est presque comique : on dirait le Vieux surmonté d'une perruque peroxydée et accablé d'un regard perpétuellement affolé. Violetta a toujours eu l'angoisse de l'imperfection, l'angoisse de prêter le flanc aux critiques. Cela rend fou, je ne vous l'apprends pas, on se retrouve en permanence dans l'ultrajustification de chaque geste.

Bref.

Aïda se dirige vers sa sœur et elle sent, contre toute attente, qu'elle est en position de force. C'est très diffus. C'est très rapide. Mais elle perçoit la peur de Violetta. Et puis celle-ci se reprend, elle ouvre grand les bras et dit aux petites, Regardez c'est Aïda, votre *zia*. Elle répète la même phrase deux fois. On dirait qu'elle va la chantonner. La petite orange se cache derrière sa mère mais la petite jaune se dirige vers Aïda, l'enlace et se serre contre elle, sa joue contre le ventre de sa tante toute neuve. Aïda reste un instant les bras en l'air, elle ne sait pas quoi faire de cette étonnante créature qui se presse contre elle, alors elle lui caresse les cheveux avec hésitation (comme on flatterait un chien lunatique), elle se dit que c'est la réaction qui convient, la petite jaune lève un visage baigné de joie vers elle, Bienvenue zia

Aïda, dit-elle. Violetta pousse la timide orange vers sa sœur. Et voilà Aïda entravée par les petites collées à elle. Elles ont toutes deux un léger et charmant strabisme et de grands yeux humides. Aïda hausse les sourcils à l'intention de Violetta pour que celle-ci réagisse, lui indique comment se comporter, intervienne d'une façon ou d'une autre. Violetta fait un pas vers sa sœur, Alloons alloons, dit-elle, laissez respirer votre zia.

Violetta et Aïda s'embrassent, elles se font trois bises, sans bien savoir par quelle joue commencer, c'est embarrassant et ça finit guindé, chacune renifle l'autre, Violetta porte un parfum poudré, délicat, cher, il y a une arrière-odeur de tabac et puis de la menthe, elle doit fumer en douce. Aïda dégage une odeur plus forte, transpiration, poussière et fatigue – l'odeur des voyages. Le débarcadère commence à être déserté. Il ne va bientôt plus y avoir qu'elles quatre sur le quai.

Aïda se demande si elle-même a beaucoup changé. Elle dit, Tu m'as reconnue ? et ça pourrait sous-entendre « depuis tout ce temps », mais la question est posée gentiment alors Violetta décide que ce n'est pas une pique, elle répond, comme si la chose la comblait, Tu n'as pas changé. Et puis tu as les yeux de maman et regarde, les petites ont la même couleur d'yeux que toi. Et maman.

Aïda s'étonne vaguement que Violetta en soit satisfaite. Toutes les filles Salvatore ont les yeux bleus sauf Aïda. Ça la rendait un peu triste quand elle était enfant. Dans la pyramide si exigeante de la beauté, on le sait bien, l'iris bleu tient le haut du pavé.

Toutes les filles Salvatore ont les yeux bleus du Vieux. Sauf Aïda. Et sauf les filles de Violetta.

— J'ai pensé t'emmener d'abord à la maison. Tu pourras te délasser, te doucher, te changer, te reposer avant qu'on aille voir maman. De toute façon c'est l'heure de sa sieste. On passera chez elle après.

Leur mère fait donc dorénavant la sieste.

Et Violetta ajoute, mais tout est en vrac – impossibilité de hiérarchiser les informations, précipitation et panique :

— Maintenant maman habite la Grande Maison. On a pensé que ça te ferait plaisir d'y dormir. C'est toujours aussi beau. Tu vas adorer.

Aïda regarde sa sœur, interrogative. Ah bon ? Je vais adorer dormir dans la Grande Maison ? Elle se dit qu'il va falloir qu'elle arrête de percevoir des sous-entendus dans chacune des paroles de Violetta. Mais c'est difficile. Ça va nécessiter un ajustement de focale. Elle craint un instant que chaque phrase formulée ne soit doublée d'une phrase fantôme. C'est sans doute la règle dans toutes les familles. Tout ce qui se dit vraiment n'est jamais prononcé.

Et puis que fait donc leur mère dans la Grande Maison – c'est le nom que tout le monde à Iazza donne depuis toujours au domaine des Sycomores, la demeure de la Gandolfi. La vieille comtesse aurait-elle couché, comme on le supputait déjà à Iazza quand Aïda était enfant, leur mère sur son testament ?

Difficile à croire avec les charognards qu'elle avait pour neveux.

Mais le temps n'est pas encore aux questions. Ce serait prématuré.

Elles quittent le débarcadère et se dirigent vers le parking, les petites vivent leur vie de petites en gesticulant quelques mètres devant, Aïda demande, Elles sont jumelles ? alors que c'est évident. Violetta est prête à donner presque tous les détails (grossesse, césarienne à Palerme, deux bébés qui pleurent en même temps, enfer de l'allaitement) mais elle réalise que c'est un peu tôt pour ce genre de confidences, elle préfère acquiescer et s'inquiéter oralement de savoir si le sac d'Aïda n'est pas trop lourd et si elle a besoin d'aide.

La voiture de Violetta est un 4×4 Mercedes blanc. Elle-même se rend compte, au moment où elle appuie sur le bip qui fait clignoter les phares de son véhicule, que c'est caricatural. Elle pense fugitivement qu'Aïda est venue gâcher ses plaisirs. Elle ne s'était JAMAIS sentie écœurante en conduisant sa voiture. Elle avait d'ailleurs été si heureuse de ce cadeau d'anniversaire que lui avait fait Leonardo. Le blanc, c'était une idée à lui. Il avait vu ça sous les tropiques lors d'un séminaire – il arrivait à se faire inviter à des séminaires. Il disait que ça réfléchirait les rayons du soleil et qu'elle utiliserait moins la clim. Ça avait semblé raisonnable à Violetta.

Aïda est une mauvaise conscience.

Violetta se ressaisit, elle fait ce qu'elle a à faire, elle emmène Aïda chez elle, les petites sont silencieuses à l'arrière : il y a des écrans intégrés aux appuie-tête des sièges avant. La seule difficulté est de les mettre d'accord – le même film passe sur les deux écrans, cette affaire n'est pas encore au point – mais après, c'est le calme assuré, cela va sans dire.

Aïda regarde autour d'elle tandis qu'elles remontent l'artère principale, Ça a changé, dit-elle. Il y a maintenant des boutiques de souvenirs et des magasins franchisés qu'on trouve sur la planète entière, des restaurants avec des banquettes en osier sur la terrasse, des parasols en bois à la voilure crème, et une rue piétonne – cernée de maisons cubiques et blanches. Les volets bleus et verts certifient que tout n'a pas disparu, il faut garder un peu de cachet si on veut faire venir jusqu'ici. Il semblerait que Iazza soit devenue une destination pour touristes étrangers – confort moderne, consommation déculpabilisante et authenticité manifeste.

— Les Severini ont quasiment racheté l'île, dit Violetta.

— Ils sont toujours là ?

— Ils pullulent, comme l'une des dix plaies d'Égypte.

Aïda se rappelle le fils Severini qui avait voulu créer un casino à Iazza – le vieux Salvatore disait « le tripot à ce connard de Severini ». Violetta informe Aïda que son mari est bien Leonardo Azzopardi, il était déjà son fiancé quand Aïda a quitté l'île, non ? Tout le monde connaît la famille Azzopardi à Iazza, Tu te souviens de lui ? Aïda se souvient de lui et de tout un tas de choses le concernant qu'elle n'est pas censée révéler à sa sœur. Officiellement Leonardo avait été un jeune homme recouvert d'un vernis de belle qualité, chevelure abondante et blonde – sous ces latitudes il n'existe que deux catégories : qui n'est pas brun est blond –, voiture de sport et chaussures anglaises, promesse de bel avenir et probité manifeste, un jeune homme pas du tout à l'aise avec le Vieux quand il le croisait – mais qui pouvait se targuer d'être à l'aise avec le Vieux ? –, ça n'avait d'ailleurs pas plu à la famille de Leonardo qu'il s'entiche d'une Salvatore, les Salvatore n'étaient pas riches même s'ils l'étaient potentiellement grâce aux terrains du bord de mer, mais surtout c'étaient des rustres. Aucune auguste ascendance chez les Salvatore ou chez les Petrucci : c'étaient indéniablement des rustres. Et, pour couronner le tout, le père Salvatore était un homme des terres, des cratères et des carrières – rien à voir avec nos gens d'ici. On était passé sur la fantaisie de Leonardo parce qu'il n'était pas l'aîné. Il avait donc pu épouser une Salvatore. La plus présentable des filles Salvatore.

La voiture dépasse la chapelle, puis, certaines bricoles étant décidément impérissables, l'armurerie de Guido Severini avec son enseigne « Ravitaillement tactique », et cette peinture géante sur le mur représentant une fille en tenue fort légère (plus serait rien) armée d'un fusil d'assaut et arborant à perpétuité un air un peu étonné comme si elle ne savait pas trop comment cette chose s'était retrouvée entre ses pattes.

Violetta baisse la clim et met de la musique, les petites râlent à l'arrière, elles n'entendent plus leur film, Violetta éteint la musique et se contente de se concentrer sur la route qui monte jusqu'à la maison.

Aïda demande alors pourquoi leur mère habite au domaine des Sycomores, chez la Gandolfi. Violetta s'entortille un peu dans ses explications, elle dit que la Gandolfi est morte il y a cinq ans, qu'elle n'avait pas d'héritiers à part ses affreux neveux qu'elle s'était employée à évincer, et, vu que leur mère avait vendu une partie des terrains qu'elle avait sur la côte, le Père s'était débrouillé pour dédommager les neveux et acquérir la Grande Maison – qui est un gouffre. Violetta glousse comme si toute cette affaire était une facétie.

Aïda acquiesce. Ça sent les entourloupes propres à Iazza. Les accommodements. Elle s'en fout. Ça ne la concerne pas. Pas encore. Mais ça arrangera peut-être ses affaires quand elles seront devant le notaire. Elle n'a plus envie de demander quoi que ce soit. Elle veut seulement se taire et regarder par la vitre les nouveaux paysages de l'île et aussi les paysages préhistoriques – rien ne dure, toute chose est perdue, toute chose se perdra, sauf ces paysages fossiles qu'elle retrouve au fur et à mesure qu'elles s'éloignent du bourg, ces horizons éreintés, argentés et livides, qui narguent les créatures de chair, de sang et d'humeurs. Même les arbres ici paraissent minéraux et immortels, même les chèvres et les mules qui divaguent dans les rochers semblent de bois sec.

Violetta n'a pas très envie que l'habitacle soit uniquement occupé par des voix exaspérantes de dessin animé, alors puisque les petites n'écoutent pas, elle raconte comment le Vieux (elle ne dit pas le Vieux, elle dit nannu) est mort, ce qu'elle a déjà raconté cent fois et perfectionné, la nouvelle est prête désormais à s'aventurer dans le monde, elle deviendra le mythe de la mort de Sa Seigneurie.

Un matin, en se levant, il était allé dans le petit cabinet de toilette attenant à la chambre, il soulagea comme d'habitude sa vessie dans le bidet, puis il se regarda dans le miroir au-dessus du lavabo avant de s'emparer du gant de toilette dont il se servait pour ses ablutions – visage, cou, derrière les oreilles, aisselles et basta –, il ouvrit la bouche pour inspecter sa gorge, elle l'asticotait depuis la veille, et là toutes ses dents étaient tombées.

— Toutes ses dents ?

— Oui, enfin une grande partie. Comme dans un cauchemar. Tu ne fais jamais de cauchemars où toutes tes dents dégringolent dans le lavabo ?

Ce déchaussement soudain et cliquetant (ça c'est la légende – en fait ce doit être affreusement sanguinolent et engourdi et brumeux quand vos gencives jettent l'éponge et se rétractent) lui fit un tel choc qu'il porta la main à sa poitrine et que son vieux cœur n'y résista pas. Il s'écroula.

De l'avantage d'avoir un pacemaker défaillant quand on pourrait mourir d'un cancer de la mâchoire.

— Eh bien, dit Aïda sur un ton qui laisse toute latitude à l'interprétation. Elle soupire, elle en a marre de son petit tour de vétéran, Je crois que je suis un peu fatiguée, elle pose son front contre la vitre de la portière et ferme les yeux.

10

Aïda ne fait aucune remarque sur la maison de Violetta et Leonardo. Pourtant la maison est spectaculaire. En général, quand des amis viennent pour la première fois, Violetta la leur fait visiter. Souvent ce sont les invités eux-mêmes qui désirent la parcourir de pièce en pièce et s'enthousiasmer (et détester silencieusement Violetta et Leonardo, l'envie étant une maladie commune).

Mais là, bien sûr, c'est impossible, ça aurait semblé vulgaire ou inconvenant à Violetta de faire visiter sa villa à sa sœur.

— Va te rafraîchir, dit-elle. La salle de bains est au bout du couloir. Après on ira voir maman.

Contre toute attente, la salle de bains n'est pas toute de marbre de Carrare et de robinetterie chromée. Elle est entièrement couverte, du sol au plafond, de petits carreaux de céramique verts. Quelle drôle d'idée. On a l'impression que rien d'intime jamais ne peut se passer ici. À part éventuellement un viol ou un assassinat. En résumé, c'est lugubre. Ça pourrait vous rendre fiévreux. D'une fièvre enfantine et fatale. Aïda se demande s'il y a plusieurs salles de bains dans la villa et si celle-ci ne sert jamais – ou si elle représente une épreuve, un test, un terrarium : entrez donc, mes chers petits, et voyons si vous supportez le choc. Le linge de toilette est soigneusement plié (il est uniformément pistache) sur les barres du sèche-serviette. Un miroir serti de rampes lumineuses occupe tout un mur. On pourrait presque imaginer qu'il est sans tain et que quelqu'un de l'autre côté de la cloison note scrupuleusement sur un carnet à spirale l'ampleur de votre malaise. Cette salle de bains est une horreur. Tout est trop. Trop de vert, trop de carreaux, trop de surface réfléchissante, et trop vaste cabine de douche (on douche quoi là-dedans, d'ailleurs ? De monstrueux quadrupèdes ?). Aïda ne s'est pas vue nue depuis pas mal de temps. Elle ne dispose que d'un petit miroir au-dessus de son lavabo à Palerme. Tandis que là, éviter de croiser du regard sa propre silhouette va être une gageure. Elle reste assise un moment dans le fauteuil en osier (coussin vert amande). Puis elle se décide. Elle se met debout face à ce mur monstrueusement réfléchissant, et elle ôte ses habits. Ce n'est pas si facile d'ôter ses habits devant un miroir, ce peut être pour certaines une forme de mortification. Je suis un corps. Avant de devenir chose un jour. Comme mon père maintenant. Elle résiste à l'envie de briser son reflet. Elle sait que le verre est un liquide qui s'écoule très lentement. Alors comment pourrait-elle se blesser avec un liquide ? Aïda secoue la tête. Aïda se contemple. Son épaisse chevelure presque laineuse, ses seins, son cul, ses cuisses. Ses poils et ses grains de beauté. Son corps nullipare.

Bon.

Il est pas si mal ce corps.

Il a l'air doux et tendre et pas très utile.

Bon.

Elle ouvre le robinet de la douche – elle ne comprend pas bien comment la chose fonctionne, c'est complexe et frustrant, je ne suis pas complètement idiote, je devrais réussir à m'en sortir avec une putain de douche, mais en fait non, c'est trop chaud, trop froid, ça claque, on dirait qu'elle va bousiller la tuyauterie, de l'eau jaillit de pommeaux placés dans des endroits plus saugrenus les uns que les autres, elle respire profondément et décide qu'elle n'a pas besoin de se rafraîchir. Elle ferme tout et ressort. Elle est trempée et dépitée, mais elle n'est toujours pas fraîche. Elle se rhabille et va se planter dans le salon à côté de son sac en skaï. Elle sourit, crispée.

— On va pouvoir y aller, dit Violetta de cette voix anesthésiante qu'elle a décidé d'adopter avec Aïda. À moins que tu ne veuilles grignoter quelque chose avant.

Aïda pourrait répondre qu'elle ne « grignote » jamais, mais elle ne veut prononcer aucune phrase qui pourrait sembler hostile ou même défensive. Elle accentue son sourire, Non non c'est parfait.

Violetta appelle les petites et les voilà parties toutes les quatre. Violetta explique que leurs parents habitent (ou habitaient, elle ne sait pas comment dire, l'une est là, l'autre n'est plus) la Grande Maison depuis cinq ans. Au début leur mère n'avait pas voulu quitter la maison-du-bas mais leur père avait tenu à investir la Grande Maison puisqu'ils en avaient dorénavant les moyens. Bien sûr leur mère était très attachée à la maison-du-bas malgré sa vétusté et sa petite superficie. C'était celle où elle était née, où ses frères étaient nés et où ses parents étaient morts. Mais elle n'avait, comme d'habitude, pas réussi à lutter contre la volonté du Vieux. Ils s'étaient donc installés là-haut, dans la Grande Maison. Maintenant que leur père n'est plus là, elle va peut-être redescendre dans la maison-du-bas, rit Violetta.

— Je n'aimais pas la maison-du-bas, dit Aïda.

— Je sais, dit Violetta.

— C'était une maison triste.

— Je sais, répète Violetta.

Elles traversent les vignes et remontent l'allée ombragée de platanes d'Orient. Tout est fait pour que l'arrivée au Domaine soit renversante. Il faut que les visiteurs se sentent insignifiants ou flattés d'être conviés.

Quand Violetta se gare devant la demeure, les petites refusent de sortir, leur dessin animé n'est pas terminé. Aïda se tourne vers elles. L'idée de rester enfermé dans la voiture en plein cagnard, au milieu de la cour, à regarder un film déjà vu cent fois lui paraît hautement amusante. Mais

Violetta monte le ton et les petites descendent en traînant les pieds et en claquant un peu trop fort les portières. Aussitôt dehors, elles oublient et grimpent les marches du perron en cavalant et en appelant le chien de leur grand-mère, Zippo, un vieux chien borgne et débonnaire. Aïda s'étonne fugitivement que le Père ait accepté un chien dans sa maison. Quand elles étaient gamines, les chiens allaient et venaient et n'avaient même pas de nom. Il faut croire que parfois certaines résistances s'amollissent avec le temps.

Il serait faux de croire qu'Aïda, sous ses airs distants, n'est pas inquiète de ses retrouvailles. L'émotion est toujours un typhon. Elle a même un léger vertige en gravissant les marches. Elle a brusquement envie de boire quelque chose de fort. Un Valium ferait aussi l'affaire mais il faudrait qu'elle s'arrête, fouille dans son sac pour dénicher sa trousse de toilette. Ce serait déplacé. D'ailleurs sa sœur lui prend le sac des mains. Ça semble logique. Violetta est grande et costaude, Aïda mesure deux têtes de moins qu'elle. C'est sans doute plutôt que Violetta ne peut imaginer franchir le seuil de la demeure en n'assistant pas un minimum sa petite sœur. Aïda la laisse faire.

Violetta appelle leur mère. Son cri résonne dans le hall. Je suis là, entend-on venir de la cuisine.

Violetta ouvre la porte, laisse passer sa sœur. Leur mère, toute de blanc vêtue, lève les yeux vers elles, elle est assise à la table au centre de la pièce et elle est en train de boire un bol de café accompagné d'un ramequin de chantilly, une jeune fille est affairée près de l'évier et se retourne en les entendant entrer. Le visage de la vieille femme assise s'illumine. Elle était recroquevillée comme une chrysalide abandonnée, elle a l'air à présent de se déployer, ses yeux sont merveilleusement vifs et s'inondent de larmes dans l'instant.

— Mimi, s'écrie-t-elle, j'ai toujours su que tu reviendrais.

11

Mimi, à neuf mois, s'était mise à marcher. Mais à trois ans elle n'avait pas encore prononcé un mot. Ses parents crurent qu'elle était sourde. Ils la firent examiner par le docteur Serretta. Mimi n'était pas sourde et réagissait parfaitement aux stimulations sonores. Alors tout le monde attendit qu'elle se décide. Ses deux plus grandes sœurs pensaient qu'elle était attardée. Entre elles, elles l'appelaient la gogole. Un jour leur père les surprit à interpeller leur cadette ainsi. Il gifla Violetta et serra le poignet de Gilda si fort qu'aucune des deux ne put retourner à l'école durant deux jours.

Mimi était devenue très vite une petite fille qui dessinait. Sur ses dessins, il y avait la maison-du-bas bien au centre, représentée comme s'il s'agissait d'une boîte. Un carré gris – la maison était surmontée d'un toit-terrasse – avec des fenêtres et des volets verts. Au début la boîte semblait en lévitation dans la feuille. Au bout de quelque temps Mimi traça une ligne horizontale pour séparer le visible du souterrain. Et elle posa la boîte dessus. À côté, sur la droite, elle dessina ses trois sœurs et elle-même, de la plus grande à la plus petite, de gauche à droite. Du coup Mimi se retrouva coincée entre Aïda et le bord de la feuille. Elle se dessina donc à une échelle un peu différente de celle qu'elle utilisait pour ses sœurs. Elle se dessina beaucoup plus petite. C'est le moyen qu'elle avait trouvé pour se figurer en entier malgré le manque de place. Sur la gauche du carré-maison il y avait leurs parents. Le père était aussi grand que la maison (comment pouvait-il bien passer par la porte d'entrée ?) et la mère était minuscule, presque autant que Mimi. Mimi ajouta des oiseaux et des arbres, le bougainvillier sur le mur (de petits zigouigouis violets sur le carré-maison), elle traça aussi de grands traits courbes alentour comme si le sol avait des cheveux, c'étaient les eucalyptus et le vent dans les eucalyptus. Il y avait parfois des personnages supplémentaires. Personne ne savait qui ils étaient. Elle avait dû faire des centaines de fois ce même dessin. Ce qui n'avait pas aidé ses deux plus grandes sœurs à cesser de la prendre pour une demeurée.

Aïda, elle, aimait beaucoup Mimi. Sans doute parce que les aînées formaient un duo solide. Il fallait bien se trouver une alliée. Dans ce genre d'endroit il faut des alliées. Elle l'emmenait avec elle lors de ses expéditions dans le maquis – je pourrais écrire qu'elle prenait sa défense et la protégeait, mais Mimi n'avait pas besoin d'être protégée. Pour être protégée il aurait fallu que Mimi se sente en danger, et Mimi, avec ses dents du bonheur, ses yeux de poupée et son sourire muet, désarmait tout le monde. Elle n'avait pas besoin d'être protégée.

Les deux plus jeunes sœurs Salvatore étaient donc inséparables. Leur mère les emmenait à la plage le dimanche, ou bien en fin de journée quand elle revenait de chez la Gandolfi, elle les y emmenait pour discuter avec les autres femmes de Iazza – celles qu'elle avait connues, gamine, à l'école, avec lesquelles elle avait espéré et renoncé. Il s'agissait de moments doux où elle semblait s'animer. Les femmes parlaient en dialecte de leurs hommes et de leurs enfants. Elles restaient assises sur les rochers à surveiller leur progéniture en prenant le soleil et en faisant quelque chose de leurs mains – elles brodaient, dentelaient, raccommodaient, dénouaient les cheveux emmêlés des petites filles. Les plus jeunes ou les plus indolentes (l'indolence est le joli nom de la paresse, disait la mère des filles) agitaient simplement leur éventail. Les enfants s'ébattaient. Pippo, qui avait manqué d'oxygène à la naissance, suivait Aïda et Mimi comme un chiot ou une quelconque créature qui aurait voulu demeurer dans leur rayonnement. Il était déjà beaucoup plus grand que les autres et plus costaud. Aïda ne comprenait pas en quoi manquer d'oxygène avait fait que Pippo était un peu simplet. Mais c'était la seule explication qu'elle avait pu glaner pour expliquer le comportement de Pippo – sa naïveté, ses frayeurs, ses petits cris d'animal. Alors elle imaginait qu'il y avait des jours sans oxygène à Iazza et que, Dieu soit loué, aucune de ses sœurs ni elle-même n'étaient nées un jour comme celui-là.

La première phrase que Mimi prononça fut « Personne n'entend ». Elle avait un peu plus de trois ans. Elle était assise sur le banc devant la maison, elle examinait depuis une heure une colonne de fourmis qui transportaient les miettes de son beignet à la sardine du point A (l'endroit de la chute) au point B (le grenier à nourriture des fourmis sous la dalle en ciment). Elle était concentrée. C'étaient les seuls moments où elle restait immobile. Aïda était près d'elle.

— Personne n'entend.

Aïda leva le nez du magazine de télé qu'elle compulsait en faisant semblant de lire. Elle était assise à côté de Mimi sur le même petit banc de bois.

— Tu as dit quelque chose ?

Et la petite, amène, répéta :

— Personne n'entend.

Alors Aïda bondit du banc, entra dans la maison et cria, Elle a parlé, elle a parlé, elle sait parler.

À partir de cet instant, elles seraient liées à la vie à la mort. Aïda avait peut-être eu l'impression que la petite lui avait accordé une faveur. Je l'ignore. Elle s'interrogerait longtemps sur cette première phrase mystérieuse. Elle tenterait d'en parler avec Mimi mais la petite garderait toujours l'œil voilé, obligeant mais voilé, comme si elle ne se souvenait de rien et qu'il s'agissait d'un assemblage de syllabes accidentel. Les premiers mots déconcertants de Mimi deviendraient une part du mythe familial. Mais Aïda était obstinée. Alors elle continuerait de s'interroger même après que Mimi aurait disparu. Comme si là aurait dû se trouver la clé. Il fallait bien que les choses aient un sens, une cause et des effets. Cela tarabustait Aïda depuis toujours. La causalité. C'était pourquoi depuis toujours elle cherchait ce qui avait causé la colère du Père. Elle pensait qu'il y avait un commencement précis à sa colère. Le jour où leur mère avait oublié l'heure de la navette par exemple, le jour où il avait eu un léger accrochage en voiture avec le fils Severini, le jour où Violetta avait cassé le miroir de la salle de bains où elle s'admirait dans son nouveau pull – mais là ça nous fait remonter fort loin : pull = laine = mouton, la faute est donc au mouton –, la logique d'Aïda était intraitable et absurde. C'était une logique de petite fille qui aurait voulu que les choses aient un sens et que les événements aient une cause.

Alors qu'avait bien pu vouloir dire sa cadette ?

Les deux petites étant indissociables, les deux grandes les appelaient les siamoises. D'ailleurs elles se ressemblaient tant qu'au village on les confondait parfois. Certains disaient à Aïda, Tu pousses comme un palmier, parce qu'ils pensaient parler à Mimi. Les gens, de toute façon, confondaient les filles Salvatore. Peu d'adultes s'intéressent assez aux enfants, cette engeance piaillante, pour distinguer leurs particularités. Ce qui arrange tout le monde.

Mimi, à cinq ans, conservait une toute petite taille (d'où son surnom de « colibri »), des dents bizarres et des yeux surdimensionnés, elle passait une grande partie de son temps dans le cerisier du jardin, elle y grimpait, s'y reposait, laissant pendouiller ses bras. Mimi entretenait d'excellentes relations avec les plantes, les arbres, le sable, la mer et les bestioles en tout genre – avec une prédilection pour les insectes. Elle se désintéressait des volatiles. Elle les trouvait cruels – à cause peut-être des gabians qui gobent les chardonnerets en plein vol ou de la pie qui avait tué la tortue du jardin en la retournant sur la carapace et en lui becquetant le ventre. Elle leur préférait l'organisation millimétrée des fourmis ou la logique multimillénaire des arbres (au moment où je meurs je répands dans l'atmosphère tout ce que j'ai accumulé pendant mes quelques centaines d'années de vie afin que mes congénères plus jeunes se déploient avec harmonie – le vrai don de soi). Mimi savait ces choses-là. Son père les lui avait expliquées. Le reste, elle l'avait deviné.

Évidemment cette tournure d'esprit ne l'aidait pas à se faire des camarades.

Mais quel intérêt de se faire des camarades à cinq ans quand le monde est si beau et si pluriel, que vous bénéficiez de l'amour inconditionnel de l'une de vos sœurs, de la bienveillance manifeste de votre père et de la protection de votre mère ? Nul doute qu'à l'adolescence, si adolescente elle était devenue, elle aurait cédé aux préoccupations de sa condition : musique, bronzage et garçons. Mais pour l'instant elle avait cinq ans, elle était souveraine. On aurait dit un tout petit dodo, l'une de ces bestioles qui n'a pas encore appris à se méfier des prédateurs.

Leur père, sans aucun souci d'équité, affichait une préférence très marquée pour ses deux cadettes. Il n'est pas assuré que Mimi s'en rendît compte mais Aïda y était sensible et elle se réjouissait que les deux aînées admettent avec placidité (pensait-elle) la place favorite que Mimi et elle occupaient. C'est vrai que toute la famille s'accommodait plus ou moins de la situation. Il suffisait que les deux petites soient dans les parages du Père et l'accompagnent partout où il allait pour que sa colère contre le monde et le reste de la maisonnée se calme. Il avait parfois du mal à comprendre les réactions de Mimi ou ses petites phrases énigmatiques (elle continuait de s'exprimer de manière assez opaque), alors il se servait d'Aïda comme interprète.

Cependant, la majorité du temps, il était agressif et morose et régnait sans partage sur la famille – le pouvoir, comme chacun devrait le savoir, ne peut être entre les mains que d'un seul. La colère est une pente glissante, au même titre que la sauvagerie. Quand on est en colère, on se retrouve avec cette unique focale pour voir les choses. Excepté s'il y a deux petites personnes qui sont comme un remède temporaire à votre mystérieuse rage.

Pour ses cinq ans, le Père offrit à Mimi, lors d'un de ces dîners d'anniversaire lugubres dont on avait le secret dans la famille Salvatore, un stéthoscope. Celui du docteur Serretta qui avait fini par lâcher ses tournées dans l'île. Mimi était aux anges. Le soir même elle partit dans le maquis (accompagnée d'Aïda et de leur père, bière à la main et presque un sourire aux lèvres) pour appliquer l'instrument sur les châtaigniers. Elle se tenait immobile, accroupie auprès des arbres, elle chuchotait et entendait quelque chose que personne n'entendait. Leur père s'assit par terre à quelques mètres de là au milieu des carottes sauvages et des œillets. Aïda se colla à lui. Et ils regardèrent ensemble la petite qui parlait aux arbres. La nuit tombait – Mimi était née en juin. Tout était d'une douceur parfaite.

Aïda se sentait ankylosée parfois par la joie que lui procurait l'observation de Mimi.

Mimi conviait souvent sa sœur à des dîners très chics dans les caveaux du cimetière, juste à côté de la maison-du-bas. Ces maisons funéraires devenaient pour l'occasion des villas de la meilleure allure. Il suffisait de passer leur grille. Il faisait un peu froid à l'intérieur, comme dans une cave. Mais c'était une fraîcheur accueillante, constante, protectrice. Agapes pour les défunts et pour sa sœur. La petite jacassait, conversait avec les fantômes tout autant qu'avec Aïda. Elle levait le petit doigt en servant aux morts des festins de noyaux, de fleurs et de coquillages sur des feuilles de figuier. Puis elle posait sa tête sur les cuisses de sa sœur, et on n'est pas censée faire ça sur les cuisses de sa sœur à peine plus âgée que soi mais bien plutôt sur celles de sa mère. Aïda était convaincue que la petite avait un lien privilégié avec les morts. Leur mère elle-même entretenait ce folklore. Elle considérait la plus jeune de ses filles comme une *dona de fuera*, une fée-sorcière, et disait à qui voulait l'entendre que lorsqu'elle était née, ses pieds étaient des pattes de chat. Salvatore Salvatore ne supportait pas les élucubrations de sa femme, alors elle s'en abstenait devant lui. En vérité elle s'abstenait de tout devant lui. On disait qu'elle était bien contente, la Silvia Petrucci, de l'avoir épousé vu l'âge avancé qu'elle avait au moment de leur rencontre – anomalie redoublée par le fait qu'elle avait cinq ans de plus que lui. La chose était si difficile à concevoir qu'on soupçonnait Salvatore Salvatore d'avoir lorgné sur les terrains côtiers qui avaient échu à sa femme lors du partage avec les frères de celle-ci. Mais ce n'était guère possible. Les terrains du littoral ne valaient pas grand-chose à cette époque en comparaison des vignes et des châtaigniers. Ce qui s'avéra être finalement une excellente affaire était au départ la division habituelle des terres entre garçons et filles.

Parfois Pippo se joignait aux petites.

Pippo (je resitue : le garçon qui était né une journée dépourvue d'oxygène et qui deviendrait un jour le cantonnier inefficace du village) était, on l'aura compris, pacifique mais surtout fort utile. Il se tenait un peu courbé, on aurait dit qu'il faisait le dos rond, il était grand et fort, c'eût pu être, en d'autres circonstances, un très joli garçon (selon les normes iazziennes), il avait de beaux yeux noirs avec des cils de fille (disaient les mères), mais sa bouche pendouillait légèrement sur la droite, ce qui le faisait baver parfois. Il ne parlait qu'à sa propre mère, à Mimi (qui ne lui répondait jamais) et aux animaux qu'il trouvait (crabes, poulpes, mésanges mortes, ou lapins, peu importe), c'était encore un très jeune adolescent mais il ressemblait déjà à un triste conseiller d'éducation, avec calvitie et pull sans manches. Les autres enfants n'étaient pas très gentils avec Pippo. On ne leur aurait d'ailleurs pas demandé d'être complaisants, mais juste un peu cléments. Dans un endroit aussi clos que Iazza, il faut un Pippo. Un être qui désole les mères, ou plus exactement qui leur permet de se désoler ensemble comme s'épouillent les grands singes. Un être paisible et incompréhensible qui est, Dieu merci, le fils d'une autre.

Un jour à l'école, l'institutrice montra à ses élèves une photo du ficus étrangleur qui prospérait depuis un siècle et demi dans le jardin Garibaldi à Palerme. C'était un arbre gigantesque, aux frondaisons glorieuses, dont les racines aériennes pendaient comme des oripeaux. Mimi fut fascinée. Elle ne dessina plus que des ficus étrangleurs. Son père, touché, lui promit de l'emmener au jardin Garibaldi. Ce serait la première fois qu'il quitterait Iazza depuis son arrivée sur l'île quinze ans plus tôt, mais pour sa princesse il était prêt à reprendre le bateau. Personne ne crut vraiment qu'il tiendrait sa promesse. Et en effet, faute de temps, il ne la tiendrait pas.

Quelques jours avant de disparaître le soir du carnaval, alors que leur mère était montée au domaine des Sycomores pour préparer le repas de la vieille Gandolfi et que leur père était parti réceptionner de l'outillage au port, Mimi, assise sur le banc devant la maison, interrompit son découpage – elle découpait des yeux dans tous les magazines qui lui tombaient sous la main, elle avait une boîte remplie d'yeux – et se tourna vers Aïda qui lisait un Agatha Christie rapporté de chez la comtesse. Elles étaient à l'ombre, elles étaient bien, c'était un samedi, parce que sinon qu'auraient-elles fait là plutôt que d'être à l'école, leurs grandes sœurs étaient dans la maison ou ailleurs, je ne sais pas, en tout cas elles étaient seules, avec le chien, les chats et les poules, il était dix heures du matin, Mimi leva le nez, on aurait dit qu'elle humait quelque chose, et elle prononça ces quelques mots qui semblaient, dans leur incongruité, avoir été mis dans la bouche d'une petite fille de six ans par la malice d'un souvenir qui ne pouvait lui appartenir, Mimi prononça, et c'eût pu être un bout de poème ou de chanson populaire un brin prétentiarde, Mimi, donc, prononça avec sa voix aiguë et son zézaiement caractéristique :

— Mais à quoi bon durer.

Aïda, alors que ses deux préoccupations du moment étaient de savoir qui avait tué Roger Ackroyd et de trouver un moyen de se rendre au carnaval qui se préparait, parce que ça la titillait, si vous saviez comme ça la titillait, Aïda se retrouva le cœur fendu et elle se mit à pleurer comme ça, là, devant Mimi, qui arbora tout à coup un air vaguement surpris puis reprit son découpage comme si elle n'avait fait qu'émettre une réflexion sur la vitesse du vent.

12

Une somme de hasards a présidé à la naissance et au déploiement de la famille Salvatore, on aimerait y voir une nécessité, ce serait plus satisfaisant, alors que la situation présente n'est, bien entendu, que l'un des possibles. Aïda y pense souvent, c'est une pensée qui éloigne la vanité et le mérite, cela lui permet de voir les événements comme une farce – ou, pour être plus précise, ce qui l'amuse c'est d'imaginer un autre présent, un présent exempt de la conjonction de hasards à laquelle on doit l'existence de celui-ci. C'est amusant les bifurcations. Rassérénant. Elle appelle ça : la cage des circonstances. Elle a dû piquer l'expression quelque part mais je ne sais pas où. Ce genre de conviction déplairait à Violetta qui aime à croire que son mari n'aurait pas pu être un autre que Leonardo, que ses filles n'auraient pu être différentes, que l'amour-pour-la-vie ne se résume pas à s'acoquiner avec celui qui passait là au bon moment selon les modalités congruentes (saison, cycle hormonal, ennui, taux d'alcool dans le sang). Alors que le fait d'être née à Iazza plutôt qu'à Tombouctou, ou de n'être pas née du tout, n'a de réalité que parce que la divine mère de Salvatore Salvatore souhaitait que son fils échappe à Centuripe, que la Gandolfi cherchait un jardinier, avait Silvia Petrucci sous la main et buvait en douce, et que l'âne fit une crise cardiaque.

C'est ainsi qu'on se retrouve dans la Grande Maison à contempler les objets qui ornent la chambre qu'on vous a attribuée, une chambre plus vaste qu'un meublé du quartier de Vucciria, assise sur le bord d'un lit.

Oui mais ça ne marche pas comme ça. L'Univers ne résulte pas d'une relation de cause à effet. Tous les livres de vulgarisation scientifique qu'Aïda lit indiquent que la relation de cause à effet n'existe pas. La situation présente n'est pas qu'une somme des hasards possibles. La situation présente est à la fois passée, présente et future. Tout advient en même temps que tout. Ce qui expliquerait que Mimi soit là, quelque part, pas très loin. Coincée.

Aïda se secoue et se lève, elle lit les titres des livres de la bibliothèque, des livres dont plus aucun des auteurs ni des lecteurs ne sont encore de ce monde, puis elle va caresser les personnages en biscuit sur la tablette en marbre de la commode (des marins et des femmes de marins et des enfants de marins avec filets et tramails, visages graves et pêche miraculeuse légèrement ébréchée). Une serviette de toilette est posée sur une chaise. On s'attendrait à ce qu'elle soit blanche dans un endroit comme celui-là. Blanc, c'est chic et salissant, ça ne permet aucune tricherie. Mais la serviette est marron et rêche, elle est parsemée de petites fleurs jaunes, elle est soigneusement pliée. Aïda connaît cette serviette depuis toujours. Elle la prend et la renifle. Elle s'en frotte le visage. Ça sent le linge qui sèche dehors et la lavande.

Elle tourne sur elle-même.

Des voilages oblitèrent distraitement la vue.

Au sol, sous les fenêtres, gisent des guêpes momifiées. Et dans les angles de la pièce, des faucheux repliés, tout secs, petites cages en forme de diamant à cinquante-six facettes.

Le lit est surélevé et surmonté d'un baldaquin. Il faut produire un léger saut pour s'y asseoir et, quand on est une Aïda, les pieds ne touchent plus le parquet. On a de nouveau dix ans. Le tapis sur le parquet ciré est délavé et le papier peint représente des centaines de corbeilles de blé enguirlandées de fleurs des champs. Il date de l'époque où l'on posait encore du papier peint au plafond, ce qui peut donner l'impression d'être une créature enfermée dans une boîte à bonbons. D'aucuns trouveraient la chose oppressante. Mais il faudrait voir à ne pas exagérer.

Ceci n'est pas une chambre. C'est une enclave. Un paradis. Elle pourrait être inondée, le lit voguerait dans un gentil clapotis.

Inondée par quoi, d'ailleurs, puisqu'il fait si sec à Iazza. Inondée par ses larmes, évidemment.

Un océan de larmes, voilà ce qu'elle aurait pu devenir.

Aïda, décidément, est inspirée.

Elle sent son embrayage intérieur qui commence à patiner. C'est sans doute parce qu'il est impossible de ne pas percevoir le petit fantôme folâtre de Mimi qui passe et l'effleure dans cette chambre de la Grande Maison. Du temps de la Gandolfi, les filles Salvatore n'avaient pas le droit de monter à l'étage. Ce n'est pas tant la Gandolfi qui ne le permettait pas que leur mère qui le leur interdisait quand elles l'accompagnaient pour son service. On reste à sa place. Ce doit être étrange pour leur mère d'avoir maintenant pris ses quartiers dans la chambre de feu la Gandolfi.

La nostalgie est une suffocation, Aïda.

Elle s'allonge, les bras écartés, à plat. Il y a trois oreillers joufflus. Elle ne pose pas sa tête dessus. Elle entend le bruit irrégulier du robinet qui goutte sur la faïence préhistorique dans le cabinet de toilette – pourquoi le rythme des gouttes n'est-il jamais uniformément cadencé, à quoi est-il soumis ? Elle soupire. Cette chambre est une vieille demoiselle poudrée avec peut-être un peu trop de blush sur ce qui lui reste de pommettes.

Et puis sa mère qui l'a prise pour Mimi. Cela signifie-t-il qu'elle l'a laissée grandir dans son esprit ? La petite disparaît à six ans, elle grandit et vieillit dans l'esprit de Silvia qui s'attend plus à la voir, elle, débarquer au Domaine qu'Aïda. Cette confusion a mis Violetta fort mal à l'aise, elle a dit avec une légèreté affectée, Ça lui arrive de plus en plus souvent, et puis elle a pris le coude de leur mère et elle a prononcé très distinctement et un peu trop fort, Mais non, mamma, c'est Aïda, alors leur mère a froncé les sourcils et a dit en dialecte, Je sais, je sais, je ne suis pas folle.

Aïda constate que l'inclinaison prise par sa vie a été provoquée par la disparition de sa petite sœur – le lien de cause à effet est décidément une tentation. Cependant, elle aussi (mais d'une manière différente de sa mère bien sûr) sait que Mimi est toujours là, tout près. C'est comme si elle était piégée dans des limbes. Mimi est tout à côté, fantomatique, silencieuse pour beaucoup, mais pas pour Aïda ni sa mère. Mimi laisse une trace dorée derrière elle. Aïda au début ne l'a pas vue, cette trace dorée. Elle se souvient de la première année après la disparition de Mimi. L'impression que rien ne se produisait jamais puisqu'elle ne pouvait plus le raconter à sa petite sœur. L'impression de ne plus être deux. C'est ainsi qu'elle se le formulait chaque matin, Je ne suis plus deux.

Elle en faisait des listes.

Depuis que je ne suis plus deux

je ne sais plus avec qui jouer aux dames,

je ne sais plus à qui dire que je suis triste ou contente,

je ne sais plus à qui raconter mes rêves,

je ne sais plus à qui refiler les morceaux de craie de la classe de mademoiselle Mauro,

je ne sais plus à qui faire peur en racontant des histoires horribles,

je ne peux plus chanter en canon *Pizzica pizzica li vaioli*,

je ne monte plus aux arbres,
je mange mon beignet en entier.

Il aurait suffi de pas grand-chose. Revenir deux jours en arrière. Peut-être aurait-il fallu simplement marcher à reculons ? Comment inverser la course du monde ? Comment annuler un événement ? Je ferme les yeux, je me concentre, je pose tout et je recommence.

Aïda aurait voulu se faire tatouer le prénom de Mimi sur l'envers de la peau. À l'abri. Mais tout ce qu'elle avait réussi à faire à l'époque, c'était se fabriquer un pochoir avec le prénom de sa petite sœur envolée, se l'appliquer dans le dos, le maintenir comme elle pouvait avec des bouts de scotch et se faire bronzer, allongée sur le ventre, cachée dans la crique de Cala Andrea. Elle savait que Pippo l'observait, Pippo, le gentil et l'idiot, mais elle ne savait pas s'il se rinçait l'œil ou s'il surveillait que personne ne vînt la déranger.

Elle eut bientôt le prénom de sa petite sœur en brun au milieu d'un rectangle blanc dans le dos. Personne ne le vit sauf Pippo et le miroir de la salle de bains.

Aïda sait que la mémoire endommage les souvenirs.

Elle entend alors une voiture arriver. Il est dix-huit heures. Elle saute du lit, enfile une robe froissée mais propre, une robe qu'elle aime, parce qu'il y a des habits qui donnent du courage. Mascara, coup de peigne, queue-de-cheval et déodorant, inspiration expiration.

Elle descend. On klaxonne, on claironne. C'est Gilda à n'en pas douter.

Celle-ci débarque avec un monceau de victuailles. Elle est partie tôt de la mairie, elle est passée par le bureau de son beau-frère afin de lui demander un peu de liquide pour partager les courses, elle dit, On fait ça à l'américaine, elle utilise cette expression aussi les rares fois où ils vont au restaurant en famille, elle compte scrupuleusement ce que son fils et elle ont consommé pour ne payer que leur part. Sa méthode n'embarrasse plus personne, on en a pris l'habitude. Elle a précisé à Leonardo qu'elle rapporterait les tickets de caisse afin que le partage soit équitable, mais celui-ci a fait un petit signe de la main, grand seigneur, et surtout conscient que Gilda tricherait de toute façon sur le montant des courses. Gilda échappe à la logique de groupe. C'est une étrangeté cognitive dans une famille comme celle des sœurs Salvatore. La famille Salvatore est censée penser famille. Mais cette étrangeté cognitive semble rendre Gilda plutôt satisfaite.

Elle gravit les marches du perron en invitant son fils Giacomo à la suivre d'une voix chantante, Gilda a une très jolie voix et elle s'en sert pour avoir l'air inoffensive. Elle est allée chercher son garçon chez la voisine, elle l'a remorqué dans les magasins, il aurait préféré rester dans la voiture mais elle avait besoin de quelqu'un pour l'aider à trimballer ses cabas. Elle arrive donc plutôt contente de leur duo. Giacomo porte la capuche de son sweat rabattue devant les yeux comme un témoin protégé par la police. Sa mère lui dit quelque chose et il relève sa capuche. C'est un garçon long et fin comme un bâton pour gauler les amandes, il est aussi grand que sa mère malgré ses onze ans (ou parce qu'elle est petite), et il a la peau sombre et les cheveux luisants. Des cernes bleutés donnent à son visage une intensité involontaire. Il semble fatigué ou accablé. Ce qui n'est pas courant à un âge aussi précoce. Le tandem mère-fils est boiteux. Il se traîne, elle sautille.

Aïda se tient sur le seuil de la cuisine et elle les accueille. C'est une situation déconcertante. Gilda lance un Bonjour bonjour comme si elles s'étaient vues la veille et se dirige vers la grande table en bois où elle dépose ses paquets en soufflant, manifestement éreintée. Elle a l'air plus petite que dans le souvenir d'Aïda – mais c'est le cas de toute chose, n'est-ce pas, rien n'est jamais aussi grand que dans notre souvenir : maisons, arbres, sentiments, portée philosophique des chansons pop, etc. C'est étonnant les disparités de taille – de dimensions serait plus juste – dans une famille. Gilda est donc petite, ronde et brune, elle porte l'une de ses drôles de robes qui paraissent confectionnées avec des chutes de tissus, qui sont censées faire gitane moderne et qui sont l'inverse de seyantes. Elle arbore un visage jovial, avec une forme de pétillance que contredisent ses cernes bleus – qu'elle a légués à son fils – et la fixité de son regard. On dirait des yeux peints sur de la porcelaine, un peu inquiétants, trop ouverts, avec du blanc au-dessus et au-dessous de l'iris. Elle a le regard de quelqu'un d'accro au lithium ou à autre chose. Les avait-elle déjà ainsi quand elles étaient enfants ?

Aïda croise les bras sur sa poitrine, comme si elle se chargeait de se corseter ou qu'elle voulait faire disparaître ses seins.

Gilda se retourne pour embrasser sa sœur. Elle caresse le chien Zippo puis s'active pour déballer les courses.

— Giacomo, dis bonjour à ta tante et va voir tes cousines, où sont les autres, j'espère que Violetta a pensé à prendre le dessert, tu as fait bon voyage ? Pardon pardon je suis en retard, je suis passée par le supermarché ils m'avaient changé tous mes rayons, il fait une chaleur, il n'y a pas de doute le climat se détraque, c'est pour nos petits que je m'inquiète, j'ai pris de la burrata chez Tonino, je me suis souvenue que tu l'aimais bien, la burrata, je veux dire, pas Tonino, ce pauvre Tonino a eu un cancer l'année dernière mais il s'en remet, il s'en remet, un truc à la lymphe, c'est parce que sa femme est partie avec un fils Severini, c'est comme ça que ça marche les cancers, on peut nous dire ce qu'on veut, c'est dans la tête, un choc et vlan cancer du sein, un deuil et hop cancer du pancréas, en repartant de chez Tonino j'ai vu un gamin qui conduisait sa voiture en téléphonant et avec l'autre main il se recoiffait dans le rétro, il avait peut-être une troisième main pour tenir le volant, je ne sais pas, et une autre paire d'yeux pour regarder la route, c'est vraiment n'importe quoi, cela dit Tonino a senti le vent tourner, sa charcuterie est devenue une épicerie fine, il a un de ces succès, et il a pu doubler ses prix, malin l'animal, tu as dû remarquer que maman perd un peu la boule, tu as fait bon voyage ? tu sais que 48 % des commerces de la grand-rue sont devenus des enseignes, comme si tous les touristes avaient envie de voir un Moschino ou un Gap quand ils débarquent à Iazza, les gens sont idiots, j'ai un boulot de dingue en ce moment, c'est difficile de s'en sortir toute seule avec le petit, et puis avec les obsèques à organiser, c'était pas du gâteau, je courais partout, heureusement que Violetta ne travaille pas, elle m'a bien aidée, parce que avec maman qui part en sucette, ce n'est pas facile facile, maman m'a même parlé l'autre fois de ses vies antérieures, elle m'a dit qu'elle en avait eu six, tu imagines, elle a précisé qu'elle en avait eu six « à sa connaissance », et puis elle perd un peu la boule, elle ne se souvient plus de rien, son expression favorite c'est « son nom m'échappe », elle doit l'utiliser vingt fois par jour, on dirait un jeu à trous ce qu'elle raconte, je fais préchauffer le four pour le gigot, ah tiens, Violetta a fait une tarte aux pommes, tu savais que les pépins de pomme renferment du cyanure, c'est dingue, non ? et mon Giacomo qui mange ses pommes en grignotant les pépins, il est tellement gentil, mon Giacomo, il a pas l'air comme ça, mais c'est un vrai gentil, d'ailleurs il se fait bouffer tout cru par ses cousines, et donc tu as fait bon voyage ?

Gilda s'interrompt pour aller à la recherche de leur mère. En fait elle ne s'interrompt pas vraiment. Elle continue de parler en s'éloignant.

Aïda reste seule, elle est au milieu du désert, celui où soufflent des rafales malodorantes et où ricochent les ossements de ceux qu'on a enterrés à la va-vite. Tout ce qui se passe ici lui paraît étrange et familier. Mais plus facile à supporter qu'elle ne l'imaginait. Elle se souvient qu'en frappant, il y a quinze ans, chez la logeuse du 22 via Brunaccini à Palerme, elle avait eu l'impression de demander l'asile politique. C'est quelque chose à ne surtout pas perdre de vue. Elle a tout à coup peur d'être prise dans une sorte de sommeil amnésique. Comme dans cette histoire d'île que leur racontait la vieille Gandolfi quand elles étaient gamines : dès que vous mettiez un pied sur son rivage, vous oubliiez tout, jusqu'à votre propre nom. Aïda s'approche de la porte-fenêtre à côté de l'évier. Elle donne sur le jardin de derrière. Il n'est pas très bien entretenu. Mais c'est une touchante insoumission, les herbes sont folles et piquetées de fleurs jaunes, le puits disparaît sous les buissons de myrte, les oliviers arthritiques sont presque blancs, leurs feuilles clignotent dans la brise. Aïda ouvre la porte-fenêtre et respire l'odeur de cette friche, ça sent la poussière et le miel, ça bourdonne et frémit doucement, ça l'accueille. Elle essaie de se rappeler les raisons qui l'ont fait s'installer à Palerme – elle avait dû rêver distance et protection. S'enraciner en ville avait dû représenter à l'époque l'éloignement le plus salutaire et le plus catégorique.

13

On a pour une fois laissé les enfants prendre place à la table des adultes. Le dîner est donc, contre toute attente, plutôt joyeux. Ils pimentent la séance de leurs rires et de leurs simagrées, ils n'ont pas l'habitude qu'on les écoute aussi patiemment et avec autant d'indulgence, alors, grisés par cette importance inédite, ils parlent trop fort, se chicanent, racontent des blagues sans chute mais auxquelles tout le monde prête attention. Parce que c'est pratique, des enfants qui jacassent et disent à peu près n'importe quoi : on peut s'affairer, se tourner vers eux dès qu'on souhaite couper court à un début de conversation entre adultes qui pourrait déraper, on peut se lever, gronder, pirouetter. Arrêtez de vous chinoiser. C'est absolument idéal.

Quand il est arrivé, Leonardo a annoncé que Renato Maggiari s'était fait tuer. Deux balles dans le ventre alors qu'il était en train de faire le plein de son SUV à la station-service. Tout le monde a pris un air affligé, secouage de tête, soupirs, ça n'annonce rien de bon, en même temps, hein, ça n'étonne personne, les Maggiari trempouillent dans des trafics pas clairs, on n'en dira pas plus, et on baisse la voix, il y a des oreilles partout, Aïda a l'impression d'assister à un spectacle qu'on joue spécialement pour elle afin qu'elle se sente en terrain connu. Tu vois, rien n'a changé.

Giacomo a demandé, Qui est mort, qui est mort, qui est mort ? L'une des petites qui n'avait pas suivi a répondu, C'est nannu qui est mort, tu sais bien.

Puis on est passé à autre chose.

Ils mangent sur la terrasse, ils sont huit, les petites ont décoré la table, chaque assiette est encerclée de feuilles et de branches de mûrier, tout le monde s'est extasié, Aïda n'a pas bien su s'extasier en s'asseyant à sa place, elle a vu que les petites étaient un peu déçues, c'était pour elle ce truc de déco, elles se sont clairement mises en quatre pour leur tante toute neuve, elle a tripoté les branchettes et reniflé les feuilles, elle a essayé de rattraper sa maladresse, mais il faut se rendre à l'évidence, la spontanéité avec les enfants dépasse son domaine de compétence, et surtout deux petites filles de six ans qui sautillent sur la terrasse de la Grande Maison ça ne peut que lui évoquer Mimi, et là, vraiment, c'est une pensée importune, quasi nuisible dans les circonstances présentes, elle lève la tête pour se calmer, une pulsation de l'artère sur sa tempe, ça va finir en rupture d'anévrisme, ça n'est qu'une question de secondes, mais finalement non, la palpitation reprend un rythme normal, la nuit est tombée maintenant, le ciel a cessé de rougeoyer, Leonardo a fait installer (depuis quand ? la semaine dernière ? Aïda voit mal son père apprécier ce type de mignardise) des spots astucieusement dissimulés, alors la lumière est parfaite, ils pourraient se sentir au centre d'un cercle de douceur, Violetta a disposé des bougies sur la nappe, c'est pour ajouter une once de poésie. Zippo ronfle sous la table. Parfois on entend une phalène griller dans l'un des spots. On dirait qu'elles choisissent leur moment. Quand il y a un tout petit silence. Chuintement des ailes de papier embrasées. Et reprise de la conversation. Les moustiques se tiennent à carreau. Aïda en fait la remarque. Histoire de. On lui explique que des bombes insecticides sont placées aux quatre coins de la terrasse ; elles forment un rideau mortel impossible à franchir. Aïda est muettement effarée. Silvia, la matriarche, est assise à l'endroit où l'on pose les matriarches. Elle est censée présider. Elle a l'air ailleurs. Après sa méprise à l'arrivée d'Aïda, elle ne s'est plus adressée directement à elle. Il n'y a aucune hostilité dans cet évitement. Il s'agit plutôt d'une sorte d'absence narcotique aux événements.

Aïda pense aux tablées silencieuses de son enfance.

Le Vieux faisait souvent la gueule et on se retrouvait à chuchoter et à bouger à peine pour ne pas troubler l'atmosphère génialement menaçante qu'il arrivait à créer rien qu'en se taisant.

Ce soir, le gigot est parfait, tout le monde se fend d'un commentaire élogieux, Gilda a apporté une bouteille de vin qui n'était pas sur la liste, on sent une molle stupéfaction autour de la table, elle dit qu'elle n'a qu'une bouteille, c'était un cadeau de fin d'année du fournisseur de matériel de bureau de la mairie, si elle savait qu'il s'agissait d'un Cerasuolo di Vittoria, elle l'aurait gardée pour le mariage de son fils, mais elle n'en sait rien, elle n'a pas vérifié, tout à son innocence elle répète, On ne m'en a offert qu'une, et elle ne l'a pas bue parce qu'elle ne boit jamais de vin rouge, presque personne à cette table n'ignore qu'elle préfère les alcools plus forts, beaucoup plus forts, on n'essaie pas de savoir ce qu'est devenue Aïda depuis quinze ans, mais on parle de Palerme en termes favorables, chacun y va de son anecdote – Aïda se rend compte qu'en quinze ans tous les membres de la famille, à part sa mère, sont passés plusieurs fois à Palerme mais qu'aucun n'a jamais jugé bon d'entrer en contact avec elle –, on déplore quand même que ce soit pollué et sale, mais la vieille ville a un charme fou, on partage une ou deux adresses de trattorias, on demande à Aïda si elle a un conseil à donner, elle indique le nom d'un endroit où elle n'est jamais allée, il faut bien participer, la présence d'Aïda est perturbante, comme s'ils jouaient leur vie de famille afin qu'elle l'examine et en tire des conclusions positives, On ne m'en a offert qu'une, répète Gilda, désappointée qu'on ne s'attarde pas plus longtemps sur sa générosité, Leonardo fait remarquer qu'il aurait dû choisir de se marier avec Aïda plutôt qu'avec Violetta, il a toujours préféré *Aïda* à *La Traviata*, tout le monde se demande s'il a un petit coup dans le nez, puis tout le monde décide qu'il essayait d'être galant. Leonardo regarde Aïda d'un œil brumeux. C'est étrange de revoir Leonardo à cette table, la dernière fois qu'elle l'a vu, il repartait de Palerme en bateau et il pleurait. Aïda évite de croiser son regard, il a l'air d'être devenu ce que son père, son grand-père et toute la lignée des Azzopardi avaient escompté, il ne ressemble plus à celui qu'elle avait connu à Palerme, et c'est, il faut le reconnaître, un peu triste. Logique, mais triste. C'est dans ce genre de moment qu'il serait tentant de se pencher sur la carte des routes non empruntées.

Bon.

On va pouvoir demander à Aïda où elle en est (dans la vie, dans l'espace, dans le cosmos, dans ses cotisations retraite) même si, à ce stade, donner de ses nouvelles reviendrait à dégager à la serpe un sentier de randonnée. Violetta, qui a bien compris qu'Aïda n'a ni compagnon officiel ni progéniture, ne souhaite en aucun cas mettre l'accent sur ce qui ne peut provenir que d'un vice de forme, alors c'est elle qui se lance, on ne va pas continuer à tourner autour du pot, feindre qu'Aïda participe à toutes les réunions de famille depuis des lustres ferait mascarade, non ? elle demande donc à sa petite sœur ce qu'elle fait dans la vie, ou plutôt elle le formule vraiment avec légèreté, Alors et toi tu en es où ? mais comme on parle boulot, ça nous met sur la voie des parcours professionnels, on pourrait croire qu'on s'est juste perdu de vue il y a peu, on se tenait au courant, mais le temps passe vite, et puis là, on a un petit blanc, ça file ça file, tu en es où déjà ? Aïda répond obligeamment qu'elle travaille dans le tourisme et que précédemment elle était dans le recyclage des déchets ménagers et industriels (ça lui vient comme ça : puisqu'elle a été quelque temps gardienne à la déchetterie de Capodicasa), on trouve ça passionnant et fondamental, on s'indigne à propos des décharges sauvages, il n'y a que Leonardo pour dire que toutes ces histoires sont une mode, que se sentir responsable est une manie humaine (il aime bien élever le débat et décidément, ce soir, une fois n'est pas coutume, il a un peu bu) et que, surtout, si on peut lui permettre, avec tout le respect qu'il leur doit, les écolos, en tout cas ceux qu'on a dans le coin, le fatiguent sacrément, il serait prêt à raconter une anecdote concernant un dossier sur lequel il travaille, bloqué par un fonctionnaire de l'agence environnementale débarqué du continent, mais Violetta s'agite et l'interrompt, elle sent que ce n'est pas le moment de parler politique, elle ne veut pas que Silvia dise comme d'habitude, Si tu bétonnes l'île, Leonardo, tu ne les verras plus beaucoup tes chers oiseaux, Violetta demande donc si quelqu'un souhaite une autre petite part de tarte aux pommes, et un peu mécaniquement Gilda ajoute qu'on va pas lui laisser ça, puis elle se met à parler avec satisfaction et expertise des affections dont souffrent ses collègues. Comme les enfants sortent de table et s'égaillent, Violetta en profite pour se lever, elle dit qu'elle va jeter un œil sur eux pour voir ce qu'ils vont inventer comme bêtises, en passant par le salon elle met un disque, c'est *La Bohème* de Puccini, le choix est malvenu, elle s'en rend compte quand elle entend Mirella Freni entonner *Mi chiamano Mimi*, il y a un moment de crispation autour de la table, Silvia, la matriarche, s'exclame, Ah non ah non plus jamais d'opéra, Violetta éteint, s'y reprend à deux fois, éteint, on entend une sorte de froufrou de tissu et de panique dans le salon, elle rejoint les enfants, elle est penaude, comme souvent, Silvia redevient silencieuse, elle est très calme ce soir, elle a l'air vraiment ailleurs, lui donne-t-on des médicaments, se demande Aïda, elle porte une robe blanche, une sorte de blouse en crépon, elle ne porte plus que du blanc, lui a dit Violetta, c'est une dérogation à son statut d'ancienne pauvre, elle porte du blanc, elle ne peut le porter qu'une journée, et même parfois seulement une demi-journée, mais bizarrement le choix des tissus est toujours décevant, il s'agit souvent de satin, mais quand je dis satin je parle de polyamide satiné, des tissus synthétiques qui sont l'exact opposé de matières nobles, elle regarde le jardin en sirotant son verre de vin, elle attend quelque chose ou alors elle écoute les chuchotements de la nuit, Gilda demande si l'on sait qu'aux Philippines on déguste des embryons de poulet bouillis servis dans la coquille de l'œuf, elle a lu ça quelque part, personne ne réagit, les enfants ne sont même pas là pour pousser des cris de dégoût, Leonardo informe Aïda qu'elle aura quelques papiers à produire et quelques autres à signer, que le notaire est un cousin à lui, un Azzopardi lui aussi, il dit qu'il est content de revoir Aïda ce soir, elle n'a pas changé, Aïda sourit pour amnistier son mensonge, il dit que tout se fera rapidement après les obsèques, elle pourra repartir dès qu'elle le souhaite. Ou rester un peu, bien entendu. C'est à elle de voir. Il patauge et boit d'un trait son verre d'eau-de-vie de figue. Silvia se lève, Vous êtes fatiguée, mamma ? interroge Leonardo, depuis quand Leonardo appelle-t-il Silvia mamma ? Gilda dit, Je t'accompagne à l'étage, Silvia demande à ce qu'on ne se dérange pas pour elle, elle sait encore monter un escalier, elle fait un petit signe coquet de la main et entre dans la maison, son départ permet à Leonardo et Gilda de parler d'elle, en s'inquiétant de la trouver très distraite depuis le décès de son mari et plus portée encore que d'habitude sur ses marottes ésotériques, puis Leonardo dit que ce n'est pas le tout mais que c'est l'heure de rentrer, demain avant les obsèques il a une réunion pour la construction d'un complexe hôtelier sur la côte près de Cala Andrea, il se lève, signal d'appareillage, il bat le rappel pour les enfants, Gilda débarrasse, Aïda l'aide, au revoir et bonne nuit, portières qui claquent, crissement de gravier et dioxyde de carbone.

Il ne reste plus qu'Aïda sur la terrasse. Elle s'accoude à la balustrade pour fumer une cigarette. C'est surprenant qu'elle n'ait pas eu envie de tous leur sauter à la gorge, non ? Surtout à celle de Violetta et Gilda. Elle pensait depuis si longtemps qu'il serait dangereux pour elle de revenir à Iazza, de se confronter à la vie que ses sœurs ont menée sans elle, loin d'elle, contre elle. Est-il possible que son cœur s'apaise ? Elle en caresse l'espoir. Elle se sent magnanime. Mais elle est ce soir, comme on le verra, d'une confiance inconsidérée. Elle aimerait croire à cette promesse de douceur et de paix. Une promesse intenable. Tout est calme autour d'elle – hormis les bestioles noctambules. Elle écoute leurs soupirs, invitations, consentements, grognements, prophéties, ultimatums et liens éphémères qui palpitent dans l'obscurité. Elle écoute, parfaitement immobile, elle sent bruisser en elle quelque chose qui ressemble à une attente, une excitation, une vague prémonition. Vague et exaltante. Elle connaît cette impression. Elle a, comme je le disais plus haut, toujours été un animal doté d'une intuition singulière. Mais même l'instinct de ce genre d'animal se contente parfois d'être approximatif.

Contes et légendes de la famille Salvatore (2)

Le jour où Salvatore Salvatore débarqua à Iazza afin de monter jusqu'au domaine des Sycomores prendre ses fonctions de jardinier, il s'apprêtait à traverser le village écrasé de chaleur en cherchant l'ombre dans les ruelles quand soudainement un âne lui tomba dessus, raide mort.

Il s'avère que tous les 1er mai à Iazza les ânes sont sur les toits.

Iazza est la principale commune d'une île volcanique qui s'appelle aussi Iazza – tout comme Pantelleria est sur l'île Pantelleria – située au beau milieu de la Méditerranée dans ce coin de mer que les Siciliens appellent la mer africaine. Au départ personne n'avait sans doute imaginé une implantation plus importante sur ce grand caillou de cent kilomètres carrés. La partie était donc longtemps restée le tout. À l'époque de l'arrivée de Salvatore Salvatore, l'île n'était constituée que de son village éponyme et elle n'était pourvue que d'une carrière de marbre en faillite, d'une jolie baie qui abritait quelques chalutiers multicolores, d'une poignée de maisons cubiques et blanches, d'amandiers, de mandariniers sauvages et de quelques vignes rachitiques à moitié enterrées pour les protéger du sirocco. Ses côtes de lave noire étaient incessamment battues par le vent, ce qui la rendait difficile d'accès pour les navigateurs novices une grande partie de l'année. Les grottes comme celles de Birinikula étaient si impraticables qu'elles n'attiraient ni les randonneurs ni les spéléologues en herbe. Iazza était surtout peuplée de fantômes et de femmes seules qui élevaient leurs enfants. La stagnation était ce que les habitants de Iazza avaient en commun depuis mille ans. Tout en haut de la pyramide sociale – il y en a toujours une –, le village abritait d'une part la famille Severini, qui s'en sortait pas mal en s'occupant des navettes vers le continent – ce qui un jour se révélerait vraiment lucratif –, d'autre part la famille Azzopardi, qui détenait une petite flotte de bateaux de pêche – ils auraient un Leonardo qui finirait par se marier avec l'aînée des Salvatore et ferait ainsi, qui l'eût cru à l'époque, une bonne affaire –, et surtout il y avait la Gandolfi, à la fois femme seule et fantôme, vaguement apparentée aux Severini, cousine par consanguinité, hantant son propre domaine des Sycomores, bienfaitrice distraite et vierge jurée. C'est chez elle que Salvatore se rendait pour prendre ses fonctions de jardinier quand la tradition de l'âne sur le toit faillit le tuer.

Il convient ici de faire un point afin d'éclaircir cette histoire d'âne.

Les quelques émigrés de Iazza qui revenaient sur l'île depuis l'Amérique avaient importé en 1950 la pratique du jour chômé le 1er mai (une pratique ancienne, bien entendu, mais qui avait été supprimée pendant l'ère fasciste, puis réinstaurée en 1945 en Italie, sans qu'aucun îlien ne fût au courant de ces trois pas en arrière, deux pas en avant). Les émigrés, regagnant leurs pénates, s'amusèrent de l'obscurantisme dans lequel vivaient les familles de leurs aïeux et décidèrent de les éduquer.

Mais les habitants de Iazza, réfractaires comme beaucoup d'insulaires à ce qui n'était pas propre à leur île, rechignèrent. Alors pour les empêcher d'aller à la carrière de marbre chaque 1er mai, les émigrés prodigues, arrogants, libertaires et ivres morts, installèrent les ânes sur les toits des maisons de Iazza dans la nuit du 30 avril au 1er mai. Pour ceux qui n'ont jamais tenté de mettre un âne sur un toit ou sur une terrasse avec trois grammes d'alcool dans le sang, il me semble nécessaire de préciser que la chose se fait avec des cordages solides et une communauté de biceps qui avoisine la dizaine.

Même si les ânes, à l'époque où Salvatore débarqua, ne servaient plus à grand-chose d'autre qu'à nettoyer les friches, la tradition avait perduré. Il était courant que le 2 mai, il en restât encore quelques-uns sur les toits de Iazza, attachés, brayant par intermittence et consultant le ciel avec patience.

Celui qui était perché sur la maison que longeait Salvatore était assez valétudinaire pour qu'on ne l'encorde pas, il venait de passer deux nuits et une journée immobile à ruminer sa vieille vie sur un toit-terrasse lorsque, renonçant à tout, il avait fini par faire une crise cardiaque. Il s'était effondré par-dessus bord, tombant droit sur le jeune type qui cherchait l'ombre, encore tout patraque de sa traversée.

Et ce fut Silvia, descendue à vélo de chez la vieille Gandolfi afin de lui acheter de toute urgence du prosecco, du Baileys et des fruits confits, qui vit la scène se produire au milieu de la rue déserte. Elle hurla, dérapa, sauta de son vélo et crut que les deux, l'homme et l'âne, étaient morts. Elle appela au secours, essaya de pousser la bête, l'attrapa par la queue, les oreilles, tenta de dégager l'homme. La Pascalina ouvrit ses persiennes, jeta un œil dehors, et avant toute chose dit en dialecte, C'est qui ce gars-là ?

Silvia lui cria d'appeler le pompier.

La Pascalina n'avait pas le téléphone, elle alla sonner chez la Gagliardo, sa voisine, elles appelèrent Jimmy le pompier de l'île et puis elles sortirent dans la rue, la Gagliardo apporta deux tabourets et de la citronnade, et elles s'assirent à l'ombre. Bientôt une bonne partie du village était là, celle qui n'était pas en mer, celle qui n'était pas en train de faire la sieste, celle qui ne mentait pas sur l'endroit où elle se trouvait, celle qui n'était pas impotente. On dégagea Salvatore, on s'intéressa au garçon, on commenta, on supputa. Silvia, qui n'aimait pas être au centre (ou presque au centre) de l'attention, se faufila et partit chercher le prosecco et le Baileys chez le pharmacien – la Gandolfi commandait ses courses « spéciales » au pharmacien parce que ses neveux, qui faisaient semblant de se préoccuper de sa santé mais qui en avaient plutôt après l'héritage, surveillaient ses achats chez l'épicier.

Puis Silvia remonta sur son vélo et pédala aussi vite qu'elle put avec ses paquets jusqu'à la Grande Maison, où elle fit son rapport à la Gandolfi. Celle-ci, qui s'ennuyait ferme, s'assit dans son fauteuil sur la terrasse, remua son cul tout maigre dans un réflexe de confort et de plaisir annoncé, demanda à Silvia de lui servir un verre – sept centimètres de Baileys, c'est ce qu'elle appelait du « bien tassé » – et se délecta. Elle ferma les yeux pour apprécier pleinement l'anecdote et l'alcool. Silvia lui trouvait, comme à chaque fois, l'air d'un cadavre de noyée, avec son vieux visage dévasté et son corps intouché, sans autre usage que les commandements vitaux de ses organes. (Silvia croyait encore, comme sa mère le lui avait appris et puisque personne ne l'avait contredite, que le corps des femmes servait exclusivement à être convoité, possédé et engrossé.) La Gandolfi demanda à quoi ressemblait le garçon. Silvia rougit, précisa qu'elle ne l'avait pas vu debout, ni bien précisément, rapport au fait qu'il était couché sous l'âne, qu'il n'avait pas prononcé un mot, on eût été sonné pour moins, elle n'avait pas idée de sa carrure mais il avait de beaux yeux tristes comme ceux d'une girafe. La Gandolfi haussa les sourcils pour s'étonner :

— Tu as déjà vu des girafes, toi ?

Silvia rougit de plus belle (vexée) et certifia qu'elle en avait vu dans un livre sur la savane à l'époque où elle était en classe et qu'elle en connaissait un rayon sur elles – ce qu'elles mangent, pourquoi elles ont un cou si long, une langue aussi coriace, des taches sur le corps, etc. La Gandolfi agita la main et congédia Silvia en ordonnant qu'elle se débrouille pour ramener Salvatore. Les riches ont cette tendance à ne pas vouloir se laisser coloniser par les problèmes vulgaires. La Gandolfi disait souvent cela à Silvia, Débrouille-toi. Le monde matériel est d'un tel ennui. Mais comme elle avait deviné, ce n'était pas sorcier, que le garçon sous l'âne était le jardinier qu'elle attendait, elle pensa qu'elle avait peut-être trouvé un moyen de se désennuyer de ses journées sans fin et de garder Silvia pour toujours.

14

Et le lendemain matin, quand Aïda sort par la porte de la cuisine boire son café au lait sur le perron du petit jardin, alors que dans la maison il n'y a que sa mère, si nouvellement veuve qu'elle n'y croit pas elle-même, sa mère qui a encore pris garde à ne pas réveiller Sa Seigneurie quand elle s'est levée cette nuit pour aller au petit coin, sa mère qui dort toujours ou ne dort plus, ou qui fait peut-être le point sur ses vies antérieures,

quand Aïda sort donc sur le pas de la porte, réfléchissant à ce rêve qu'elle a de nouveau fait cette nuit, ce rêve qui montre un amandier en fleur, un amandier presque phosphorescent dans l'obscurité, c'est ça qu'elle voit, un amandier en fleur au milieu des ténèbres, et il y a quelque chose dans l'amandier, un gros oiseau, un corbeau peut-être, mais rien à faire, ce rêve ne va jamais au-delà de la silhouette du gros oiseau, obscurité sur obscurité, ce rêve lui résiste,

comment se défaire de l'idée que les rêves sont des rendez-vous ?

quand Aïda sort donc de la cuisine et laisse le chien de sa mère filer vers les acacias, qui aperçoit-elle au bout du jardin, un bouquet de giroflées, de pois de senteur et de fleurs sauvages dans la main droite, la cravate bien ajustée et le regard lointain ? Pippo, le gentil colosse, l'ange bienfaisant. Il a si peu changé. Elle a lu que le temps ne passe pas à la même vitesse pour celui qui vit en bord de mer que pour celui qui habite à la montagne (des horloges placées aux deux endroits pour preuve), alors ce doit être ça. Quelque chose qui a à voir avec la relativité du temps. En bord de mer, le temps passe moins vite. On vieillit plus lentement. Pippo est donc resté Pippo, comme Mimi est restée la petite.

Aïda lui adresse un signe de la main mais il ne s'approche pas. Il pose son bouquet sur la margelle du puits et il repart à reculons. Comme s'il ne voulait pas la quitter des yeux, ou comme si rien. Pippo est le genre de gars à marcher à reculons sans jamais tomber, a-t-il des yeux derrière la tête ou connaît-il si bien tous les chemins de Iazza qu'il pourrait pour toujours fermer les yeux et retrouver sa route jusque chez sa vieille mère ?

Quand il disparaît derrière le muret, Aïda descend les deux marches, dérangeant les fils de la Vierge qui scintillent et dansent mollement dans le petit matin, elle va s'asseoir sur la margelle du puits à côté du bouquet de fleurs. Tout est très calme. Elle se dit que si l'eau s'écarte quand on entre dedans, pourquoi l'air ne ferait-il pas la même chose – il tourbillonnerait quand on se déplacerait et s'apaiserait quand on resterait immobile. Le vide ne bouillonne-t-il pas de particules ? Elle finit de boire son café au lait en éloignant les moustiques d'un geste indolent, puis elle prend les fleurs et se lève. Sous les fleurs, Pippo a déposé un petit oiseau qu'il a sculpté dans un bout de bois. Un colibri. Elle le reconnaît à son bec. Elle fronce les sourcils, lève les yeux vers l'endroit où a disparu Pippo, elle passe la pulpe de son pouce sur la minuscule tête. La facture de l'oiseau est rudimentaire. Et le bois est rugueux comme si Pippo venait juste de le terminer. Se peut-il que Pippo ait su qu'on appelait Mimi le colibri ?

Elle glisse l'oiseau dans sa poche puis rentre et dispose les fleurs dans un vase au milieu de la table de la cuisine, entendant déjà Gilda dire cet après-midi, Mais qu'est-ce que c'est que cette horreur, c'est plein de pucerons, et Violetta tempérer, J'ai toujours aimé les fleurs des champs, ça me rappelle la maison-du-bas. D'ailleurs beaucoup de choses dans la cuisine rappellent la maison-du-bas. Il y a par exemple la pendule avec son balancier, qui oscille lourdement comme un vieux notable après le déjeuner, et son anomalie horlogère – son IIII à la place du IV. Et il y a tout ce qui montre que Silvia la matriarche ne s'est jamais remise d'être devenue riche – elle continue à écrire ses courses au dos des enveloppes ou des paquets de biscottes découpés, elle utilise l'essuie-tout d'abord comme mouchoir, puis, bien replié, comme essuie-tout, elle détricote et retricote, son ouvrage est sur la chaise avec ces grosses pelotes rondes dont la laine n'est plus jamais lisse, elle se lave les mains avec des bouts de savon agglomérés glissés dans un bas, elle garde le journal pour éplucher les pommes de terre ou pour façonner un set de table qui lui servira à ne pas faire de taches sur la nappe quand elle prendra son petit déjeuner, les torchons sont d'anciens dos de chemises du Vieux, et les manches font des chiffons, les placards regorgent de produits périmés qu'elle achète moins cher, et le tube de crème pour les mains sur le bord de l'évier est découpé avec des ciseaux et refermé avec une pince à linge afin que le reste de son contenu ne jaunisse ni ne sèche. Il y a, sur la paillasse, à côté du bouquet poussiéreux de monnaie-du-pape, un bocal entier de sucreries durcies, tous ces bonbons dont le goût ne plaît pas aux enfants mais qu'il est inconcevable de jeter, alors que vous pourriez tout aussi bien sucer une pierre plutôt que ces bonbons fossilisés.

Aïda, Aïda, la nostalgie est une suffocation.

Disséminés dans la pièce, quelques bouquets de fleurs encore sous cellophane plongés dans des vases. *Encore* est inutile. Ce n'est pas qu'on a été négligent, c'est qu'on laisse les fleurs sous cellophane. Ça fait cadeau. C'est une manie de pauvre comme de laisser les étiquettes de marque sur les bougeoirs ou les foulards.

Les bouquets viennent tous du même fleuriste. Il y en a même qui sont identiques. Les gens ne se sont pas cassé la tête pour la mort du vieux Salvatore. Le contraire eût été surprenant.

Aïda ferme soigneusement la porte qui donne sur le petit jardin, le chien furète toujours dehors, et elle reste un long moment immobile dans la cuisine. La maison est tellement silencieuse qu'elle entend les pommes de terre germer dans leur sac en papier kraft.

Elle remonte dans sa chambre et se dit, Aujourd'hui on enterre mon père. Elle prononce la phrase tout haut, elle la teste, pour le moment ça ne lui fait pas grand effet, ça viendra. Elle hausse les épaules, pose le colibri primitif sur sa table de chevet, et elle se prépare.

Contes et légendes de la famille Salvatore (3)

Silvia, à vingt-cinq ans, avait loupé le coche. Pourtant, Dieu sait si sa mère lui avait répété un nombre de fois incalculable et mortifiant : Si tu en pinces un, attache-le-toi.

Il y avait beaucoup moins d'hommes que de femmes à Iazza. Les hommes de Iazza avaient tendance à aller et venir, ils périssaient en mer, se tiraient dessus, confisaient dans la gnôle, goudronnaient leurs poumons plus vite que de raison, ou se pendaient à la poutre maîtresse. Les hommes de Iazza étaient généralement des faux bourdons. Cela dit, la vie des femmes dépendait de la qualité de l'homme sur lequel elles tombaient. Ce qui leur permettait de se plaindre en permanence de leur mari – absent ou non. C'est toujours une source de morose délectation.

Silvia n'avait jamais été ni entreprenante ni jolie – quoique nos mères soient toujours jolies quand elles sont jeunes, c'est un fait avéré. Elle avait vu toutes ses camarades aller au carnaval, être invitées au bal, engrossées et mariées. Et elle, elle était restée assise sur le bord du talus à regarder les cortèges défiler. Il ne s'était jamais agi de choisir quoi que ce soit mais d'être choisie.

— Comment peux-tu ne pas penser à te passer un coup de rasoir au-dessus du nez, tu ressembles à un hibou, lui disait sa mère.

C'était donc la faute exclusive de Silvia (son manque d'efforts, sa gaucherie et son sourcil de hibou) si elle n'avait pas réussi à mettre le grappin sur un jeune mâle, et non pas le résultat d'un hasard génétique désobligeant. Un vieux aurait peut-être même fait l'affaire, elle aurait fini par s'y résoudre, puisque les seuls à lui faire les yeux doux ou du moins à lui adresser des remarques vaguement galantes étaient les hommes les plus mûrs de l'île. Silvia pouvait se targuer d'avoir un ou deux soupirants chez ceux qui étaient plus proches de la fin que du début du cycle, mais aucune jeune fille ne se targue d'un tel privilège.

Elle avait trouvé une place chez la Gandolfi et ça avait été un soulagement pour sa mère de ne plus l'avoir dans les pattes, et un soulagement pour Silvia de rencontrer un autre type de femme que sa mère et les voisines de sa mère.

Silvia était fascinée, entre autres ravissements, par la chevelure de la Gandolfi. À quoi reconnaissait-on qu'elle était riche alors qu'elle était aussi maigre qu'un échassier, qu'elle traînait de vieilles mules à sequins et trônait dans un fauteuil déglingué, une bonne partie de la journée ? Cela avait directement à voir avec sa chevelure, dorée, volumineuse et souple, posée au-dessus de son visage ridé et un peu bouffi, à la peau épaisse et molle à cause du Baileys et de la cigarette. C'était une chevelure qui demandait des soins quotidiens, une chevelure de luxe qu'on avait envie de toucher et de humer.

Il y avait aussi le parfum de la Gandolfi, celui qu'elle portait pour éloigner la mort, les chairs qui se corrompent et qui partent en lambeaux.

Et puis il y avait son vocabulaire : elle jurait et insultait et tempêtait. Mais jamais en dialecte. Et puis son choix bien sûr de ne jamais se marier, de ne même jamais se laisser approcher par un mâle, son choix de rester au Domaine, surveillant ses terres depuis la terrasse, se balançant à côté de Néron, son vieux labrador qui pétait, recevant son intendant et supportant les doléances de celui-ci et son obséquiosité alors qu'elle savait bien qu'il l'escroquait, n'en avait pas la preuve, mais n'en doutait pas un seul instant, l'autre avait cet air de fourbe de comédie, il n'essayait même pas de cacher sa rouerie, il méprisait la Gandolfi, c'est toujours la même chose, c'est l'arrogance de ces types-là qui les perd, ils ne peuvent imaginer qu'une vieille pucelle puisse trouver le moyen de les coincer un jour et de les virer, et la vieille pucelle attendait son heure, elle attendait quelqu'un qui ne serait que loyauté et gratitude, quelqu'un qui deviendrait son bras armé contre tous les faquins qui croyaient pouvoir profiter d'elle. La Gandolfi rudoyait Silvia mais Silvia avait toujours été rudoyée. Elle avait toujours entendu sa mère dire des autres femmes et d'elle-même, Il faut nous tenir la bride haute parce que si on nous donne ça on demande ça. Et on fait quoi avec ce genre de leçons ? On s'aplatit, n'est-ce pas. On ne courbe même pas l'échine. On s'aplatit. C'est ce à quoi s'évertuait Silvia depuis toujours. Mais ça ne plaisait pas à la Gandolfi. Celle-ci lui disait, Tu es maligne, arrête de jouer à l'idiote. Et Silvia la regardait, toute de candeur et de transport. Je dis que ça ne plaisait pas à la Gandolfi. Mais c'est plus ambigu que cela. La Gandolfi était sous le charme de cette jeune fille dévouée, elle souhaitait la garder le plus longtemps possible auprès d'elle. Elle n'avait jamais rencontré un mélange aussi équilibré de disgrâce, de modestie et d'intelligence. Mais Silvia l'agaçait aussi. Comme les yeux humides que Néron posait sur elle pouvaient l'attendrir ou la hérisser, c'était selon.

Les vieilles pour Silvia, ça avait toujours été des grands-mères à moustache se massant les varices, un fichu sur la tête, leurs pieds pareils à des ceps de vigne crevassés, le dos bossu à force de potager. Alors que cette vieille-là, avec sa chevelure éclatante et ses bagouses et sa gouaille affectée, était devenue assez vite pour elle la Demoiselle. Silvia retournait chez sa mère chaque soir, ce qui mécontentait la Gandolfi, qui aurait bien aimé l'avoir tout le temps à elle, mais la mère y tenait, elle ne voulait pas céder complètement sa fille, celle-ci avait encore son usage à la maison, et puis elle aimait que Silvia lui raconte ce qui se passait dans la Grande Maison.

La Demoiselle chargeait aussi Silvia de missions d'espionnage à l'encontre de son intendant et de ses sbires puisque personne ne faisait attention à la jeune fille. Elle lui demandait de relire ses comptes – le Baileys n'étant pas de nature à renforcer la réflexion et la concentration –, elle lui réclamait ses courses spéciales, tabac, alcool et benzodiazépine, à aller chercher à la pharmacie du village, elle lui demandait de lui faire la lecture, lui avait appris à cesser d'ânonner (à petits coups de baguette de genévrier), exigeait de prendre des bains dans un mélange de lait, de géranium, de rose de Damas et de miel, exigeant surtout que Silvia restât auprès d'elle pour veiller à ce qu'elle ne glisse pas, ne s'endorme pas et ne fasse aucun malaise – elle savait son cœur fragile (Comme quoi, j'en ai un, ricanait-elle) –, elle commandait à Silvia de mettre une vis supplémentaire aux médaillons qui indiquaient le nom des chambres sur les portes (la chambre bleue, la chambre du colonel, etc.) parce qu'elle ne supportait plus de les voir se balancer (les médaillons) à chaque fois qu'elle poussait une porte, Il leur faut deux vis, bordel, criait-elle, elle pinaillait sur ce que Silvia lui préparait au déjeuner, râlant et éparpillant dans son assiette les haricots, elle insultait Silvia en s'adressant à son chien, Apparemment cette salope de Silvia doit rentrer chez sa mère plus tôt que d'habitude ce soir, elle filait à Silvia des cosmétiques et des robes immettables, Tenez Silvia, des crèmes pour la gueule et cette robe que j'ai beaucoup portée parce que je l'aimais bien. Elle est usée mais propre. Et ce sera toujours mieux que vos haillons. Et quand Silvia faisait un effort sur sa tenue, arrivait au matin avec un collier ou un trait de rouge à lèvres rose nacré discret discret la Gandolfi se penchait vers son chien et disait, Regarde Néron et ne te moque pas, Silvia s'est faite belle.

Contre toute attente, Silvia cessa de craindre la Demoiselle, elle comprit que celle-ci comptait sur elle et l'aimait et la voulait à jamais auprès d'elle, alors Silvia commença à sourire et à rire quand la vieille trépignait, ce n'était pas un rire de moquerie ni de défiance, c'était un rire partenaire, « je sais qui tu es et je sais ce que tu veux », c'était un rire amusé, bienveillant, comme celui qui nous vient quand on secoue la tête en constatant que le petit dernier revient tout boueux du jardin.

Alors quand la Gandolfi vit arriver Salvatore Salvatore, elle dut se dire qu'elle avait trouvé le moyen de garder Silvia pour toujours – elle aurait pu penser l'inverse et s'alarmer, Mon Dieu, la gamine va s'enticher du beau brun et se carapater, mais elle n'était pas du genre à s'avouer vaincue. Et elle avait le chic pour tourner les situations à son avantage.

Il se présenta à elle, l'après-midi de sa mésaventure avec l'âne, le docteur Serretta avait vérifié que tout allait bien, pas de commotion, pas de traumatisme, le garçon voyait clair et ne boitait pas, le docteur Serretta avait donc prescrit de la pommade au coucher, il prescrivait toujours de la pommade au coucher, Salvatore Salvatore n'avait pas pu régler la consultation, mais le docteur Serretta lui avait dit en lui tapotant l'épaule,

Tu me paieras avec tes premiers gages, de toute façon tu ne peux pas aller bien loin à Iazza.

La Gandolfi, quand elle l'avait reçu, avait évalué le garçon – taille, regard, voix, gestuelle et bafouillage. Elle avait conclu qu'il était vigoureux, ombrageux mais pas méchant, et fabriqué d'un seul tenant. Il n'avait rien d'un aventurier.

Quand il était sorti pour aller voir les ruches, la Gandolfi avait dit à Silvia :

— Il est plutôt joli garçon.

Silvia n'avait pas répondu.

— Ne fais pas ta mijaurée. Ce n'est pas parce que je n'ai plus de bras que ça ne me gratte pas, avait dit la vieille.

En tout cas il serait idéal pour Silvia. La Gandolfi en avait décidé ainsi.

15

Gilda est agitée. Et quand Gilda est agitée, elle houspille son garçon, Giacomo.

Aujourd'hui on enterre le Vieux. Et Aïda est de nouveau sur l'île. Mon Dieu mon Dieu mon Dieu.

Gilda flotte dans la maison. Elle n'a pas encore enfilé son collant, il ne faudrait pas qu'elle l'abîme avant la cérémonie. Elle porte sa petite robe noire en crêpe. Elle cherche dans les placards de la cuisine. Giacomo, dépêche-toi, crie-t-elle. Elle ne trouve manifestement pas ce qu'elle cherche. Giacomo est dans la salle de bains. Il reste des heures dans la salle de bains. C'est difficile de l'y faire entrer mais une fois à l'intérieur, l'en faire sortir est une véritable gageure. Elle finit par ouvrir le robinet d'eau chaude de l'évier. Elle l'entend qui gueule sous la douche devenue brutalement froide. Au moment où j'écris ces mots, je me dis que leur cohabitation va de moins en moins être évidente. Mais, me rétorquerez-vous, ce mouvement est une loi de l'univers. Votre enfance peut être relativement heureuse, il vient toujours un temps où vous la bazardez dans sa totalité, jusqu'à estimer qu'elle n'était que désolation. Giacomo déverrouille la porte et sort de la salle de bains. Gilda dit, Je ne veux pas que tu mettes le verrou, tu pourrais rester enfermé, il l'ignore, il ne perd rien pour attendre, je vous rappelle qu'il a onze ans, elle pénètre dans la salle de bains, C'est un hammam, ici, elle ouvre le vasistas, gesticule comme pour disperser une fumée toxique, elle se met à quatre pattes, trouve le gin derrière les produits d'entretien au fond du placard sous le lavabo, elle en verse dans une petite bouteille en plastique, elle évalue le contenu et la couleur, Ça le fera, dit-elle tout haut, ce qui signifie qu'elle s'est trouvé une bouteille d'eau de compagnie pour la cérémonie, elle prend son vaporisateur d'eau de Cologne, pschitt pschitt au fond de la gorge et son haleine sera fraîche comme celle d'une jouvencelle, et puis c'est toujours ça de pris, un peu d'alcool à 60 degrés, sur ce elle se remet à crier, Giacomo Giacomo dépêche-toi.

À cet instant, son téléphone sonne, elle se précipite dans le salon, Giacomo, tu as vu mon portable ? elle tâtonne à droite à gauche, on dirait une aveugle, elle le trouve coincé entre l'accoudoir et le coussin du canapé, c'est Violetta, Quoi ? aboie-t-elle en décrochant.

— Les filles sont en retard, tu peux passer chercher maman et Aïda ?

— Mais tu es dingue, je cours partout, je dois aller prendre de l'argent et récupérer les couronnes chez le fleuriste, je n'ai pas le temps.

— Je sais que ce n'est pas idéal. Mais c'est compliqué, là, Leonardo est parti au bureau pour sa réunion, il a pris ma voiture et je ne peux pas faire entrer maman dans la sienne avec les gamines plus Aïda. Ça m'arrangerait vraiment. Et puis Écureuil est patraque. J'ai peur d'une crise de foie. Elle a vomi cette nuit…

— C'est bon c'est bon, soupire Gilda.

Violetta appelle ses filles Écureuil et Lapin. Pour tous les autres, ce sont les petites. De toute façon personne ne sait jamais distinguer Écureuil de Lapin.

Gilda raccroche et s'affale sur le canapé, découragée, Habille-toi, crie-t-elle à Giacomo quand elle le voit traverser le salon dans son peignoir rose et noir du Palermo FC. Il ne lève pas les yeux au ciel, il fait comme s'il ne l'avait pas entendue. En ce moment on dirait qu'ils ne captent pas les mêmes fréquences : Giacomo se contente au mieux de sourire poliment à sa mère quand elle s'adresse à lui, comme si elle n'était qu'une vague connaissance, et il ne retire que rarement son casque de ses oreilles. Il est devenu ce genre de garçon qui échange des poignées de main compliquées avec ses potes et qui claque son épaule contre leur épaule comme un footballeur américain.

Gilda se dit que quelque chose cloche dans sa relation avec son fils. Mais c'est une pensée furtive. « Si l'autre connard était là » est la pensée qui suit systématiquement. La première et évanescente piqûre de culpabilité est donc vite balayée. Le père de Giacomo appelle scrupuleusement une fois par semaine. Il n'a pas réussi à se rendre disponible pour l'enterrement du Vieux. Il est à Naples. C'est dire son degré d'implication dans la vie de la famille Salvatore. Même Aïda est venue.

De son côté, après avoir raccroché, Violetta finit de s'enduire d'huile solaire, elle scintille comme une statue de verre. Les petites jouent sur leur tablette au bord de la piscine. Elles sont collées l'une à l'autre, assises sur le même transat, coincées entre les accoudoirs. Ça a l'air très inconfortable. Mais le sens du confort de ses filles reste mystérieux aux yeux de Violetta.

Elle sort et s'allonge sur une chaise longue. Ce temps volé à sa sœur est un miracle.

Il ne fait pas très beau, le ciel est blanc comme un blizzard, mais cela donne le meilleur bronzage qui soit.

Elle est contente que Leonardo ait dû aller au bureau ce matin. Elle a feint de légèrement s'offusquer, Non non je comprends, vas-y, c'est normal, avec un air de biche blessée. Mais en fait elle aime quand il n'est pas là. Elle aime jouir de la maison, de l'espace de la maison, elle passe de pièce en pièce, invisible, personne n'est là pour la regarder, Maria Pop la femme de ménage ne vient que deux fois par semaine, et les petites consacrent une grande partie de leur temps à inventer des jeux aux règles impénétrables ou à regarder des sitcoms pour adolescentes auxquels elles ne comprennent rien – avec des rires préenregistrés qui évoquent toujours à Violetta le bruit des containers de verre qu'on vide dans les bennes.

Elle est souvent délicieusement seule.

Ce sont des moments où elle peut se comporter avec cette négligence qu'elle soupçonne être sa vraie nature. Il lui arrive parfois de faire semblant de se laver, elle laisse l'eau de la douche claquer sur la porcelaine (elle n'utilise pas en effet, comme Aïda s'en était doutée, la salle de bains vert marécage) pendant qu'elle enfile les sous-vêtements de la veille. Puis elle se parfume : « Parfum sur saleté = propreté », se répète-t-elle à chaque fois. C'est sa petite sauvagerie à elle. Comme de se recoucher le matin après avoir accompagné les filles à l'école. Ou de fumer des cigarettes au menthol dans la buanderie.

Elle sait qu'elle est perçue comme une mère au foyer parfaite : chez eux, les serviettes de table sont déployées en forme de cygne même pour un déjeuner sur le pouce, l'extrémité du rouleau de papier-toilette est plié en triangle chaque matin comme à l'hôtel, le four est perpétuellement en mode préchauffage, et les deux seules choses dont elle ne s'occupe pas sont la cave à vin et le barbecue.

Elle ressent présentement une lassitude très diffuse.

N'est-ce pas elle que les démarcheurs des pompes funèbres, qui surgissent de partout, pareils aux mille-pattes qui se cachent sous les pots de fleurs, ces démarcheurs qui débarquent quand ils entendent parler d'un mort tout frais avec des moyens, n'est-ce pas elle qu'ils ont harcelée en ville avec leurs propositions : location d'un corbillard limousine, buffet funéraire végétarien, ventilateurs, corbeilles de fruits, couronnes de fleurs, hébergement de la famille venue du continent. On dirait des mille-pattes alpinistes. Ils vous grimpent sur le corps. Ils grimpent sur vos maisons. Non ce sont des mille-pattes spéléologues. Ils pénètrent dans votre corps par les narines ou tout autre orifice dont je n'ai pas envie de parler. Et je ne vous explique pas ce que ça donne quand ils pondent leurs œufs à l'intérieur. N'est-ce pas elle qui a dû les chasser (On s'occupe de tout, on s'occupe de tout) ? N'est-ce pas elle qui organise chaque événement de leur vie à tous avec discrétion et dévouement ? N'est-ce pas elle qui fait bonne figure auprès d'Aïda ? Tout le monde compte sur elle. C'est éreintant et méprisé. C'est une tâche sans panache. Quel plaisir de se complaindre un brin. Elle a droit à un peu de paix avant la cérémonie qui va ouvrir une nouvelle ère pour elles toutes – l'ère sans le Vieux.

Elle regarde ses filles. Elles sont si brunes. Le Vieux les appelait les moricaudes. C'était presque affectueux. Elle aime les regarder. Elle se sent invisible et omnisciente. Elle sourit toute seule. Profitez de votre enfance, le monde se chargera de vous briser le cœur bien assez tôt.

Elle pense alors à Mimi. Difficile de ne pas y penser quand on fréquente en permanence deux petites filles de six ans. Mimi revient par flashs – une attitude de Lapin, une expression d'Écureuil. Tiens là d'ailleurs, à l'instant où je vous parle, la manière dont Lapin vient de se percher sur le haut du transat dans un équilibre bancal afin de mieux voir la tablette dans les mains de sa sœur, c'est du Mimi.

Violetta grimace. Elle sent son sternum devenir un poids terrible au centre de son corps. Trop de choses y sont bloquées et verrouillées sans doute. Ce n'est plus un sternum, c'est une grosse brique faite d'un amoncellement de cochonneries. Elle prend une grande respiration puis expire lentement et profondément. Elle est très appliquée. Comme toujours. Puis elle se dit qu'il suffira d'avoir Gilda à l'œil. Celle-ci a recommencé à boire de l'eau de Cologne. Elle croit que personne ne s'en est rendu compte. Mais on sait que l'éthanol délie la langue.

16

Force est de constater qu'en ce jour, Aïda affiche une sorte d'air sceptique.

Elle assiste à la levée du corps dans la chapelle Santa Lucia, la chose dure des heures, tout Iazza est là, personne ne pleure sauf celles qui sont payées pour ça – la grand-mère d'Aïda disait toujours, Ici, on ne pleure pas, on s'endurcit. Pendant que Iazza défile et n'a d'yeux que pour Aïda – celle qu'on appelle déjà la revenante sans y voir la moindre malice –, le corps de Salvatore Salvatore est exposé dans son costume noir et sa maigreur de vieux au milieu du satin et des fanfreluches, on dirait un faux cadavre d'ailleurs, on dirait une réplique en cire comme celles des saintes intouchées dans leur châsse, Aïda ne reconnaît pas son père, elle ne s'attendait pas à le reconnaître, elle n'est pas venue pour le reconnaître, elle est simplement venue l'écouter.

Maintenant que je suis mort, on va pouvoir parler, dit-il.

Aïda regarde Iazza qui défile, il y a même le vieux Severini dans son fauteuil roulant, qui se réjouit sans doute de survivre à Salvatore, même s'il ne peut plus faire grand-chose sans l'assistance de la jeune Moldave qui lui met le goupillon d'eau bénite dans la main droite. Ils se sont toujours détestés, Severini et Salvatore. Mais survivre à ses ennemis est l'un des seuls plaisirs qu'il y a à durer. Aïda remarque que tous ces vieux messieurs ont les ongles longs, est-ce parce qu'ils n'ont plus de dents ? Elle entend quelqu'un dire trop fort que jusqu'au bout Salvatore a arpenté les chemins de l'île, mains croisées dans le dos, « comme un ancien dictateur ». Elle lève le nez, la chapelle n'a pas bougé, c'est ainsi qu'elle se le formule, la chapelle n'a pas bougé, deux pigeons observent la scène, perchés dans la lumière jaune du petit vitrail sud, Aïda espère qu'ils choisiront avec soin sur qui ils déféqueront.

Maintenant que je suis mort, on va pouvoir parler, répète Salvatore.

Aïda jette de nouveau un œil dans le cercueil, et son père n'est plus son père ou pas encore son père. Il a vingt et un ans et vient de débarquer à Iazza, et cette île a les dimensions d'un cercueil, elle pourrait mesurer des milliers de kilomètres carrés, se transformer en un grand désert blanc, avec dunes, cheminées de fées, cônes rocheux et habitations troglodytes, scorpions minéralisés et renards des sables, un grand désert venteux, brûlant et glacial tour à tour, un désert dangereux et tragique, un désert où il aurait absolument fallu se serrer les coudes pour survivre, et pas en se toisant les uns les autres avec l'espoir d'une maladresse du côté adverse, et rien que de penser « adverse » tout devient limpide, un désert où personne n'est le camarade de personne, un désert où la survie dépend de l'agonie de l'autre, Iazza pourrait être aussi grande qu'une planète, elle ne cesserait d'avoir, pour toutes dimensions, celles d'un cercueil.

Sois au ciel une heure avant que le diable apprenne que tu es mort, dit Salvatore Salvatore.

C'est ce qu'il marmonnait en levant son verre, certains soirs d'humeur exceptionnelle.

Elle regarde son père, Aïda, coincée entre sa mère et le fantôme de Mimi.

Il a vingt et un ans et il a failli mourir écrasé par un âne.

J'ai rencontré ta mère, dit-il. Et je ne suis plus jamais reparti. Je suis devenu une pierre.

Aïda voudrait s'approcher et lui parler à l'oreille, mais ce n'est pas le moment, c'est seulement le moment pour elle d'écouter ce qu'il a à lui dire. Il fait chaud dans cette chapelle, elle est si fatiguée, elle transpire dans sa robe noire pas de saison, elle regarde ses nièces assises au premier rang, avec leur jolie tenue bleu marine, elles discutent et jouent avec leurs mains, c'est embêtant qu'elles soient habillées pareil aujourd'hui, il va être impossible pour Aïda de les distinguer l'une de l'autre, à moins que leur mère, prévoyante comme elle est, n'ait pensé à leur emporter une tenue de rechange plus adaptée à une après-midi ensoleillée dans le jardin du Domaine, elles s'envoient de petits coups de pied et abîment le vernis de leurs chaussures, comment peut-il faire aussi chaud dans une chapelle, les murs ne sont-ils pas épais d'un mètre, ne sont-ils pas conçus pour résister au temps, aux intempéries et aux invasions barbares ? Aïda regarde ses nièces, c'est distrayant, et ça lui fait oublier les vieilles qui viennent l'embrasser, tout ce bouillonnement de microbes sur les lèvres et sur les joues, tu m'en passes, je t'en passe, contamination et dégradation, et le Vieux qui continue de parler et de ne rien dire.

Les morts n'appartiennent à personne, souffle-t-il.

Les petites roulent des yeux en faisant des grimaces, leurs yeux sont ronds et immenses et noirs. Indéniablement noirs. Aïda a un léger sursaut. C'est quoi déjà cette histoire d'allèle récessif ? Attends attends. Comment les petites peuvent-elles avoir les yeux si sombres alors que leurs deux parents ont les yeux bleus ? Existe-t-il des exceptions à cette règle ?

Le défilé des vieilles continue, et toutes d'afficher des mines de circonstance – comme si la perte de Salvatore Salvatore les affectait personnellement, alors qu'il n'a jamais réussi à échapper à son statut de doryphore, comme on appelle à Iazza les étrangers ou les touristes. Aïda croit entendre quelqu'un prononcer « cette vieille charogne ». Le Vieux répète,

Les morts n'appartiennent à personne,

il va falloir qu'il cesse de répéter ses petites comptines. Il perd du temps. Bientôt on refermera le cercueil et on le scellera à jamais.

Silvia, la matriarche, est parfaite – de toute façon elle ne croit pas vraiment à la mort, elle est distante, souriante, c'est fou comme elle gagne en grâce en vieillissant. Violetta fait les gros yeux à ses filles. Leonardo s'ennuie mais c'est intrinsèquement un homme politique, on dirait qu'il distribue des tracts au marché juste avant les élections, il hoche la tête et a dans le regard cet éclat bienveillant qui fait qu'on l'aime dans l'instant. Gilda est agitée, elle a les yeux un peu vitreux, elle a posé sa bouteille d'eau par terre, elle se baisse avec régularité pour en boire une gorgée, apparaît disparaît, apparaît disparaît. Aïda se demande ce qu'elle-même fout là. Mais c'est une question dont elle est coutumière et qui n'appelle pas de réponse. C'est une ritournelle. Elle cherche Pippo des yeux. Il faut qu'elle trouve un moyen de lui parler. Elle l'aperçoit là-bas à côté de sa mère, il a l'air de mesurer un mètre de plus qu'elle, Aïda aimerait qu'il vienne lui présenter ses condoléances, elle pourrait lui dire à l'oreille qu'elle va garder précieusement le colibri et qu'elle voudrait le voir, elle souhaiterait le remercier et lui dire qu'elle est touchée qu'il se souvienne de Mimi le colibri, la mère de Pippo prend son fils par le coude afin de se diriger vers l'autel, mais il se dégage maladroitement, s'éloigne d'elle, pousse la porte de la chapelle et se précipite dans la lumière crue du dehors. La mère a l'air surprise puis offusquée. Elle secoue la tête.

Aïda reporte son attention sur ses deux petites nièces.

Sur leurs yeux si grands et si sombres.

Existe-t-il donc des exceptions à la quantité déterminante de mélanine dans l'iris ?

Aïda ne sait pas. Elle se renseignera. Ou alors elle laissera tomber. Parce que, au fond, qu'en a-t-elle à faire que ses deux nièces soient les filles ou non de Leonardo ? Il y a des chances pour que la chose illustre l'adage que répétait doctement à chaque naissance (en ricanant) la vieille Gandolfi : *Mater semper certa est, pater semper incertus est*.

Les employés des pompes funèbres se positionnent, empruntés et excessivement jeunes, ils portent des costumes trop grands, on dirait des élèves de l'école hôtelière à côté de chez elle à Palerme, ils sont aussi à l'aise avec une cravate qu'elle le serait en tutu. Ils s'apprêtent à poser le couvercle et à le visser. Mais, avant qu'on lui ferme à jamais son clapet, son père, définitivement décevant, est tout juste capable de dire quelque chose qu'elle sait en fait depuis longtemps :

Qui te dit que je ne suis pas mort cette nuit de carnaval il y a vingt-cinq ans ?

17

Au moment du carnaval, la famille Salvatore restait confinée. Il n'y avait pas d'école pendant une semaine, alors les filles ne bougeaient pas de la maison. Leur père ne sortait pas, il réparait des bricoles, il s'occupait des ruches les plus proches de la maison, il surveillait. Seule la mère, Silvia, continuait de monter chez la Gandolfi tous les jours. En temps normal c'était elle qui chaperonnait les filles. En réalité, le plus souvent, elle les laissait faire ce qu'elles voulaient, elle se contentait de frapper dans ses mains et d'agiter la cloche afin de les alerter et de battre le rappel quand elle entendait la camionnette de son mari amorcer le virage au bout du chemin. Elles changeaient alors toutes d'occupation. Chacune pénétrait de nouveau dans la dimension de Sa Seigneurie avec ses coordonnées et ses proportions particulières. Salvatore Salvatore se garait dans la cour, s'extrayait de son véhicule, rentrait dans la maison, chacune se mettait à bouger comme une figurante dans un feuilleton, sans véritable but, s'en inventant un, parlant un peu trop fort, justifiant sa présence et son emploi du temps et sa contribution. Le Père regardait autour de lui, vérifiait que la télé n'avait pas servi – il posait la main sur le poste pour contrôler sa chaleur –, puis il s'asseyait dehors, maillot de corps marqué de sueur et cigare toscan, il confectionnait des cadres pour ses ruches et demandait à chacune de ses filles de venir le voir pour lui rendre compte de sa journée. Violetta prenait très au sérieux son rôle d'aînée, elle était appliquée et un peu condescendante avec ses sœurs, ce qui agaçait le Père. Et il ne gardait pas longtemps Gilda près de lui parce qu'elle était la plus disgracieuse – comme elle était légèrement velue sur la chute de reins, il l'appelait « l'araignée » (quand je vous parlais, au début, de circonstances atténuantes). Il finissait par enjoindre à Mimi et Aïda de rester. Il leur emmêlait les cheveux, les tenait par la nuque et leur proposait au bout d'un moment de jouer aux dominos. Le comble du divertissement pour lui.

Alors, s'il y avait une chose que Salvatore Salvatore ne supportait pas à Iazza, c'était bien le carnaval. Celui-ci débarquait mi-février, la fête foraine installait ses stands sur le grand terrain des Severini à l'est de l'île, puis tout le monde paradait en ville pendant une semaine. Les attractions de la fête foraine avaient quelque chose de baroque, et donc de dépravé et dangereux pour quelqu'un comme Salvatore Salvatore. Elles comprenaient entre autres le cheval qui parle, le fantôme du chien mort, la femme croisée avec un loup, la licorne lilliputienne, le mage aux mille *jettature*, le labyrinthe de verre… Salvatore voyait le carnaval comme une étreinte visqueuse et infectieuse, grouillante de microbes et de monstres, il était ritualisé autour du sexe et de la mort de manière si explicite que chaque année il menaçait sa famille de l'emmener sur le continent pendant une semaine pour échapper à ces turpitudes. Ce qu'il ne faisait jamais. Mais ce qui ne changeait pas grand-chose vu la claustration qu'il imposait aux siens durant cette période.

On entendait, depuis la maison-du-bas, les chants et les rires, les explosions et la musique, les tambours et les cris, les cloches du campanile de Marie la Toute Pure appeler à la procession, on apercevait la fumée s'élever et le ciel rougeoyer quand, le septième jour, on faisait brûler Vavamostro le diable de paille, et le Père feignait de ne rien entendre, de ne rien voir, de ne pas sentir l'odeur de la poudre et des churros, cette odeur écœurante, attirante, qui laissait ses filles pantelantes et désirantes, les pupilles dilatées et les mains moites, alors que lui, il voulait simplement les protéger de la débauche et du désordre, c'était si difficile de tirer sur les rênes de toutes ces créatures qui vivaient auprès de lui et comptaient sur lui. Il n'y avait pas à tortiller : pour les aider à ne pas succomber, il fallait faire taire leurs instincts animaux, leur imposer retenue et pudeur. C'était plus facile avec les petites, les deux grandes, elles, commençaient à s'agiter, il les voyait bien hésiter déjà à ruer, encore effrayées certes, mais prêtes à s'évader.

La seule concession était le pain perdu que leur mère préparait tout exprès à cette occasion. La cuisine embaumait la cannelle pendant une semaine. Et ne faisait que rappeler aux filles Salvatore leur statut d'hérétiques. Vous parlez d'un réconfort. Quand elles insistaient trop, leur mère leur racontait le carnaval, puisqu'elle y allait quand elle était jeune fille. Mais afin de ne pas briser le cœur de ses enfants elle disait que ça avait bien changé, que dans le temps c'était gai (ce qui était faux la concernant, elle était souvent restée sur le banc de touche, mais que voulez-vous, la mémoire embellit et astique jusqu'à faire resplendir) parce qu'à l'époque on savait s'amuser, mais maintenant ce n'était plus ça, les touristes débarquaient, et d'ailleurs c'était plutôt racaille et compagnie, et Violetta demandait, Comment tu le sais ? et la mère disait, Je le sais, c'est tout, et les filles soupiraient et la mère qui voulait les consoler disait, Un jour votre père vous y emmènera, ce qui était une perspective peu réjouissante, comment imaginer s'amuser au carnaval si vous aviez Salvatore Salvatore comme chaperon.

Au fond il me semble que les filles n'aimaient pas leur mère. Elle était du côté des perdants. Son goût insupportable pour le renoncement et sa mollesse la rendaient repoussante. Bien sûr elles voyaient bien que la Gandolfi lui faisait confiance et lui parlait avec la forme de respect la plus aboutie possible chez une vieille carne comme elle. Mais ce qu'elles voyaient surtout, c'était ce qui se jouait à la maison. Leurs parents étaient piégés dans la géométrie invariable des couples – elle craignait que son mari ne finisse par devenir violent, il craignait que son épouse ne finisse par devenir folle. Pour les filles, elle n'était que leur mère, à la fois présente et diffuse.

Quand son appréhension du monde et son sourd mécontentement le submergeaient, Sa Seigneurie écoutait son opéra plus fort encore, les murs de la maison-du-bas en tremblaient, et parfois les entrailles se mettaient à tressauter aussi, c'étaient le cœur et les reins et les poumons qui réagissaient, c'était la gorge, Silvia secouait la tête, Tu vas nous rendre toutes sourdes, disait-elle, elle s'approchait de lui, lui tapotait l'épaule, Je baisse, disait-elle, elle le prévenait toujours, eût-elle baissé le volume sans prévenir qu'elle se serait pris une volée de bois vert, il la regardait faire d'un œil morne, comme si elle ne comprenait rien, ne comprendrait jamais rien, mais que pouvait-il réclamer à cette femme, que pouvait-il reprocher à cette femme, sinon la tenir responsable du fait qu'il n'ait jamais quitté Iazza, jamais repris la navette, c'étaient elle et les filles qui l'avaient empêché de rouler sa bosse.

Silvia savait bien, elle, que son époux était un sédentaire, une pierre de lave, et que seul ou accompagné il ne serait jamais reparti, et lui aussi le savait, c'est ça le plus terrible, oh mon Dieu tous ces hommes, depuis mille générations, tous ces hommes moroses et insatisfaits, amers et irrités autant par les autres que par eux-mêmes. Quitter ses montagnes et son volcan et débarquer à Iazza avait été la plus grande aventure de sa vie, mais il parlait quand même, lorsqu'il parlait, des guerres et des carrières qu'il aurait menées si on ne l'en avait pas empêché. Et ce qu'il aurait voulu dorénavant, si ce n'était pas trop vous demander, c'était garder ses filles auprès de lui, les immuniser et les soustraire.

18

Le carnaval parle du courage et de la peur. Toutes les peurs : être nue en public ; se faire piquer par une tarentule et enfler enfler jusqu'à ne plus pouvoir respirer ; ouvrir la porte à l'homme à la hache, celui qui a le regard mort ; ne pas être la protagoniste de l'histoire, mais simplement une victime anonyme sur le chemin du tueur fou ; le sexe dégueulasse et violent ; s'étouffer avec un morceau de viande ; croiser la route du terroriste qui vous plante un couteau dans la carotide ou de celui qui met une bombe dans le cinéma alors qu'on s'était faite belle pour le premier rendez-vous ; les duettistes Alzheimer et Parkinson ; avaler une guêpe ; devoir aller à l'école avec un œil au beurre noir ; être isolée dans la cour et sentir le regard moqueur de tous les élèves ; péter bruyamment en classe ; chuter du sixième étage parce que la rambarde n'a pas tenu ; vivre l'hiver nucléaire ; voir mourir un enfant ; sentir le sang qui coule le long de la jambe, le premier jour du printemps avec jupette et sandalettes ; n'avoir aucun ami, personne à qui confier ses pensées ; devoir dormir dans un parking souterrain la nuit sans jamais ôter ses chaussures de peur de se les faire voler ; tomber dans des sables mouvants et avoir la cage thoracique si comprimée qu'elle explose ; assister à l'incendie de sa maison, c'est cela, la maison en feu. Toutes les maisons en feu. Alors il faut partir pour juguler la peur et la peur d'avoir peur, se retirer et ne plus aimer personne, rester simplement assise au bord de la piscine à regarder les autres s'adonner à la natation synchronisée ou bien se noyer. Et attendre son heure.

19

La mer est comme un sirop, onctueuse et amniotique. C'est une eau qui vous porte et vous lave de vos douleurs. Aïda n'a pas nagé depuis quinze ans. Comment a-t-elle pu s'en passer ? On est le lendemain de l'enterrement du Vieux. Il est sept heures du matin. Elle s'est couchée tôt la veille, ou du moins elle est montée tôt dans sa chambre, elle a lu son livre de physique quantique pour les nuls, il y avait encore du monde dans la Grande Maison, éclats de voix et quelques rires, on en avait terminé avec les chuchotis et la commisération, dernière phase des obsèques. Elle était montée parce qu'elle avait fini par se sentir comme un scarabée au milieu d'un plat de crème. Elle s'était éclipsée. D'abord elle était allée fumer au bout du jardin. Elle avait entendu les gens parler et quitter le Domaine un à un, assurant Silvia que ç'avait été un bel enterrement, très très réussi – certains disposent en effet d'une grille d'évaluation spécialement affectée aux enterrements –, et puis d'autres étaient restés trop longtemps, il y en a toujours qui ne se rendent pas compte qu'ils gênent, ou qui s'en rendent compte mais qui s'en foutent, ils se mettent à parler entre eux, ils parlent politique, ils oublient qu'ils ne sont pas à une réception officielle, un vin d'honneur à la mairie, un vernissage de quelques croûtes à la salle polyvalente, ils sont chez Silvia Salvatore, née Petrucci, à ce propos va-t-elle cesser de s'appeler Salvatore maintenant qu'elle est veuve, elle a posé la question à Leonardo tout à l'heure parce que Leonardo sait ces choses-là, elle avait un air parfaitement innocent, Dois-je signer Petrucci sur les papiers chez le notaire ? et Leonardo a pris un air un peu choqué, puis navré, puis charitable, Mais non, mamma, vous n'avez pas à changer vos habitudes. Vous êtes toujours la femme de votre mari même s'il n'est plus. Cette manière qu'il a de l'appeler mamma et cette façon de dire « il n'est plus ». Et il lui parle comme si elle était idiote ou un peu lente, ou simplement vieille et encore pauvre. Il articule plus que de raison.

À son réveil, Aïda est allée à vélo jusqu'à Cala Andrea, la crique de leur enfance. Sur le chemin elle s'est dit qu'elle aimerait bien avoir un allié. Ce serait bien d'avoir un allié. Elle a rêvé cette nuit d'un homme qui lui disait qu'il l'aimait et ne la quitterait jamais. Les rêves peuvent être si cruels. Aïda ne cherche pas le bien-être, le plaisir ni le bonheur, elle ne cherche pas à éradiquer la tristesse, le chagrin ni les remords. Elle les examine. Ils n'existent que pour être examinés. C'est comme un problème mathématique. Ou un objet spontané et complexe forgé par la nature, un cristal, un flocon de neige, une rose des sables, un nautile. Il vous est possible de l'examiner pendant toute votre existence. Il serait nécessaire de l'examiner pendant toute votre putain d'existence.

Et puis après, elle a encore rêvé de l'amandier en fleur. Un de ses rêves oraculaires, pourrait-on se dire, à force de répétition. Ou alors un simple motif, une ponctuation parmi d'autres. Tout pourrait-il être moins crypté, de grâce ? se demande-t-elle parfois (exactement en ces termes) quand elle se réveille au petit matin.

Elle a posé son vélo contre le panneau qui indiquait qu'on pouvait voir des dauphins, des tortues et même des macareux et des pingouins si on était silencieux, respectueux et bien gentil. Elle est descendue sur la plage. Les poux de sable sautaient devant elle comme si elle était précédée par une créature invisible qui laisserait de minuscules traces rondes dans le sable. Elle s'est attardée un moment pour regarder le ciel rougeoyer et s'éclairer, avec la même sempiternelle gratitude et le même étonnement – tout est donc encore une fois en ordre. Au loin on voyait des nuages boursouflés. On aurait dit des cathédrales baroques. Elle s'est déshabillée et elle est allée dans l'eau.

Elle est restée longtemps à faire la planche à la surface de cette mer liquoreuse, tout comme, se dit-elle, ses sœurs restent à la surface des choses depuis son retour, et y resteront prudemment tant qu'elle sera sur l'île, elle aussi d'ailleurs, ne nous voilons pas la face, est restée à la surface, chacune observe les autres en faisant comme si elle ne les observait pas, Pippo lui a donné un colibri, et les sœurs Salvatore sont des chiennes de faïence, ses oreilles sont sous l'eau, elle entend le cliquetis sous-marin, c'est comme d'entendre les poissons se parler, la mer pétille sur sa peau et ses yeux regardent les nuages, qu'y a-t-il de plus doux que le cliquetis sous-marin alors que le visage est délicatement chauffé par le soleil naissant, quelqu'un pourrait-il me le dire, Pippo lui a donné le colibri, n'est-ce pas, Pippo lui a donné le colibri mais il ne pourra jamais parler, n'est-ce pas, et ses sœurs feront comme si de rien n'était, comme si elles ne l'avaient jamais bannie, comme si elles n'avaient pas à s'excuser de l'avoir bannie. Alors à quoi bon ce voyage à Iazza, Aïda ? Tu voulais quoi ? Tu voulais qu'elles te demandent pardon ?

Quand elle remonte sur la plage en veillant à ne pas mettre les pieds sur les oursins, elle aperçoit quelqu'un en train de lui faire des signes depuis les rochers, elle plisse les yeux en attrapant sa serviette. Le soleil l'éblouit. C'est Leonardo. Il dévale le chemin et se dirige vers elle.

— J'ai vu le vieux vélo de Violetta là-haut, alors je me suis arrêté.

— Je l'ai trouvé dans le chenil, dit Aïda sans bien savoir pourquoi elle se justifie. Elle enfile sa chemise et son short.

— Tu es encore toute mouillée.

Elle secoue la tête. Aucune importance. Et aucune envie de se tenir là à moitié à poil face à Leonardo dans sa chemise bleue parfaitement repassée et assortie à ses yeux, son pantalon à pinces et à revers, et ses chaussures bateau bicolores sans chaussettes. Ce serait trop déséquilibré. Aïda frissonne et regarde les chevilles de Leonardo. Bronzées et poilues et maigres. Les chevilles des hommes l'émeuvent. Elle les trouve tristes, vaguement attendrissantes. Leonardo suit son regard et fronce les sourcils.

— Moi aussi j'aime bien m'arrêter ici le matin avant de m'enfermer dans un bureau, dit-il.

— Tu te baignes ?

— Non. J'essaie de surprendre un macareux ou un aigle de Bonelli. Sinon il y a toujours les *Larus canus*.

Elle attend qu'il traduise.

— Les goélands.

Il prend une grande bouffée d'air.

— Ce serait bien de déjeuner ensemble avant que tu repartes.

Il hésite.

— Tous les deux. Loin du Domaine et de l'agitation y afférente.

Soit il est devenu vraiment quelqu'un d'autre, soit il plaisante (mon Dieu, quelqu'un qui prononce « y afférente » sur une plage désolée, quelqu'un avec les chevilles nues, poilues, déchirantes – méfie-toi, méfie-toi de la nostalgie, Aïda. Faites qu'il ne soit pas devenu quelqu'un qui trouve poétique que les étoiles mortes depuis mille ans scintillent toujours et que la neige porte huit cents noms différents chez les Inuit…). Elle acquiesce vaguement.

Il continue :

— Ce midi ? Chez Yen ?

— Ça existe toujours ?

— Oui. C'est ma cantine. Pas de touristes. Et pas de types de la commission environnement et développement durable.

Il glousse – il est donc aussi devenu un type qui glousse à ses propres remarques. Elle sourit gentiment. C'est un peu bizarre d'imaginer le Leonardo d'aujourd'hui dans le boui-boui chinois du père Yen.

— Le vieux Yen est mort, précise-t-il, mais sa femme est toujours là. Elle doit avoir cent ans.

— Retour à la case départ. Sans toucher la prime.

Il ne comprend pas. Il regrette peut-être déjà son invitation. Mais il a toujours été sentimental. Ce qui lui joue parfois des tours. Il remonte vers la route du pas sportif de celui qui se sait observé. Il fait un dernier signe à Aïda. Elle entend sa Lancia démarrer, et elle voit le nuage gris en suspension asphyxier le joli matin naissant.

Contes et légendes de la famille Salvatore (4)

Silvia avait passé un coup de rasoir entre ses sourcils pour cesser de ressembler à un hibou.

Ce matin-là, sa mère, assise sur le tabouret près de la fenêtre, avait arrêté de trier les lentilles pour la regarder se préparer. Silvia avait enfilé un gilet bleu et, plantée devant le petit miroir cloué au-dessus de la patère, elle nouait un foulard parsemé de violettes autour de son cou.

— Qu'est-ce que tu es en train de faire ? demanda sa mère.

— Je vais chez la Demoiselle.

— Qu'est-ce que tu es en train de faire, je t'ai dit.

— Il est temps de porter autre chose que du noir. Le père est mort depuis plus d'un an.

Silvia avait un air de défi que sa mère ne lui avait jamais vu. La mère hésita, secoua la tête, continua à rassembler les gravillons dans le plateau en métal qu'elle avait sur les genoux, et elle marmonna quelque chose.

— Je n'ai pas entendu, lança Silvia sur le seuil de la maison.

— J'ai dit, tu n'iras pas te plaindre.

Pour toute réponse, Silvia claqua la porte.

Il travaillait dans le jardin, il réparait les gouttières, il consolidait les rampes des escaliers, il raccrochait les tringles à rideaux et rafistolait l'électricité, il coupait du bois et remettait d'aplomb tout ce qui était branlant ou altéré. Il construisit un abri un peu hirsute pour la pompe et le puits, et une nouvelle miellerie bien proportionnée (il se révéla peu à peu meilleur charpentier que jardinier), et il prit grand soin des abeilles. Il les observa, se fit piquer des centaines de fois et fut immunisé à force de piqûres. Il eut l'idée de déplacer les ruches afin de mettre les abeilles à l'abri du sirocco et de les rapprocher de l'étang ainsi que du champ de citronniers du père Falletta. À Iazza tout le monde avait des ruches, on en voyait dans les clairières ou depuis le bord des chemins, multimillénaires et négligées. La Gandolfi rêvait depuis longtemps de restaurer celles du Domaine – son grand-père, le comte Giuseppe Fabrizio di Gandolfi, avait été un apiculteur amateur éclairé, il avait même obtenu une gentille production de quelques centaines de kilos de miel, dont il avait fait lui-même des bocaux ornés d'étiquettes bien tournées, « Miel d'abeilles noires des Sycomores », fleurettes et abeillettes enjolivant des caractères déjà passablement fantaisistes. Il ne les commercialisait pas mais les offrait à ses invités. Plus il avançait en âge plus ses visiteurs se raréfiaient – quand le curé de

Iazza, un habitué de la table de monsieur le Comte, mourut, on retrouva dans sa buanderie cent vingt et un pots de miel intacts.

La Gandolfi, saisie d'un romantisme dont elle n'était pas coutumière, souhaitait donc restaurer les ruches de son grand-père – Tout le monde a un grand-père apiculteur à Iazza, disait-elle. Le mien n'était ni meilleur ni pire. Mais c'était le mien.

Salvatore Salvatore prit à cœur sa mission. Il était taciturne et, comme on s'y attend, peu loquace, il s'acquittait de ses tâches, n'en faisait jamais trop et se tenait à distance de la Gandolfi dont il semblait se méfier – mais il est possible qu'il se méfiât de tout le monde –, il restait éloigné de la mer et se montrait assez satisfait d'être quasiment le seul mâle de Iazza à ne pas être pêcheur. Il dormait dans la remise. La Gandolfi lui avait proposé de l'héberger sous les toits de l'aile ouest mais il avait refusé.

Un matin, sur la terrasse, elle dit à Silvia :

— Appelle le muet, il faut nettoyer le bassin.

— Il n'est pas muet, répondit Silvia.

— Première nouvelle.

La vieille fit un signe agacé de la main pour congédier Silvia, puis se concentra sur les aboiements des chiens au loin et l'arrosage automatique de la pelouse, sa cigarette au coin des lèvres, un œil fermé et la bouche en biais. Avant que Silvia descende les marches de la terrasse, elle la rappela :

— Il te plaît, non ?

— Qui ? (Silvia rougit, pupilles dilatées, mystérieusement en colère.)

— Allez, allez. Calme-toi, amadoue-le, mais conserve tes distances. Et dans trois mois tu seras sa femme.

Silvia le regardait travailler alors qu'elle faisait la chambre de la Demoiselle. Elle se postait à la fenêtre, sa peau de chamois à la main, et elle l'observait en contrebas en train de s'activer dans le jardin ou de réparer une clôture. En général il portait un maillot de corps bleu que sa sueur fonçait, et un mouchoir sur la tête qu'il mouillait à la pompe et nouait aux quatre coins pour se protéger du soleil, elle contemplait ses épaules et sa vigueur, sa peau claire de type de l'intérieur qui brunissait peu à peu, parfois il s'épongeait le front avec le bas de son maillot et elle apercevait son ventre blanc qui jamais ne voyait le soleil, elle devinait ses mains, il calait ses outils contre la statue en marbre de Sant'Alberto da Trapani et accrochait sa chemise à son doigt en l'air (on aurait dit que le saint s'exclamait, Eurêka, ou vérifiait la direction du vent), il faisait de grandes enjambées et s'arrêtait parfois, parfaitement immobile, accoudé à sa bêche, à l'affût d'on ne sait quoi, humant l'air, goûtant le soleil de Iazza, la saveur saline de la brise, il fermait les yeux, puis reprenait son ouvrage. Tout cela laissait Silvia pantelante – comme après le bain quand elle s'essuyait le corps en prenant trop son temps.

Elle descendait de la terrasse, elle restait un moment à côté de la Demoiselle, la main sur le dossier de son fauteuil, à observer avec elle Salvatore, elle avait le même âge que la Demoiselle, enfin non elles n'avaient pas le même âge mais elles avaient quand même le même âge. L'éternelle demoiselle et la déjà vieille fille. Le désir et l'attente. La Gandolfi finissait par dire :

— Apporte-lui un casse-croûte.

Alors Silvia quittait la terrasse et allait dans la cuisine, elle plaçait de la mortadelle entre deux tranches de pain, fort soigneusement afin que rien ne dépasse, elle prenait une tomate et sortait une bière du frigo. Puis elle traversait le jardin sous l'œil de la Demoiselle, elle sentait son regard sur sa silhouette, son cul, ses espadrilles fatiguées et sa queue-de-cheval qui ne se balançait pas dans son dos, une queue-de-cheval mollassonne sans la moindre effronterie, maintenue par un élastique feutré, elle sentait l'agacement de la vieille Gandolfi, son espoir contrarié, mais changer de coiffure ou opérer le plus faible changement eût été une marque d'ostentation, ne plus s'habiller en noir était déjà en soi une petite révolution, la vieille n'avait pu s'empêcher de faire une remarque, et si elle n'avait rien proféré, c'eût été pire, Silvia aurait perçu le poids de son léger dédain et de son attente. Mieux valait la discrétion et la laideur qu'une séduction ratée. D'ailleurs Salvatore, un jour qu'elle lui apportait son encas, sursautant comme il sursautait toujours si elle approchait trop silencieusement, lui avait dit en s'essuyant le front :

— J'aimais bien tes sourcils.

Et ses sourcils naturellement aussi velus que des chenilles, ses sourcils qu'elle avait tenté de rendre plus disciplinés, lui parurent alors tout à fait pathétiques. Elle en pleura secrètement de dépit.

Bientôt elle ne repartit plus quand il mangeait ce qu'elle lui apportait. Elle s'asseyait à côté de lui sur le banc de pierre à l'ombre du cyprès. La Gandolfi quittait la terrasse. De toute façon, si conversation il y avait eu, elle n'aurait pas pu l'entendre de là-haut. Mais elle se disait qu'un minimum d'intimité entre eux ne nuirait pas à son projet et elle se retirait dans la fraîcheur du salon.

Ils se parlaient peu. Ou du moins, Salvatore parlait peu. Quant à Silvia, elle émettait des considérations sur la saison, les vignes, l'espadon de deux cents kilos qu'avait pêché le jeune Matteo, le curé qui avait fait une chute de vélo et qui avait dû être emmené sur le continent, parce que c'était la tête qui avait pris, elle parlait doucement, cependant c'était déjà trop, ses phrases étaient entrecoupées de silences, mais comme Salvatore ne prenait pas la parole, elle continuait, obscurément mal à l'aise, ne maîtrisant pas sa propre agitation, elle ne s'était jamais trouvée si longtemps près d'un homme silencieux à qui elle voulait plaire, et il ne faut pas sous-estimer le pouvoir de celui qui écoute.

Pour toujours, le souvenir de ses piétinements amoureux demeurerait lié, pour Silvia, à l'odeur piquante du cyprès mêlée à celle de Salvatore, combinaison de savon, de tabac, d'insecticide et de sueur.

Un soir, alors qu'elle rentrait chez elle et s'apprêtait à emprunter le raccourci qui lui évitait de descendre toute l'allée de platanes d'Orient, elle le surprit qui l'attendait, fumant une cigarette, adossé à la remise. Elle avait passé l'après-midi sur les comptes du Domaine, c'est ainsi que ses journées étaient rythmées, elle faisait la chambre de la Gandolfi, préparait les casse-croûte et vérifiait les comptes. Elle tenait dans une main son trop grand sac, il était vide mais lui donnait, pensait-elle, une contenance, et dans l'autre un filet dans lequel elle rapportait pour sa mère le repas auquel la Gandolfi n'avait pas touché, il y avait du vent ce soir-là, et à cause du foulard sur ses cheveux, elle avait un air de paysanne pauvre, j'aimerais que ce ne fût pas le cas, mais en fait si, c'était un air modeste accentué par ses grands yeux tranquilles.

— Je te raccompagne.

Et ce n'était bien sûr pas une question. De toute façon, l'eût-ce été qu'elle aurait accepté. On apprend aux Silvia à obéir et à ne pas être impolies. C'est parfois acrobatique de garder sa réputation tout en étant aussi obéissante. Mais jusque-là Silvia s'était plutôt pas mal débrouillée. Faute de sollicitations sans doute.

Il lui emboîta le pas. Et ce fut ainsi tous les soirs pendant un mois.

Ce n'est pas qu'elle n'avait pas le choix – même si, on l'aura compris, elle ne l'avait pas vraiment –, c'est plutôt qu'elle pensait que leur rencontre sous l'âne était écrite quelque part, elle trouvait Salvatore beau et elle prit son caractère taciturne pour du calme et de la pondération.

Alors qu'elle eût dû deviner qu'il était tout sauf un homme calme. Mais bien au contraire un homme inquiet et secrètement insatisfait. Quelques indices auraient pu la mettre sur la voie. Il y avait d'abord l'application du jeune homme à s'abrutir d'opéra – la Gandolfi lui avait donné un radiocassette et il s'était procuré un casque afin de travailler en musique et en solitaire. D'autre part, Silvia ne l'avait jamais vu sourire. Et puis il détestait qu'elle le surprît et survînt derrière lui sans faire de bruit. Il sursautait et grognait alors, Préviens quand tu arrives, comme s'il avait fait la guerre, comme s'il avait eu peur d'une embuscade, peur de ne pas être prêt, peur d'être distrait, peur d'être attaqué et de ne pas réagir assez vite. De peur que des attaques, un fil piège, une mine, un enlèvement. Alors qu'il ne s'agissait peut-être que de sa peur de ne plus jamais retourner sur le continent, bloqué là pour toujours, encerclé, capturé. Paralysé par sa propre incapacité.

Ça aurait dû te mettre la puce à l'oreille, aurait pu dire la mère de Silvia.

Mais que celui qui n'a jamais fait de mauvais choix amoureux lui jette la première pierre.

20

Madame Yen n'a pas reconnu Aïda.

Elle la place au fond près des toilettes alors que la salle est vide. Aïda sait que c'est ainsi qu'on traite les étrangers à Iazza. Il fait frais dans le boui-boui, rien n'a bougé, ce genre d'endroit est immuable, c'est la faille spatiotemporelle qui pourrait permettre d'effectuer en douceur des allers-retours passé-présent, mêmes lambris, mêmes bougies, même rideau de capsules en plastique, mêmes lampions. Quand Leonardo arrive et que le carillon émet son petit appel cuivré, madame Yen se précipite, pliée en deux. Leonardo dit qu'il a invité sa belle-sœur à déjeuner. Elle déplace aussi sec Aïda à une table plus proche de la fenêtre et se confond en excuses. Puis elle s'extasie. Sur la ressemblance entre Aïda et Violetta. Sur la générosité de Leonardo. Sur le temps qui passe ou qui ne passe pas. Sur la fréquence des visites de Leonardo. Sur les boucles d'oreilles d'Aïda. Allez savoir.

Leonardo avant de s'asseoir déboutonne sa veste pour se mettre à l'aise.

Aïda aime ce geste, un geste masculin, maîtrisé, automatique, elle ne sait pas pourquoi ce geste la touche, peut-être parce qu'il dit des choses sur l'homme qui le fait de façon aussi machinale.

Leonardo n'est jamais en bras de chemise à cause de son léger surpoids. Il garde toujours sa veste, comme une femme qui tirerait sur son gilet pour cacher son ventre et ses fesses.

Aïda lui sourit dans la lumière chiche voilée de poussière.

Il dit :

— Ça me fait plaisir de te voir.

Et elle pense à la manière dont pourrait tourner ce rendez-vous.

Elle se souvient de l'époque où elle couchait avec lui à Palerme, il y a mille ans.

Mais c'est une pensée parasite.

Après avoir passé commande auprès de madame Yen, trinqué avec un verre de rosé, pris sa respiration comme s'il goûtait un peu de sérénité auprès d'Aïda dans ce tout petit restaurant obscur, il commence sur un terrain qu'il juge ne pas être trop mouvant :

— Je m'inquiète pour Silvia.

Aïda attend, interrogative et aimable.

— Votre mère, précise-t-il.

Aïda se met à rire en secouant la tête.

— Je ne la trouve pas si mal, dit-elle.

— Elle parle toute seule.

— Les gens âgés parlent souvent tout seuls.

— Oui, mais elle se pose des questions à elle-même et elle y répond. Du genre : Comment vas-tu

Silvia ? Pas si mal ce matin. Tu as passé une bonne nuit ? Eh bien, écoute, ma nuit fut brève mais reposante. Et tu as faim ? Oui, merci, je prendrais bien un beignet.

La chose ne manque pas de charme, c'est ce que dit Aïda.

— Oui, mais ça inquiète tes sœurs. Particulièrement Violetta. Qui est toujours un peu à fleur de peau, tu sais bien.

Non. Aïda ne sait pas et elle n'est pas sûre de se sentir concernée par les humeurs de Violetta.

Leonardo s'en rend compte, il opte pour une autre approche.

— Pippo a mis le feu chez sa mère hier quand ils sont rentrés des funérailles.

— Comment ça ?

— C'est ce que Violetta m'a raconté en tout cas. Elle est toujours très au fait de ce genre d'événement.

— Et ils vont comment ?

— Je ne sais pas. Il semblerait que sa mère ait été emmenée cette nuit en hélicoptère à Palerme. Lui il est là. Chez sa tante. Les carabiniers vont l'interroger.

— Sa famille habite toujours sur la route aux écrevisses ?

— Oui.

— Alors on aurait dû voir le feu depuis le Domaine et entendre la sirène des pompiers.

— Je n'en sais pas plus. Enfin bon, c'est Violetta qui m'a raconté ça…

Il fait un geste qui se veut éloquent. Elle est tout de même étonnée de la tournure que prend cette conversation. Elle pensait qu'il l'avait invitée à déjeuner pour s'assurer qu'elle ne commettrait aucun impair concernant les quelques mois qu'ils avaient passés ensemble à Palerme, il y a si longtemps. Elle en avait déduit, de manière un peu précipitée, qu'il n'en avait jamais parlé à Violetta et qu'il s'inquiétait.

Il dit :

— Le rouge-queue n'est plus là.

— Pardon ?

— Tous les matins, il est perché tout en haut de l'antenne relais. Et ce matin il n'y était pas.

— Il a donc changé de perchoir. Ou d'île. Ou il s'est fait bouffer par un faucon. Ou alors, plus probable, il est mort d'inanition. Vu qu'il y a de moins en moins à manger pour les rouges-queues dans le coin si j'ai bien compris.

Aïda hausse les épaules. Elle ne veut pas que ses paroles soient mal interprétées mais vraiment elle trouve bizarre et inadéquate la passion de Leonardo pour les oiseaux. Cela va à l'encontre de tout ce vers quoi il tend. Comment peut-on être fabriqué d'une matière aussi paradoxale ? C'est le mariage de l'eau et de l'huile, c'est une candeur et une roublardise mêlées, c'est un enfant qui aime observer les abeilles butiner les acacias, puis qui les attrape pour tenter de détacher à la pince à épiler les rayures jaunes de leur corps.

Leonardo est très beau, ou du moins il a un physique qui plaît à Aïda. Il souffre de ce léger surpoids dont je parlais plus haut, ce qui atténue pour Aïda sa virilité (elle n'a jamais pu s'empêcher de percevoir la virilité comme menaçante), il a la peau claire, les yeux clairs, les cheveux clairs, et il est grand, toutes choses relativement exceptionnelles dans un endroit comme Iazza. On raconte que la famille Azzopardi descendrait d'un pirate danois qui se serait réfugié à Iazza, il y a quelques siècles, et aurait introduit, grâce à ses gènes dominants de pirate danois, quelques anomalies qui surgissent de loin en loin chez un spécimen du coin. Quand il était gamin, on appelait Leonardo le Viking. Ce qui n'était pas un compliment.

— La barbe te va bien, dit Aïda. Ça te donne un air d'intellectuel romain. Ça doit rassurer tes interlocuteurs.

Ou les agacer, pense-t-elle.

Ses cheveux grisonnants lui confèrent une sorte de dignité et de respectabilité précoce.

Madame Yen leur apporte leurs plats – des plats très anciens, piquants et sucrés, comme des souvenirs rescapés d'un endroit qui n'existe plus –, Leonardo redemande un pichet de rosé. Il a l'air bien, comme si ce boui-boui était une enclave, la caverne au bout du passage secret sous le château. On dirait un espion de la CIA qui sait qu'aucun micro n'a été placé sous la table.

Ils discutent de choses et d'autres en décrivant des cercles. Quand l'un s'approche d'un sujet que l'autre veut éviter, il y a esquive. C'est une danse lente et précautionneuse.

— Ça se passe comment en ville ? demande Aïda.

— Tu veux dire, avec le maire, messeigneurs les Severini, et le reste de la clique ?

— Ils sont toujours là ?

— Rien ne bouge. Ils ont toujours des pratiques de brigands moyenâgeux mais ils conduisent des Range Rover et utilisent des smartphones.

— Je vois.

— En fait ils n'utilisent pas de smartphones. C'est trop facile à repérer. Ils sont fidèles aux vieux Nokia.

— Ah bon.

— Et puis ils arrosent tout le monde au passage.

— Toi aussi ?

— Quelle idée ? Non.

— Je plaisantais.

Il fait une pause, il regarde par la fenêtre, ses yeux sont du bleu exemplaire de « dessine un personnage aux yeux bleus ».

Il se met alors à parler de son projet d'agrandissement de l'aérodrome, ça y est, il a trouvé un sujet bénin, en tout cas bénin avec sa belle-sœur, parce que, ici, à Iazza, cette affaire d'aérodrome n'a rien de bénin et lui pourrit la vie, il se lance dans un exposé sur le point crucial qu'est pour lui l'inattractivité du lieu pour les oiseaux, Sachant que 90 % des impacts animaliers surviennent à proximité immédiate de l'aérodrome (il parle comme ça Leonardo), les aéronefs seront donc de taille modeste et leur vitesse faible. Il mettra en place des alarmes sonores innovantes et équipera le nouvel aérodrome d'élevages de rapaces pour éloigner les oiseaux des pistes, il est d'ailleurs en train de recruter un fauconnier, Leonardo est vraiment une contradiction sur pattes, Aïda se dit que ce doit être fort inconfortable de sauter continuellement d'un pied sur l'autre en voulant ménager chèvre et chou, Leonardo est un nœud d'inconfort, il digresse, il s'embourbe et il finit par lui parler de la colère des Severini, il a besoin de s'épancher tout à coup, c'est le rosé ou l'atmosphère de pays englouti du restaurant Yen qui le fait parler maintenant, Les Severini ont le monopole des navettes maritimes, l'instruit-il, ils ont beaucoup investi dans les navettes avec le soutien de l'ancienne mairie, ils ont construit un nouveau débarcadère sans permis, et puis les navettes leur servent de couverture pour leurs trafics divers avec le Maroc, c'est de notoriété publique, Leonardo se lance, il lâche tout, il simplifie, on ne peut pas tout simplifier, mais bon, c'est un tel soulagement de se débarrasser de ce poids, c'est fou, c'est magique, tout le monde sait ça pourtant, il suffit de formuler les choses, d'en faire un sujet, on les dépose à l'extérieur de soi et elles ont l'air beaucoup plus inoffensives, des parasites sans organisme d'accueil, elles manquent d'air, les idées noires, elles se tortillent, pathétiques, leur pouvoir de nuisance s'étiole, tout le monde sait ça, les sales pensées nocturnes ne résistent pas à l'éclat d'un nouveau matin, la situation ne semble plus si terrible, malgré l'intimidation et les menaces des Severini, et quand Aïda dit, De toute façon, ça a toujours été leurs méthodes, non ? La situation devient banale, c'est le folklore de Iazza, il faut s'y faire, et ce qui est normal est toujours conjoncturel, n'est-ce pas, ma normalité passe pour une bizarrerie ailleurs, tout le monde sait ça, et à Iazza la normalité c'est carabines et bombage de torse, fanfaronnades et maquignonnage, Aïda demande, Tu as parlé à Violetta de cette situation ? et bien sûr il n'en a pas parlé à Violetta, elle le devine, elle se contente de lui faire dire qu'il ne parle pas à Violetta, que l'usage moderne – débats divers dans le couple – n'est pas leur manière de faire, ce n'est pas très loyal de la part d'Aïda mais elle ne peut pas s'en empêcher, elle regrette aussitôt de s'être laissée aller à cette détestable insinuation, surtout que Leonardo arrête tout à coup de parler, il la fixe et dit, Je suis content que tu sois revenue.

Elle souhaiterait rétropédaler, elle ne sait pas quoi répondre. Quelque chose d'anodin, oui moi aussi, ça me fait plaisir, ou bien, c'est une épreuve, tu ne peux pas imaginer, ou encore, parle-moi donc de toutes ces années, raconte-moi tous les épisodes que j'ai loupés, ceux qui concernent le Vieux surtout, s'était-il recroquevillé sur son chagrin ou avait-il finalement repris vie ? je ne peux pas faire confiance à mes sœurs pour être honnêtes sur ce point, toi, toi, toi, je sais que je peux te faire confiance.

Leonardo soupire. Il se sert avec beaucoup de précision. Il mange à la fourchette.

— Je crois que Violetta m'a épousé parce que j'étais présentable, comme un bon bulletin scolaire.

— Tu as fait pareil. Tu t'es marié avec la plus présentable des filles Salvatore, tente de plaisanter Aïda.

— Ou alors, continue-t-il, elle m'a choisi parce que je cumulais deux passions communes à celles de votre père : les oiseaux et l'opéra.

— Ou alors, Iazza manquait cruellement de jolis garçons sérieux. Le choix ne faisait pas un pli. Trop de filles, pas assez de garçons et beaucoup d'entremetteuses.

Mais il faut cesser. Leonardo est, semble-t-il, prêt à la confidence, pourtant on ne se confie pas dans les familles, c'est un principe de haute autorité, et les hommes encore moins que les autres membres de ladite famille, Aïda lui sourit, que faire d'autre ? À part quitter la table et refermer la porte avec son carillon qui tintinnabule et s'éloigner dans la rue sans courir, sans courir parce qu'on est toujours sous surveillance à Iazza, ce qui fait que Leonardo ne la suivrait pas, les esprits postés aux fenêtres s'échaufferaient et les vipères endémiques en concluraient des horreurs, mais elle ne peut pas le laisser tomber une nouvelle fois, donc elle sourit, voyez-vous, parce qu'il a toujours été si désarmant, si sensible, beaucoup plus vulnérable que les terribles sœurs Salvatore, elle se souvient combien il était amoureux d'elle quand ils s'étaient retrouvés à Palerme il y a mille ans, alors qu'il était officiellement le petit ami de Violetta, elle se souvient des fleurs et des nougats tandis que ce qu'elle voulait, ou souhaitait vouloir, c'était simplement boire boire boire et baiser avec lui, il était venu travailler quelques mois dans l'entreprise de bâtiment d'un vague cousin de son père, c'était pour parfaire et mettre un terme à son apprentissage, et revenir à Iazza « fort d'une expérience de premier plan » (ainsi parlait le père de Leonardo Azzopardi), sauf que, en guise d'expérience de premier plan, il n'avait fait que fréquenter la vilaine Aïda, traîner dans des quartiers sordides, des banlieues éventrées, se convaincre que tout cela était follement romantique, alors que les gens qui entouraient Aïda n'étaient ni des poètes ni des syndicalistes mais des toxicomanes et des enfants perdus, d'anciens orphelins à la rue, toujours à la rue, éternellement à la rue, des Roumains, des Moldaves, des types sans papiers, aux bras gris de tatouages, comme de vieilles malles de voyage couvertes d'autocollants, des types avec parfois une once de talent pour l'humour, ou la musique, ou la révolte, mais nombre d'entre eux n'avaient pas plus de neurones que de dents, ce qui n'est pas peu dire, des types sans la moindre chance d'obtenir même une miette du biscuit global, qui passaient plus de temps en taule que dehors, et tout cela fascinait et effrayait le gentil Leonardo, et il disait à Aïda qui était ivre morte une assez grande partie du temps, Viens, partons d'ici, allons à Londres ou Paris ou Bruxelles, quittons Palerme, ne restons pas ici et ne retournons pas à Iazza, il n'y a rien pour nous là-bas, il n'y a rien pour des jeunes gens comme nous. Et Aïda ne voulait jamais se réveiller de son ivresse. Pauvre pauvre Leonardo, si plein d'optimisme et si plein d'espoir, pauvre Leonardo, amoureux de cette folle d'Aïda, pauvre Leonardo, atteint du syndrome du sauveur, Je vais te sortir de là, Aïda, et elle, soupçonneuse, Tu veux qu'à tout jamais je te sois redevable ?

Elle le savait bien : l'alcoolique est celui qui persiste à remonter sur le cheval qui lui a presque cassé le cou la veille. Mais Leonardo le savait-il ? Leonardo comprenait-il ce qui s'était passé dans la famille Salvatore au moment de la disparition de Mimi, et ce qui s'était déroulé chaque jour qui avait suivi pendant les huit années où le Père ne lui avait plus adressé la parole, inconsolable et menaçant, et où ses sœurs l'avaient évitée comme une pestiférée parce que c'était elle qui avait jeté la famille Salvatore dans l'affliction et qu'elle était responsable du drame qui avait achevé de dessécher totalement le cœur du Père.

Leonardo pouvait-il seulement appréhender combien purger sa peine avait été pour Aïda l'équivalent d'un chagrin indicible, la honte est un long chemin sur une route abrupte où on roule un rocher tout hérissé de pointes, et elle ne pourrait jamais trouver le repos auprès d'un homme qui ne comprendrait ni la route ni le chagrin ni le rocher hérissé de pointes. L'objectif était de passer une journée sans un regret ni un remords ni un souvenir malvenu ni une inquiétude. Certaines molécules vous le permettent. Sauf qu'après ça, quand vous vous réveillez au matin, vous ouvrez les yeux et vous vous dites, Est-ce que ça va ? comme vous auriez tâté l'un de vos membres accidentés, et non ça ne va pas.

Ça ne va vraiment pas. Parce qu'il faut payer le prix du prodige de la veille. Le prodige de l'alcool. Alors il n'y a pas trente-six solutions. On y retourne. Et ainsi une nouvelle fois il n'existe plus ni regret ni remords ni souvenir malvenu ni inquiétude.

Violetta, à l'époque, appelait Leonardo dès qu'elle le pouvait (malgré l'absence de téléphone dans la maison-du-bas – Aïda voyait d'ici sa sœur aînée, coincée dans la cabine téléphonique devant la mairie : plastique chaud, impatience et sueur aigre), et elle s'inquiétait de sentir son amoureux distant, elle disait qu'elle allait venir le chercher à Palerme, Retourne auprès de Violetta, disait Aïda après avoir couché avec Leonardo, moi je ne refoutrai plus jamais les pieds dans cette putain de famille, mais toi, tu n'as rien à faire ici, nous n'aspirons pas aux mêmes choses Leonardo, et il ne pouvait s'empêcher de la trouver légèrement condescendante alors qu'au fond c'était juste qu'elle se sentait prise entre l'arbre et l'écorce. Et c'est de nouveau le cas quinze ans après, de retour sur l'île.

— Violetta est la personne la plus charmante qui soit, dit Aïda en buvant le café que madame Yen leur a cérémonieusement apporté – ce qui ne l'empêche pas d'être le pire café du monde.

— Oui oui, acquiesce Leonardo. Beaucoup de glaçage mais pas beaucoup de gâteau.

— Et vos petites sont si mignonnes.

— C'était tellement inespéré, tu sais. Violetta n'arrivait pas à tomber enceinte. Et au moment où l'on se résignait, boum, miracle.

Le téléphone de Leonardo sonne, il dit que les affaires reprennent, il se lève et s'éloigne vers la porte pour répondre. Aïda aimerait regarder ailleurs mais elle ne peut que l'observer – de la manière à la fois indolente et avide dont on observe quelqu'un quand il est au téléphone, afin de deviner ce qui se joue, ce qui se dit dans les silences entre celui qui nous fait face et l'autre, invisible.

— Je dois y aller, dit-il en raccrochant.

Il revient vers elle, affable, important.

Aïda aussi doit y aller, il faut maintenant qu'elle passe voir Pippo.

21

Leonardo, à quatorze ans, était un garçon spectaculairement grand et blond. Deux dispositions tout à fait exceptionnelles à Iazza. À l'époque, il n'était pas encore massif mais attendrissant. Drôle, charmant. Agréablement différent. Pour preuve, il courait. On le croisait sur les sentiers de l'île, entre les murets, dans une tenue excentrique (un jogging et des baskets, alors qu'ici, si jamais on a envie de courir après quelque chose, on court plutôt en tongs et en short). Il n'aimait pas le foot, ou plutôt ce n'est pas qu'il n'aimait pas le foot, c'est qu'il n'était pas pratiquant. Même s'il regardait les matchs avec ses frères, le foot n'était pas sa raison d'exister. Ce qui aurait pu poser un tantinet problème et faire de lui une tapette. Mais il arrivait à être différent des rustauds sans pour autant s'attirer trop de ricanements. Réussite inhabituelle s'il en est. Un jour son père finirait d'ailleurs par lui dire, Tu as des partisans dans les deux camps (il devait vouloir dire les femmes et les hommes, ou peut-être les gangsters et les honnêtes gens), alors tu devrais faire de la politique. Mais je vais trop vite en besogne. Pour le moment, si Leonardo (toujours quatorze ans) prononçait votre prénom dans la cour de récréation, vous aviez tout bonnement l'impression d'avoir gagné à la tombola. Et lui n'était pas très conscient de la chose. Ce qui la rendait (cette chose) encore plus excitante, gratifiante, miraculeuse. Leonardo était une sorte d'ingénu, puissant par accident. Il tenait les filles en haute estime, comme si elles étaient des êtres un peu mystiques – cela avait sans doute à voir avec sa mère dont les trois filles étaient mortes au berceau et dont les quatre fils avaient survécu, elle était elle-même assez évaporée, ne faisant rien de ses journées, à part rester assise à sa fenêtre en regardant la mer au loin, en pensant à ses trois petits anges disparus tout en fumant des Craven que son mari faisait venir d'Angleterre pour lui être agréable.

C'est l'année des douze ans d'Aïda, en septembre, que l'on commença à construire le garage du frère aîné de Leonardo sur la place de la République, près du kiosque à musique. Construire un quelconque édifice à Iazza, le rafistoler ou l'ériger, se lancer dans n'importe quelle entreprise de maçonnerie, c'est toujours s'engager dans pas mal d'années d'emmerdements. Tout est lent, sujet à discussion, à chicanerie, à jalousie, à rancune, les gens de Iazza ne sont pas des bâtisseurs, d'où la profusion de ruines, ou de bâtiments à courants d'air, sans mur du fond, ou sans toit, on ne peut pas pour autant dire que l'architecture iazzienne soit d'une sophistication inatteignable, un rectangle, un toit-terrasse avec sa citerne, crépissage et fenêtres meurtrières, mais même comme ça, il faut croire que l'effort de se mettre d'accord et de finir un ouvrage sans se taper dessus est au-delà de leurs forces, la seule demeure digne de ce nom est celle de la Gandolfi, tout le monde est unanime sur ce point, on dit qu'elle a été construite par des esclaves marocains avec des pierres du palais des Tuileries de Paris, mais on dit souvent n'importe quoi, c'est aussi une particularité de Iazza.

En tout état de cause, les filles de Iazza faisaient des allées et venues devant le chantier Azzopardi, par grappes de deux ou trois, jamais seules, elles se donnaient le bras, elles gloussaient, mon Dieu, ces chorégraphies changeront-elles un jour ? Les gars étaient là, les trois frères de Leonardo étaient là, Aîné, Puîné, Cadet (je vous dispense des prénoms, ils vous encombreraient), ils regardaient les filles passer, ce qui n'améliorait pas leur vitesse de maçonnage, et Leonardo venait leur donner un coup de main après l'école. Leonardo avait l'âge de Gilda (donc deux ans de moins que Violetta, si vous suivez, et deux de plus qu'Aïda) et Aïda venait d'entrer au collège, il n'y avait pas encore de lycée à Iazza, ça ne tarderait pas, mais à cette époque on était en pleine transition et le monde moderne met toujours quelque temps à séduire les farouches insulaires. Si on avait des velléités scolaires un peu exaltées, il fallait se résigner à partir sur le continent. Les enfants partaient peu, ils avaient longtemps eu tendance à rester sur place et à copier ce que leurs parents avaient été (des femmes attifées de noir, des hommes sur de maigres mules), à part quelques illuminés qui étaient partis pour l'Amérique bien sûr, sauf que, on ne sait pas pourquoi, les filles de cette génération-là ne voulaient plus, les garçons étaient prêts à s'établir à Iazza et à répéter ce que leur père s'évertuaient à fabricoter depuis des lustres, mais les filles non, ça ne leur suffisait plus, ça passait d'abord (et presque exclusivement d'ailleurs) par se marier avec un garçon qui leur plaisait et qui n'était pas simplement un gendre pour agrandir un terrain pierreux sur le cadastre, et puis en deuxième temps, si deuxième temps il y avait, par conduire une mobylette, et en troisième temps, et là on effleurait l'insurrection, par s'installer sur le continent, en ville, ouvrir une mercerie ou une boutique de chaussures. Ça rendait fous les pères – et les mères aussi, qui détestaient qu'on échauffe les pères.

Aîné Azzopardi, malgré cette belle fatalité qui le voulait pêcheur (patron pêcheur, n'est-ce pas, pas un pêcheur dans une barcasse qui tire des filets et se burine la peau jusqu'à la transformer en cuir, on est et on reste patron chez les Azzopardi), deviendrait garagiste, il était fort doué de ses mains et depuis toujours fabriquait des casse-tête et démontait des moteurs, Puîné et Cadet prendraient évidemment la mer à la tête d'une flottille, quant à Leonardo, on ne savait pas encore trop bien. Il était un peu féminin. Très beau, très délicat. Gracieux. À tel point que le grand-père Azzopardi avait fini par le convoquer un soir à la table de la salle à manger, tout le monde avait déguerpi, ça sentait fort le roussi, pour lui demander solennellement, il n'était pas du genre à y aller par quatre chemins, s'il préférait les filles. Leonardo avait ouvert de grands yeux et demandé :

— À quoi ?

— Quoi à quoi ? avait tonné le grand-père.

— Si je préfère les filles à quoi ?

En prononçant ces mots, Leonardo avait compris ce que le vieux voulait dire. Il avait rougi et assuré qu'il ne faisait que penser aux filles. Le grand-père s'était levé, manifestement satisfait, lui avait tapé l'arrière du crâne, Reconcentre-toi alors, sinon il y aura toujours une putasse pour dire que son bébé a tes yeux, et il était sorti sur le perron fumer sa cigarette jaune.

Bref.

Il était impossible d'éviter de passer devant le chantier du garage Azzopardi puisqu'il était sur la place et qu'il fallait la traverser pour aller au marché, au collège, à l'église de Marie la Toute Pure, chez le coiffeur ou chez la rebouteuse.

Aïda fit comme les autres, elle regarda les frères Azzopardi s'activer à leur rythme mou, et surtout le beau Leonardo si grand si blond. Le père Azzopardi tenait à ce que tous ses fils participent au chantier : rien ne doit jamais vous arriver tout cuit, travaillez, prenez de la peine, et tutti quanti. Après avoir marché jusqu'à la place, elle s'asseyait sur le banc en pierre, elle observait leur manège. Et elle contemplait Leonardo.

Il devint sa nouvelle obsession. Sa source quotidienne de plaisir. Il était si naturellement à l'aise, on avait envie de savoir comment il s'y prenait, on avait envie d'imiter sa démarche, de copier ses gestes ou ses mimiques, on finirait bien ainsi par obtenir, même si l'on était un animal totalement dépourvu de désinvolture, un léger effet de décontraction. Ou alors il fallait qu'il vous appartienne. Que cette beauté vous soit dédiée.

À l'époque, à cette époque où elle se trouvait si affreuse – et on ne peut pas compter sur elle pour être un peu honnête puisqu'elle ne savait que répéter, Je suis immonde, ou, Je me déteste –, Aïda avait en réalité une tête juste un peu spéciale. Une tête ronde, un nez pointu, un museau de fennec, de beaux yeux tristes sous un énorme sourcil noir, tout était encore en devenir dans ce visage, on était à l'orée de quelque chose, une grande beauté ou une grande laideur, tout était encore possible.

Leonardo avait remarqué l'intense jeune personne qui le surveillait ouvertement depuis le banc de pierre. Il connaissait, tout le monde connaissait, l'histoire de la disparition de Mimi, un drame comme ça c'est du nanan pour les soirées de vieilles, et les familles de Iazza comptent toutes beaucoup de vieilles, matoises et gazettes, on examine, on suppute, et on conclut à coup sûr. Les enfants écoutent et se font ainsi une idée bien plus précise du monde. Leonardo connaissait aussi le père Salvatore, qui sans jamais avoir perdu son statut de doryphore, avait adopté l'attitude rancunière commune et, après avoir mugi son désespoir à qui mieux mieux, avait fini par ne plus rien dire, devenu muet comme un poisson des grandes profondeurs. Il connaissait Violetta, grande, massive, chevaline, si grande qu'on les avait depuis longtemps appariés, elle et lui, Il y en a une qui serait à ta taille, mon Leonardo, c'est bien l'aînée de ce fou de Salvatore, vous nous feriez des géants. Il connaissait Gilda, chafouine et sans grâce – le père Salvatore d'ailleurs lui avait toujours tenu rigueur de son manque de charme, ah l'impardonnable faute de n'être point jolie. Quant à la mère, il ne voyait pas bien qui c'était, elle était quasi invisible. Bien entendu cette famille marquée par le drame et le mystère (on ne manquait pas de drames à Iazza mais des mômes qui se volatilisent, ça non on n'en avait jamais eu en magasin) était aussi fascinante que repoussante pour un garçon sensible comme Leonardo.

La fille en colère sur le banc de pierre qui étudiait ses livres de mathématiques, studieuse et raide, en le surveillant du coin de l'œil, c'était celle-là qui indéniablement l'attirait le plus.

Que voyait-il en elle ? La gamine ardente encore, ou la femme qu'elle deviendrait ? Le fait qu'il ne se laisse rebuter ni par la réputation qu'elle se traînait d'avoir perdu sa sœur un soir de carnaval, ni par sa mutation adolescente – qui est rarement un spectacle réjouissant, mais qui, sur elle, était encore plus désappointant vu qu'elle la vivait avec une anxiété et une rage tout aïdiennes – en dit long sur le genre de garçon qu'était Leonardo.

Malheureusement Aïda n'est pas restée longtemps studieuse et raide, j'y reviendrai. Trop pressée, elle n'a pas attendu que Leonardo traverse la place et vienne lui parler. Un jour elle n'est pas retournée sur le banc de pierre. Que voulez-vous, cela faisait maintenant des années qu'elle vivait avec le souvenir de cette nuit de carnaval et qu'elle la rembobinait sans succès, comme on se repasse mentalement, pour la tourner à son avantage, une conversation dans laquelle on n'a pas été brillant brillant. Sauf que là, l'issue était toujours la même. Mimi demeurait introuvable.

22

Il y avait du brouillard en février à Iazza. Il tombait très tôt dans l'après-midi et ne disparaissait qu'en fin de matinée, le lendemain. Ne filtrait un peu de lumière que vers midi. Mais le plus souvent il faisait gris et on ne voyait pas à dix mètres durant toute la journée, ni à trois mètres la nuit. Si cette situation obligeait les bateaux à demeurer au mouillage, cela n'empêchait pas les habitants de Iazza de fêter le carnaval comme il se devait. Le brouillard favorisait les excès. La fumée blanche des encensoirs avec leur cliquetis envoûtant se mêlait à la brume et aux tourbillons de fumée des rôtissoires. Les cortèges se suivaient, odorants et vociférants. Ça sentait la bière, la cannelle, et aussi le maquereau grillé. On pouvait ne pas dormir pendant quatre jours et trois nuits grâce à l'herbe de Mandarana. Personne n'était en reste. Même les vieilles étaient fêtées, on les maquillait, on les costumait et on les portait sur des chaises juchées sur les épaules des célibataires mâles, des chaises si ouvragées qu'on aurait cru des châsses de saintes, de petites cathédrales d'or. C'était le seul moment de l'année où tout s'entrelaçait.

Comment résister ?

Les deux fillettes se tenaient par la main.

Ce monde n'existait pas vraiment.

Les mondes nocturnes n'existent jamais vraiment.

C'était la dernière nuit du carnaval, on défilait devant l'église de Marie la Toute Pure et tout était si beau, si fou et si catégorique que même les vieilles bigotes aux fenêtres se signaient, les rues étaient décorées de guirlandes, on transportait la sainte patronne, Santa Lucia, la sainte patronne trop décolletée, jusqu'à l'église de Marie la Toute Pure, et l'église était en tenue de fête, même si le reste de l'année elle semblait avoir échappé à la grâce du Vatican, sans aumônes, sans subsides et sans fioritures, ce soir-là elle resplendissait, et puis cette nuit on mettrait le feu à Vavamostro le diable de paille,

les gens sont nus sous leur costume, il y a quelque chose de monstrueux là-dedans, quand on y pense, en général on n'y pense pas, mais là on ne peut pas s'en empêcher, ils ont tous l'air nus, regarde, une femme s'est déguisée en perruche, elle porte des plumes blanches sur le crâne et des plumes jaune citron sur sa chute de reins, et elle chante, un type est en feu tricolore, c'est affreux, il change tout le temps de couleur, ce sont des touristes, les gens de Iazza ne font pas ça, une femme est une lampe de chevet, un abat-jour sur la tête, et il y a beaucoup d'animaux, des chats bien sûr, et des souris, c'est facile de se déguiser en souris, ça ne mange pas de pain, deux oreilles, une queue cousue au justaucorps et des moustaches dessinées sur le visage, les vieilles sont fardées et portent des chapeaux mités miteux, mais elles sont hilares, beaucoup de gens débarquent à Iazza pour le carnaval, Aïda n'a jamais vu autant de monde, des diables rouges partout, et des ogres, et des vampires bien entendu, une flopée de vampires, ils sont habillés en blanc les vampires à Iazza, ce sont des vampires de jour, ils ne se cachent pas, ils ressemblent à monsieur tout le monde, c'est le déguisement le plus paresseux qui soit, ils ont simplement des dents longues et sanguinolentes quand ils ouvrent la bouche, certains ont envie de plus que ça, ils sont torse nu sous leur cape blanche et se sont peints sur le corps leurs organes internes, on voit les côtes et le cœur, et un tortillon qui est censé représenter les intestins, ce sont les vampires écorchés de Iazza, il y a la reine des lézards (de vrais lézards tout plats tout secs attachés sur la tête, elle a dû les récupérer sur la route), et puis, évidemment, ceux qui n'ont pas d'idée, hommes en femmes, femmes en hommes, les petites filles en gitane, et les garçons en pirate, les enfants sont conservateurs, d'ailleurs il y en a quelques-uns qui ne sont pas costumés, ça arrange Aïda, elles passent inaperçues comme ça, Mimi et elle, elle croise même Pippo qui donne la main à sa mère et baisse la tête parce que tout ce raffut doit le rendre fou, elle ressent comme toujours en sa présence une piqûre de pitié, elle s'apitoie, elle aime bien s'apitoyer, et puis elle oublie Pippo, ce qu'elle veut c'est des *stigghiuole* avec du sel et du citron mais les petites n'ont pas d'argent, Salvatore ne donne jamais d'argent à ses filles, heureusement le carnaval de Iazza ne se préoccupe pas d'argent, on offre des bonbons aux deux sœurs, Mimi voudrait des saucisses et Aïda des *stigghiuole* mais on leur offre des bonbons, la potion empoisonnée, c'est ce que dit leur père, le sucre est un poison, il dit qu'il y en a partout et qu'il faut faire attention, mais leur père dit qu'il faut faire attention à tout, Iazza ne ressemble plus à Iazza, Iazza est méconnaissable, Aïda voit que Mimi a un peu peur, Mimi la téméraire a un peu peur, elle regrette déjà d'avoir suivi Aïda, celle-ci ne lui donne pas dix minutes pour qu'elle lui demande de la ramener à la maison, eh bien non, pas tout de suite, il faudra qu'elle patiente, elle se mettra dans un petit coin, et elle reviendra la chercher, Aïda aussi a un peu peur, mais c'est important d'être là, c'est important important important, et puis comme une femme leur donne des biscuits, voilà Mimi rassurée, elle serre la main de sa sœur et elle sourit,

Aïda dit à Mimi, Si on se perd, on se retrouve ici, et la petite acquiesce, et la grande est tranquillisée, et il y a tellement de bruit, et l'écho résonne dans leur cage thoracique, elles sont des oisillons, elles sont des moineaux empalés sur des épines d'acacia, personne ne les voit, on leur tend la main, on les convie à la ronde et on les lâche, on les oublie, la petite trébuche et manque de tomber, Mimi est le genre de gamine qui tombe souvent, elle est pleine de bleus et d'estafilades, Elle s'économise pas, dit souvent leur mère, Aïda la rattrape, lui secoue la main un peu rudement, Fais gaffe, dit-elle. La petite fait la moue, vexée, et lâche la main de sa grande sœur. Ou plutôt, elle s'arrache à sa grande sœur, mécontente, Tu n'as qu'à rester là, dit Aïda, elle s'éloigne, mais la petite lui court après, bousculée par la foule, la rejoint, Tu as la trouillotte ? dit Aïda et elle lui serre de nouveau très fort la main,

si on se perd, on se retrouve ici,

elles ont marché, minuscules et invisibles au milieu du bruit, des cris, des rires et des monstres, dans l'odeur si enivrante de la sueur et du sucre, tous les sucres imaginables, ils vous pénétraient la peau et le cerveau et les yeux, vous en vouliez toujours plus, quand le monde retournerait à peu près à la normale, le sucre vous manquerait, tout paraîtrait desséché et amer et étriqué, le sucre offrait tant de possibilités, c'était un palais des glaces, c'étaient des miroirs et du vertige, la petite idée de l'infini que vous chuchotent les miroirs posés les uns face aux autres, l'orée de l'infini, et les diables rouges dansaient, leurs satellites masqués tournoyaient, ce qui était ordonné avait tendance à se désordonner, n'était-ce pas une loi fondamentale de l'Univers, le plus simple était de circonscrire le chaos, ou de s'en donner l'illusion, et de le faire sur le temps court du carnaval, les nuits s'appelaient big bang parce que comment croire que le big bang appartenait seulement au passé, nous étions toujours en plein big bang, mais qui avait donc importé à Iazza ce carnaval quantique, beaucoup ici n'avaient même jamais entendu parler du big bang, beaucoup croyaient que Dieu avait une barbe blanche et une tunique en lin bien repassée et qu'il avait tout créé en six jours sans trop se préoccuper des pièces de rechange, beaucoup ne croyaient rien d'ailleurs, ils ne croyaient qu'à ce qu'ils avaient dans leur assiette et c'était amplement suffisant, quelle importance que le big bang soit l'état du monde, il n'y avait pas d'avant pas de présent et pas d'après dans le carnaval, et c'est là qu'est Mimi, c'est là que va rester Mimi. Les filles voient les diables rouges et les femmes folles et les paons sauvages, leurs longues traînes, les yeux à l'extrémité de leur plumage, et puis le diable de paille sur la place du village qui attend son heure, son châtiment, sa gloire,

si on se perd, on se retrouve ici,

les hommes arrivent avec des torches et enflamment Vavamostro et c'est beau et effrayant comme la foudre,

et à un moment Mimi n'est plus là,

Aïda se retourne et Mimi n'est plus là,

ce n'est pas grave parce que

si on se perd, on se retrouve ici

et Aïda l'attend à l'endroit convenu, le monde continue de tournoyer et de la convier à la ronde, mais elle ressent un grand froid dans tout le corps, une immobilité de glace, Mimi va venir, Mimi va être au rendez-vous, elle la voit partout, elle l'aperçoit partout, elle en prendrait bien une autre de gamine qui passe devant elle, elle la ramènerait à la maison, elle la coucherait dans le lit de Mimi et le monde ne dévierait pas de son axe,

ma petite sœur est dans un endroit introuvable,

pendant le carnaval les enfants disparaissent et puis réapparaissent, tout le monde sait ça, ils vivent leur vie d'enfant de carnaval, et quand tout s'est calmé, dégrisé, on recommence à les houspiller et les secouer, on recommence à les surveiller, l'après-carnaval est une gueule de bois phénoménale ou plutôt une gueule pleine de sable, lourde, si lourde, du sable qui criquaille sous la dent, crée des dunes dans les oreilles et s'entasse au coin des yeux, la tête est lourde, et peu à peu le sable s'en va, il s'évacue par tous les orifices du corps, et tout le monde redevient comme avant, les hommes ombrageux et les femmes soupe-au-lait,

si on se perd, on se retrouve ici

mais Mimi n'est pas revenue alors Aïda s'est dit, Elle a dû rentrer, bien sûr elle a dû rentrer, et elle a refait le chemin jusqu'à la maison-du-bas, l'aube pointait, des restes de Vavamostro s'échappait une fumée âcre malodorante, Mimi avait dû rentrer, elle serait dans son lit, Si j'aperçois la lune au-delà du brouillard alors Mimi sera dans son lit, ouf j'aperçois la lune, mais Mimi n'était pas dans son lit, et ce n'était pas si grave, il suffisait de se coucher et de s'endormir et Mimi serait de nouveau là, sauf qu'en fait Mimi était perdue, et le monde où était perdue Mimi ressemblait à ceci : des rues louches, des sex-shops et des néons, un paysage victorien, un paysage à la Jack l'Éventreur, couteaux effilés et spots clignotants, la fumée sort des cheminées, tout le monde est sur les toits, quelle drôle d'idée, c'est le rez-de-chaussée qui est en feu, mais les flammes ne montent pas, le feu coule, le feu coule, où a-t-elle lu que dans l'espace à des milliers d'années-lumière de la Terre, dans une station spatiale exempte de gravité, le feu coule, Aïda s'est réveillée et Mimi n'était pas dans son lit, elle n'était *toujours plus* dans son lit, il n'existait rien de plus vide et de plus désolé que ce petit lit, parfois le monde bascule parce qu'on a loupé un train, parce qu'on a glissé au moment de rattraper le ballon lors d'un match crucial, ou bien il bascule parce qu'une roquette a explosé dans la cour, quelle que soit la raison pour laquelle il bascule, le résultat est un effondrement, le résultat est l'effroi, et l'effroi dure longtemps, il anéantit tout.

23

En sortant de son déjeuner avec Leonardo, Aïda enfourche son vélo et se dirige vers la route aux écrevisses qui n'est pas une route mais un chemin de terre. Dans le premier virage se dresse la maison de la tante de Pippo. Et Pippo est là. Elle l'aperçoit de loin. Il est assis à l'ombre, sur un banc devant le mur où pendent des tresses d'ail et des grappes de tomates, il a son casque sur les oreilles, il tricote. Il ne porte ni cravate ni veston parce qu'il n'est pas au travail, à balayer les feuilles mortes devant la mairie. Aïda cale son vélo contre la barrière, elle lui sourit, rapproche une chaise de jardin qui traînait, les pattes en l'air, sous le saule, et elle s'assoit face à lui. L'air est si sec qu'il semble granuleux. Pippo ne la regarde pas. Il tricote. Pippo est un homme dont les mains tricotent, sculptent de petits animaux rudimentaires ou des appeaux inefficaces avec un canif, il a des oreilles qui savent écouter et ses yeux vont bien au-delà de chacun de nous.

— Je suis désolée pour la maison de ta maman, Pippo. On m'a dit qu'il y avait eu un incendie.

Elle lui parle alors qu'il y a vraiment peu de chances qu'il l'entende avec son casque surdimensionné.

Aïda ne croit pas que ce soit lui qui ait mis le feu à la maison : il serait chez les carabiniers à cette heure, il ne serait pas en train de tricoter une écharpe verte au point mousse sur un petit banc de pierre. Ici les gens ont tôt fait de vous accuser de malveillance si vous avez laissé la casserole de lait sur le gaz. Les médisances, ça occupe et ça donne l'impression de comprendre quelque chose aux autres. Si les carabiniers avaient le moindre soupçon concernant la culpabilité de Pippo, ils l'auraient déjà mis aux fers.

— On est pas mal ici, dit Aïda.

Elle prend une grande inspiration.

Il y a d'abord l'odeur du chèvrefeuille et les stridulations des mésanges, puis il y a les abeilles bombardiers qui passent en ronflant entre eux deux, leur route était là, leur route est là, elles ne vont pas changer de trajet à cause des importuns, elles n'ont que faire des importuns, ils sont trop fugaces pour être réellement incommodants, et la route des abeilles est immémoriale, on les voit se diriger vers la cheminée de la grange, elles paraissent surmenées, exécutant un ballet complexe autour de leur nid, on aimerait apprendre à décrypter leur danse, il y a aussi le toit de la grange qui s'affaisse, et les poutres qui s'effritent, constellées de minuscules trous parfaitement ronds, le sol est jonché de bois mastiqué, les choses ici s'effondrent sans fracas, c'est une très lente dégringolade, il y a la brise de mer, les pins qui bruissent sans qu'on puisse discerner leur mouvement, il y a les émanations si particulières du sable de la cour juste après l'heure la plus chaude du jour, et la poussière jaune qu'y ont saupoudrée les mimosas, il y a le vol indéchiffrable des hirondelles qui semblent toujours esquiver d'invisibles colonnes, il y a le battement profond du cœur d'Aïda qui retentit à ses oreilles, et puis surtout il y a ce garçon qu'elle connaît depuis toujours assis près d'elle, elle se dit qu'il doit bien formuler des opinions mais qu'il les garde pour lui. C'est comme essayer d'imaginer à quoi rêve un nouveau-né. Pippo aurait pu passer son temps à proférer des insultes ou des insanités, personne n'aurait rien eu à y redire, mais c'est un être poétique, réconciliant, qui ne sait pas lacer ses chaussures et se concentre sur les tâches qui lui incombent – que ce soit le tricot, les sculptures d'animaux, l'équeutage des haricots ou le balayage des caniveaux – avec patience et une absence manifeste de talent. Tout est approximatif chez lui. C'est très reposant.

Il a arrêté de tricoter. Il regarde en l'air. Puis il s'y remet.

— Pippo, Pippo.

Il se tourne vers elle. Il ne l'entend peut-être pas mais il a dû sentir vibrer l'air, on s'accordera à considérer que les êtres comme Pippo ont une perception différente de celle partagée par le commun des mortels. Aïda espère que sa mère va s'en tirer, qu'elle va revenir sur ses deux pieds de Palerme, parce que si sa tante ne souhaite pas le garder chez elle, que fera-t-on de lui, que fait-on des garçons comme Pippo ?

— Tu savais qu'on appelait Mimi le colibri ?

Elle sort de sa poche le petit oiseau qu'il lui a laissé la veille sur la margelle du puits. Elle le pose dans la paume de sa main. Il est d'ailleurs de la même couleur que la paume de sa main.

— C'est très joli, Pippo.

Il se détourne, il ne regarde pas vers elle ni vers le colibri, il est de nouveau tout seul.

— Tu voulais me dire quelque chose à propos de Mimi ?

Elle continue de lui sourire. Ce n'est pas un sourire forcé. Je crois qu'elle aime vraiment bien Pippo. Elle se souvient de son visage d'enfant, c'était un visage tout à fait comme celui des autres enfants mais, en vieillissant, il est devenu spécial, il n'a pas la mobilité des visages adultes, il n'use d'aucun artifice, il est pur et laid à la fois, un peu dérangeant. Ce pourrait être celui de quelqu'un qui, à la suite d'une attaque, ne disposerait plus que d'une seule expression faciale.

Pippo n'est pas prêt à dire ni faire quoi que ce soit. Il est totalement immobile. Il a même arrêté de respirer. Alors Aïda dit :

— Je le garde, il me fait penser à ma petite sœur.

Elle a peut-être essayé de l'amadouer en disant ces mots. Parce qu'elle est convaincue qu'il sait quelque chose. Que dans la secrète mémoire de Pippo se trouve la clairière où tout prendra sens. Elle n'a plus qu'à sortir de la forêt ténébreuse, et un arbre aux frondaisons séculaires rayonnera en son juste centre. L'idée que ce qu'il sait lui reste inaccessible est douloureuse. Elle n'est pas plus avancée qu'en arrivant, m'opposerez-vous. Mais en fait si. Parce que, comme tous les autres, elle avait oublié que Pippo était le veilleur invisible. Et c'était la première chose dont il fallait se souvenir.

24

Il y a de cela si longtemps Pippo a sauvé Mimi de la noyade.

Mimi était une collectionneuse, cela n'étonnera personne. Elle collectionnait les coquillages, les ailes de papillon, les chrysalides, les morceaux d'écorce, les capsules de bière, les crayons de couleur bleus, les gommes, les plumes, les bâtonnets de glace à l'eau, les feuilles d'eucalyptus séchées. Elle les mettait dans des boîtes d'allumettes, grandes et petites, ou dans des enveloppes. Puis elle leur choisissait des cachettes secrètes. Et elle les oubliait. L'important n'était pas de pouvoir les retrouver, l'important était que ces choses existent quelque part, rassemblées. On découvrirait longtemps après sa disparition des boîtes à trésor dans les fissures du muret derrière la maison, dans les caveaux-villas du cimetière ou bien dans les arbres – elle montait donc si haut dans les arbres ? s'étonnait Aïda, cherchant encore, des années durant, des indices, et sentant furtivement que là se jouait quelque chose d'important. Mais c'était comme d'avoir un mot sur le bout de la langue. Ou de faire un effort de mémoire quand on est épuisé. Elle montait donc si haut dans les arbres ? Une sorte d'entêtante interrogation. Entêtante et évanescente à la fois. Et, par son évanescence même, totalement inutile.

Pour finir, ce que Mimi aimait particulièrement récolter, c'étaient les yeux de Santa Lucia.

Il y a beaucoup de légendes concernant Santa Lucia, mais celle qui perdurait à Iazza racontait que Lucia avait été une jeune ravaudeuse de filets dont le père était mort en mer, qu'elle était toute de probité, de modestie et de chrétienté, mais que malgré son insignifiance timorée (ou à cause de) elle avait attiré l'œil du jeune seigneur hémophile de l'île, qu'il avait tenté de la séduire, qu'elle l'avait (gentiment) éconduit, qu'il en avait été blessé, l'avait capturée puis violée, que pendant son forfait elle n'avait cessé de le regarder, alors que les violées se doivent de fermer les yeux, où donc avait-elle la tête, et que revenu à ses moutons il en avait été tout chose, il revoyait les yeux de la fille au long de ses nuits d'insomnie, si bien qu'il avait ordonné qu'on la recapture. Dans sa magnanimité, il ne l'avait pas fait pendre, il s'était contenté de lui faire désorbiter les yeux, lesquels yeux avaient été jetés à l'eau par un bourreau un brin désinvolte. Malgré l'évident désir de conciliation du jeune seigneur – énucléer plutôt qu'occire –, la Lucia n'avait jamais cessé de hanter ses nuits. Elle s'était (modestement) offusquée, elle était entrée dans les ordres et avait porté ses orbites vides en étendard. Je ne suis pas sûre qu'elle ait souhaité être un porte-étendard mais parfois le sens de l'histoire nous échappe. La légende ne disait pas ce que le jeune seigneur avait fait de sa culpabilité mais on subodorait qu'il avait mal fini.

Tout ça pour dire que les opercules de turbo rugueux, minuscule coquillage vernaculaire, avec leur joli dessin de spirale, étaient devenus des yeux de Santa Lucia. Ils jonchaient les fonds sous-marins autour de Iazza. Pour les récolter il fallait plonger au plus profond, exercice qu'affectionnaient les petits couillons de l'île pour se prouver et prouver à tout un chacun qu'ils étaient des héros de belle envergure. Après leur exploit, ils ne savaient trop que faire de leur récolte, les plus sentimentaux la rapportaient à leur mère – un jour viendrait où les spécimens spectaculaires seraient vendus aux boutiquiers de la rue piétonne pour en faire des bijoux-à-touristes, mais on n'en était pas encore là –, la plupart abandonnaient leur butin sur la plage. Les tout petits enfants venaient alors les ramasser. Mimi ne faisait pas exception.

Or un matin, on était en septembre, à la période des tempêtes et des plus gros coefficients de marée, Mimi était partie comme à son habitude avec son sac en plastique à Cala Andrea, elle était accompagnée de deux commères voisines qui s'étaient proposées de l'emmener puisqu'elles allaient chercher des oursins dans les rochers. Sa mère devait être occupée au Domaine, son père à négocier sans entrain du bois de charpente au port, et ses sœurs étaient à l'école. Voilà ma Mimi trottinant sur le chemin devant les deux femmes, secouée par le sirocco qui balayait le maquis. Elles arrivèrent à la crique et, stupeur et accablement, la mer était montée si haut la nuit précédente qu'elle avait emporté ce qui était sur le sable tout en y déposant un nombre substantiel de saloperies diverses.

Les deux commères râlèrent, déblatérèrent contre les Arabes qui pourrissaient leur île à cause des courants et de leur atavique désinvolture, elles commencèrent à ramasser les détritus pour les entreposer près du chemin et puis, afin de s'adonner tranquillement à leur propre pêche dans les rochers, elles enjoignirent à Mimi de continuer le ramassage et le nettoyage. Ça l'occuperait. Et ce serait une bien bonne action.

Sauf que Mimi n'était pas venue là pour faire son service civique.

Elle retira short et chemisette, les plia et les déposa sous une pierre afin que le vent ne les emporte pas, elle s'approcha en culotte du rivage, son sac plastique dans une main, elle faisait la moue et n'était pas très contente, tout ce tintouin n'entrait pas dans ses plans, et elle se mit à l'eau. Mimi savait nager comme une petite fille de presque six ans élevée sur une île. Elle était prudente et s'arrêta quand elle eut de l'eau à la taille. Elle plongea. La visibilité était très mauvaise, l'eau trop agitée, le sable tourbillonnait encore, alors la petite ratissa le sol à l'aveuglette avec ses doigts, elle remonta à la surface, ouvrit ses mains et les scruta, tel un chercheur d'or son tamis. Quand elle trouva ce qu'elle cherchait, elle le glissa dans son sac qu'elle rescella avec un nœud. C'était une méthode fatigante et relativement improductive.

Mais elle s'obstina. Jusqu'au moment où un ressac plus violent la fit tournoyer et l'emporta. Elle essaya de reprendre pied mais elle ne savait plus où était le sol ni où était la surface. Elle se dit qu'elle allait se faire engueuler, que sa mésaventure se verrait à cause de ses cheveux pleins de sable, elle eut peur de lâcher sa maigre récolte, tout ça pour ça, merci bien, on se dit bizarrement beaucoup de choses dans des moments pareils, il y a comme une accélération de la machine, elle fut ballottée plus fort, elle perdit sa culotte, il ne lui resta plus qu'à prendre une grande bouffée d'air mais comme elle n'avait pas encore appris à respirer sous l'eau elle but la tasse et comprit que les choses se gâtaient, elle voulut crier, mais ce fut pire, à cet instant-là elle sentit qu'on la tirait, j'aimerais écrire que deux bras puissants l'attrapèrent mais il ne se passa rien de tel, elle sentit juste qu'on la tirait et qu'on s'efforçait tant bien que mal de lui faire rejoindre le monde supra-aquatique, elle rejaillit de l'eau, elle ne cracha ni ne vomit, elle perdit simplement connaissance.

Elle reprit vie au milieu des cris. C'étaient les deux commères qui hurlaient, la secouaient, bouche-à-bouche, arrachage de cheveux, lamentations, injures, elle ouvrit les yeux, s'étouffa à moitié, regarda au-dessus d'elle, ciel bleu et mouettes, puis autour d'elle, sable jaunâtre et mouettes, et Pippo plus loin assis sur le sable. L'une des deux commères lui jeta des pierres comme on tente d'éloigner un chien galeux et suppliant. Ou menaçant. Elle comprit les invectives : Assassin ! Pervers ! Elle s'éveilla tout à fait. Elle tâtonna.

Les commères hululèrent. Elle se rendit compte qu'elle était toute nue. Petite fille sans culotte sur la plage. Elle continua de tâtonner. Son sac plastique était toujours à son poignet. Le nœud plus serré, elle aurait perdu sa main dans l'aventure. Vérification rapide et ensuquée. Le sac était plein de sable. Elle se dit, Mieux vaut me rendormir. Mais les deux commères la secouèrent tant et si bien qu'elle abandonna ce projet. Très bien, très bien, je reviens à la vie.

Les deux commères se mirent d'accord et ne révélèrent rien, parce que c'eût été avouer qu'elles avaient perdu de vue la petite pendant un bon moment et que leur vigilance était loin d'avoir été ce qu'elles avaient promis qu'elle fût.

— Si ta maman savait, tu te ferais punir. Fini pour toi les baignades. Fini, râpé, zéro.

Et elles gardèrent pour Pippo un chien de leur chienne. Il était hautement et génialement suspect. Il faisait quoi, là, tout seul, à Cala Andrea en ce petit matin ? Il les suivait ? Il les zyeutait ? Quand on a un gosse un peu débile, on le laisse pas se balader comme ça. Et s'il a une petite tendance à s'échapper, on l'attache.

Elles lui avaient jeté des pierres. Et elles continuèrent de le faire. Cet exemple étant facile à suivre et fort récréatif, on ne tarda pas à jeter, avec régularité, des pierres à Pippo.

Seule Aïda fut mise dans la confidence. Pippo est un sauveur, avait conclu Mimi. Aïda garda le secret comme on garde une flammèche au creux de ses mains. Les secrets de Mimi étaient des privilèges exclusifs.

25

Aïda laisse son vélo sous les lauriers-roses. Elle est rentrée au Domaine après avoir passé la fin de l'après-midi à faire le tour de Iazza. Elle a vu les nouvelles constructions, le club de plongée, l'antenne relais, la paillote en béton sur la plage de Santa Maria de Stella et puis le camping – la Gandolfi doit se retourner dans son ancestral caveau de famille. Devant la chapelle Santa Lucia, un type barbu, gilet sans manches sur chemisette bleue, pantalon à pinces et baskets de vieux, était monté sur une échelle. Il clouait une banderole sur le linteau, « Dieu vous aime ». Aïda s'est dit qu'elle adorerait être ce type.

Elle a fait un détour par la maison-du-bas. La maison penche un peu comme si elle était déçue ou mal à l'aise. Personne ne s'en occupe plus, les herbes hautes et jaunes lui font comme un écrin de cheveux secs, on dirait un jardin brûlé, un jardin après la guerre, elle a aperçu deux chatons descendre de la balancelle, des souris ont dû mettre bas dans le rembourrage des coussins, les volets à la peinture verte écaillée sont fermés, la petite cloche noire avec laquelle la mère rameutait les filles pour les repas ou pour les prévenir de l'arrivée du Père – la mère avait développé une ouïe si fine qu'elle entendait le moteur de la camionnette rétrograder dans le virage en haut de la côte – est toujours là, les hirondelles ont installé leur nid de boue sous les chevrons du toit, la vigne a tout envahi, en été ce doit être la sarabande des frelons, si l'humanité disparaissait, s'est dit Aïda, il faudrait à peine quinze ans pour qu'il ne subsiste plus aucune trace de son passage, c'est une pensée rassérénante, au fond. Malgré son état, la maison donne une impression de permanence. S'il n'en reste qu'une je serai celle-là. Je suis morte et ruinée mais je suis là. Pourquoi les maisons désertées ressemblent-elles à des squelettes ? Elles manquent de vie, de chair, de pulsation. Elles sont à deux doigts de s'effriter. D'ailleurs comment une maison survit-elle au départ ou à la mort de ses habitants ? Au loin, elle percevait la bande-son de Iazza – ce continuel bruit de marteau. Rafistolage et lutte contre l'effondrement.

Aïda a l'impression depuis si longtemps de porter à bout de bras, hissée au-dessus de sa tête, la charge des peines qu'elle a vécues dans cette maison – opprobre et remords éternels –, la soutenant, cette charge, avec autant de précaution que s'il s'agissait du cadavre d'Achille ou d'un bidon de nitroglycérine. Elle a essayé d'entrer mais tout était cadenassé. Son père n'était pas du genre à tolérer une intrusion quelconque, que ce soit celle d'un ragondin ou de deux trois jeunes fumeurs de joints. Aïda se demande si Iazza pourrait vraiment être son Ithaque. Elle a au fond toujours pensé qu'elle avait la chance d'avoir une Ithaque possible. Et cette possibilité est depuis quelques jours un apaisement. Elle ne l'aurait jamais reconnu avant de revenir, mais ç'avait toujours été une sensation diffuse qui lui octroyait quelques grammes de sérénité supplémentaire en regard de ceux qui ne feraient jamais que se démener dans le marigot en trimballant leur carcasse de meublé en meublé, jusqu'à finir par ramasser des boîtes de conserve dans les terrains vagues. C'est injuste, certes. Mais rappelez-moi la liste des trucs justes sur cette planète.

Elle avait fait son tour de Iazza après avoir quitté Pippo. Il était resté muet. Il avait cessé de tricoter mais il s'était contenté de regarder le ciel, plissant légèrement les yeux, comme pour identifier les nuages. Cumulonimbus ? Orientation du vent ? Peut-on espérer un peu de pluie pour mes jardinières ? Aïda avait levé les yeux aussi et scruté le ciel. Il n'y avait rien d'autre à faire. Aucune porte ne s'ouvrirait encore. Avec le petit colibri, elle avait cru qu'il lui demandait de venir le voir. Mais ce n'était pas le bon moment. Pippo est une forteresse. Non, pas une forteresse. Il y aurait là une dimension trop intentionnellement défensive. Pippo est un coffre scellé. Soigneusement scellé. Elle se souvient de s'être fait ce genre de remarque lors d'un procès qui avait épouvanté les Siciliens – le type qui tue sa logeuse et sa voisine, les coupe en morceaux, les enterre au fond du jardin et ne révèle pas l'endroit où il a laissé leurs têtes.

La vérité, ou quelque chose s'en approchant, est donc tapie à l'intérieur de cet être de chair, de ce cerveau palpitant, et il n'y a rien pour l'en faire sortir, rien qu'on puisse se permettre, et même si on employait des méthodes un peu radicales, il est fort possible que la vérité resterait dans l'obscurité, dans un recoin mal éclairé, elle se serait peut-être désintégrée, un caoutchouc qui part en chiquettes, elle aurait disparu, impossible de remettre la main dessus. Dissolution de la vérité. Cette pensée évoque à Aïda – ce sont les petits bonds buissonniers de la pensée, n'est-ce pas – le miracle de la truite à l'oseille : l'oseille dissout les arêtes à la cuisson. Où sont donc passées les arêtes ? En quel genre de molécules se sont-elles transformées ?

Sa mère est sur la terrasse, elle parle toute seule, Tu te ferais pas un petit toast Silvia ? (elle prononce to-haste), Oh bah en voilà une idée qu'elle est bonne, J'en prendrais bien un aussi alors. Elle se lève pour se rendre dans la cuisine et enfiler deux tranches de pain de mie dans le grille-pain, son vieux chien la suit, puis elle revient à petits pas se rasseoir, toujours suivie du chien, et s'attelle de nouveau à son activité. Elle coupe en lamelles des oranges encore vertes, des lamelles aussi minces que le fin grillage des ailes d'une libellule. Elle les fera sécher et les mettra dans les infusions du soir avec du romarin. C'est un geste millimétré et odorant. Elle est en maillot de bain. Le maillot de bain une pièce aubergine à bonnets qu'elle portait quand Aïda était enfant. Silvia allait parfois dans l'eau quand elle accompagnait ses filles à la crique. Silvia ne savait pas nager, elle avançait dans la mer en reproduisant les gestes de la brasse, les épaules immergées, le menton bien haut, les pieds rebondissant sur le fond sablonneux. On eût pu s'y tromper. Mais ses filles ne s'y trompaient pas. Elles avaient fini par l'appeler « la nageuse verticale ».

Ses jambes sont maintenant grêles, sa peau semble couler autour de ses os. Une peau de crêpe, moelleuse et tavelée. Comme elle voit que l'attention d'Aïda s'est arrêtée sur sa tenue, elle éloigne sa chaise de la table, pose ses mains sur ses genoux, les recouvrant et les agitant comme s'ils n'appartenaient pas à son corps, on dirait qu'elle soupèse de tout petits melons. Regarde-moi ces horribles jambes, dit-elle. Je ne rajeunis pas. Elle ajoute, Ça n'a plus rien à voir avec mes jambes de quand j'étais acrobate à Monte-Carlo. Face à la perplexité d'Aïda, elle sourit, Je plaisante, tes sœurs ont dû te dire que j'étais devenue un peu dingo, non ?

Aïda s'assoit près de sa mère. On dirait bien que vieillir c'est comme être parcouru par un courant alternatif. Là – pas là – là – pas là. Elle pose ses pieds sur un tabouret. Silvia se remet à son ouvrage. Elle a l'air bien tranquille dans son maillot hors d'âge. Aïda, en l'observant, pense que le vrai mystère c'est : pourquoi vieillissons-nous ? Pourquoi nous désintégrons-nous petit à petit ? Pourquoi partons-nous en lambeaux ?

Elles auraient beaucoup de choses à se dire. Mais il y a un goulet d'étranglement.

— On est bien ici sur la terrasse, commence prudemment Aïda.

Silvia lève le nez et regarde autour d'elle comme si elle ne s'était jamais vraiment posé la question.

— Moui. Je préférais la-maison-du-bas.

— Pas moi.

— Je préférais. Alors je vais y retourner.

— Tu vas y retourner ?

— Tu me vois rester toute seule dans cette grande baraque ?

— Mais, jusque-là, vous n'étiez que deux. Ça ne change pas grand-chose.

En prononçant ces mots, Aïda se rend compte que si, ça change tout. La présence du Père avait toujours été comme un puits d'obscurité qui se déplaçait entre quatre murs, prodigieusement volumineux et menaçant.

— On va revendre cette grande baraque. Et ça vous fera du bien.

Elle parle d'argent.

— Comme tu veux, mamma, dit simplement Aïda.

Elle voudrait embrayer sur autre chose. Elle toussote.

— J'ai déjeuné avec Leonardo et je suis passée chez Pippo pour voir comment ça allait.

— Ah ça.

— J'espère que sa mère va revenir.

— Ne t'inquiète pas. Elle revient toujours.

La vieille femme soupire.

— Ce n'est pas la première fois qu'elle met le feu chez elle. Elle commence à perdre la boule. Un jour ils vont y rester. Ce sera un soir, elle oubliera de fermer le poêle et wouf plus de Pippo et plus de madame Serra.

Elle fait une pause.

— Ça résoudra pas mal de choses.

Nouvelle pause.

— Du moment qu'elle fout pas le feu à tout le maquis.

Elle arrête son activité de découpage, se fait songeuse, elle ressemble de plus en plus à la Gandolfi, c'est étonnant, les lois qui régissent les relations entre les humains voudraient que Silvia ait fini par ressembler à son mari, on a tous remarqué ces vieux couples qui ont l'air d'un frère et d'une sœur, ou d'une seule entité, leur visage, leur posture, leur intonation, leur grammaire, ils ont inventé un langage, et quand le couple n'existe plus, si l'un des deux éléments disparaît, la langue devient une langue morte, plus personne ne la parlera, l'hydre devient boiteuse et muette. Mais là en fait non, ce que voit Aïda, c'est la façon dont sa propre mère s'est transformée en Gandolfi, avec cette peau plissée comme un tissu japonais, cette manière distante de regarder toute chose – même si la manière de Silvia Salvatore née Petrucci est sensiblement différente de celle de la redoutable comtesse, puisqu'elle est exempte de toute ironie.

Silvia, l'œil vague, dit :

— Une fois, Mimi a failli foutre le feu au maquis.

Aïda regarde sa mère. Soudain lui reviennent à l'esprit, comment avait-elle pu oublier, toutes les fois où Mimi a frôlé la mort.

Mais l'incendie du maquis, ça, Aïda n'était pas au courant.

(J'ouvre ici une parenthèse. Il convient de rapporter les quatre fois où la mort avait témoigné un instant son intérêt à la petite puis, pour une raison inconnue mais que chacun de nous voudrait signifiante, ajourné une funeste fin.

La première fois remontait à l'époque où le Père avait décidé d'agrandir la maison après la naissance de Mimi. Il avait eu pour projet d'ajouter deux pièces l'une au-dessus de l'autre avec l'aide de Piero Sparacci, le maçon de Iazza, qui venait quand il avait le temps et qu'il était à moins de quatre grammes, conjonction improbable des astres qui retardait considérablement les travaux. Leur entreprise avait donné naissance à une sorte d'excroissance mal fagotée, un peu de guingois, adossée, comme éreintée, à la vieille maison de pierre (les filles quelques années plus tard appelleraient cette tentative « le furoncle »). Cet été-là, il faisait si chaud que Silvia avait placé le couffin de Mimi dans la nouvelle pièce du haut, qui n'était pas terminée, ne serait jamais terminée, et qui se trouvait au-dessus de ce qu'on nommerait toujours l'atelier même si ça n'avait jamais servi que de remise, bric-à-brac, musée des merdouilles et vide-grenier de la Gandolfi, avec fauteuils en osier, desserte branlante, glacière en polystyrène, hache, outils inconnus et vélo rouillé. La pièce du haut qui était censée devenir la nouvelle chambre des parents était orientée au nord, et les fenêtres n'étant pas encore posées, elle bénéficiait de la meilleure aération qui soit. Pour la sieste, en ce jour caniculaire, Silvia pensa que Mimi serait plus au frais à l'étage. Elle monta donc le bébé dans son couffin, le plaça contre le mur du fond, le plus loin possible de la porte-fenêtre sans garde-corps. Et elle redescendit. Tout était si calme qu'elle entendit distinctement depuis la cuisine le bruit que fit Mimi en chutant. Un bruit mat, comme un gros fruit qui tombe de l'arbre. Mimi n'avait jusqu'alors jamais rampé, jamais fait de quatre pattes, elle ne s'était jamais déplacée de plus de quelques centimètres, mais ce fut ce jour entre tous qu'elle choisit pour commencer ses crapahutages.

Quand Silvia se précipita dehors, Violetta et Gilda étaient déjà là. Elles jouaient dans la cour un peu en contrebas au jeu des sept familles et Gilda se faisait engueuler par sa sœur parce qu'elle n'arrivait pas à tenir toutes ses cartes en main, quand elles avaient été interrompues par un bruit incongru (le ploc de pastèque). Curieuses, elles étaient venues s'informer, avaient vu leur petite sœur pleurant par terre, l'avaient prise dans leurs bras, se la disputant pour la cajoler. Silvia, hirsute, avait alors surgi et empoigné le bébé. Elle avait tourné sur elle-même en répétant au milieu de ses larmes, C'est un miracle c'est un miracle c'est un miracle.

Rien ne fut rapporté, bien sûr, à Sa Seigneurie. Cet événement, pourtant si tentant à raconter, resta l'un des secrets de la gent féminine Salvatore.

La deuxième fois, Mimi avait quatre ans et s'était blessée à la cheville. On ne sut pas exactement comment ni surtout avec quoi. Les filles Salvatore, de toute façon, tombaient, se cognaient, se faisaient piquer, attrapaient des tiques, elles étaient couvertes de bleus et d'égratignures, c'est le lot des enfants élevés ailleurs que dans un appartement, on n'en faisait pas une maladie. Sauf que la cheville de Mimi se mit à enfler et à rougeoyer. Aïda posait sa main dessus et disait à sa petite sœur, C'est très chaud, et c'est dur, et c'est lisse comme du plastique, on dirait qu'il y a quelque chose de brûlant à l'intérieur, Mimi haussait les épaules, elle clopinait mais ne s'intéressait pas du tout à ce qui se passait à cet endroit de son corps, le père Salvatore quand il remarqua la jambe de la petite, qui avait, il faut bien le dire, changé peu à peu de couleur, bleuissant et gonflant, entra dans une grande colère, il secoua sa femme, aussi stupide qu'une mule, Il faut que le pus sorte, décréta-t-il, ils allongèrent la petite dans son lit, serviettes chaudes, alcool à 90°, scalpel et aiguilles, le Père incisa, charcuta, Mimi gueula très fort puis ne dit plus rien, elle s'évanouit, ses larmes continuant de couler même dans son évanouissement. Devant l'étendue des dégâts, la mère suggéra d'appeler le docteur Serretta, le Père dit, Il va lui donner du sirop pour la toux, cet abruti, mais la mère envoya Violetta chez la Gandolfi pour téléphoner au docteur, la gamine fit un portrait si atroce de l'intervention chirurgicale du Père que le vieux docteur débarqua de toute la vitesse de son antique 4L, il se précipita au chevet de la petite entouré de toute la famille (et du Père adossé au mur du fond, mécontent, atrocement coupable), il dit tétanos et gangrène, il dit urgence et continent, il dit jambe coupée ou mort probable. Il appliqua sur la cheville un cataplasme de camphre (l'un de ses remèdes universels qu'il alternait avec l'aspirine et l'élixir parégorique sur un morceau de sucre), rentra à son cabinet et organisa le transfert de Mimi. Mais deux heures après, Violetta (c'était l'aînée donc la messagère en chef) sonna chez lui et annonça que la cheville de la petite avait dégonflé, retrouvé une couleur plus classique, et n'était « plus aussi brûlante qu'un brasero ». Le docteur Serretta, qui pensait que Salvatore ne voulait pas payer le transfert jusqu'au continent, eut un doute et retourna à la maison-du-bas. Il ne put que constater les faits. Il annula l'opération d'exfiltration, la mort dans l'âme (il aimait bien parfois que ça chauffe un peu). Le Père avait toujours considéré que son intervention chirurgicale avait eu raison de l'infection, et le docteur Serretta estimait que c'était son traitement qui avait sauvé la petite.

Silvia Salvatore, quant à elle, avait pensé miracle mais gardé prudemment la chose pour elle.

La troisième fois Mimi avait avalé une guêpe. Elle avait cinq ans, elle rapportait tous les deux jours de l'eau de mer dans des seaux, elle la transvasait dans une grande bassine en plastique contenant tout un tas de céphalopodes, de bigorneaux, de bébés poulpes, du sable et quelques galets pour faire vrai et ne dépayser personne, puis elle s'accroupissait, enfilait le masque et le tuba de Violetta et restait le plus longtemps possible à scruter, penchée en avant, dos rond, cheveux flottant à la surface, ce qui se tramait au fond de sa petite mer.

Une guêpe, j'y pense souvent à cette guêpe harassée qui trouve un promontoire sec, une guêpe donc se posa sur le bord du tuba et, soit fut aspirée par Mimi, soit décida de jeter un œil à ce qui se cachait dans ce tunnel, toujours est-il qu'elle dévala le tuba et se retrouva dans la bouche de la petite, qui s'éjecta de la bassine comme une diablesse, arracha masque et tuba, et sous les yeux de sa mère et d'Aïda, ouvrit grand la bouche pour laisser échapper l'insecte qui s'envola. Silvia s'était précipitée en hurlant, C'est un miracle, et on en était resté là.

La quatrième fois fut la noyade évitée de justesse par Pippo.)

Revenons à la conversation entre Silvia et Aïda en ce lendemain de l'enterrement du Vieux. Sur la terrasse, toutes deux assises, discutant prudemment, Aïda venant de découvrir qu'il y a eu une cinquième occurrence presque fatale dans la vie de Mimi, craignant il est vrai que sa mère ne divague quelque peu mais ne pouvant s'empêcher de l'interroger.

— Que s'est-il passé ?

— Oh elle a simplement voulu faire une expérience, je pense. Elle avait sept ou huit ans…

— Ce n'est pas possible, mamma.

— Et pourquoi donc ?

— Elle avait six ans la nuit du carnaval.

— Ah.

Malgré l'interruption, et malgré un petit froncement de sourcils (qui se soucie de ce genre de détails ?), Silvia poursuit.

— Bon. Si tu le dis. En tout cas, la Demoiselle lui avait donné des miroirs, de jolis face-à-main, ils attiraient toujours Mimi quand elle montait avec moi au Domaine, elle jouait avec, elle les sortait et les disposait sur le tapis du salon russe, la Demoiselle appréciait beaucoup Mimi, alors un beau jour, elle m'a dit de les glisser dans un papier de soie et de les offrir de sa part à Mimi quand nous serions rentrées, la Demoiselle n'aimait pas les effusions, elle n'aimait pas les mercis, les baisers et les bavouilles, alors quand on est redescendues à la maison j'ai donné les miroirs à Mimi, c'était une drôle d'idée, je me disais, parce qu'enfin Mimi pouvait aller autant qu'elle voulait chez la Demoiselle, sortir les miroirs et jouer dans le salon russe, tandis que chez nous, avec vous quatre qui vous chipotiez tout le temps, et votre père, ils pouvaient être cassés, bon, je ne sais pas, la Demoiselle a essayé d'être gentille, le papier de soie était bleu, très joli, je me souviens, et Mimi a tout déballé, il y en avait plein, une vingtaine.

— Une vingtaine ?

— Peut-être pas. Je ne sais plus. Ils brillaient, ils étaient en or.

— En or ?

— Ou en cuivre. Ou en étain ou en je ne sais quoi. Tu m'embêtes. En tout cas ils brillaient. Et Mimi était enchantée, elle sautillait partout comme d'habitude, je lui ai dit de faire attention, elle les a mis dans un torchon et puis dans un panier et elle est sortie. Après j'ai oublié. J'avais de quoi faire à la maison. Et quand votre père n'était pas là, je vous laissais tranquilles. Je ne vous surveillais pas assez, c'est ce qu'il disait. Mais moi je suis comme ça. Bon. Je vous ai appelées pour le déjeuner. Et puis dans l'après-midi, c'est l'odeur qui m'a alertée. Je suis allée voir derrière la maison. Mimi avait étalé tous les miroirs en plein soleil, au milieu des feuilles et des squames d'écorces d'eucalyptus, et elle était là, assise sur le muret, à observer sa petite installation prendre feu, l'olivier du dessus était déjà en flammes.

— C'est vrai ?

Il paraît impossible à Aïda de n'avoir jamais rien su de cette histoire. N'était-elle pas la confidente de sa petite sœur ? Du coup, tout cela ressemble à des élucubrations de vieille femme. La frontière entre ce qui a été et ce qui aurait pu être est devenue singulièrement poreuse chez sa mère.

— Oui oui, de grandes flammes, n'importe quoi peut prendre feu chez nous à deux heures de l'après-midi, tu sais bien. J'ai crié, Que fais-tu malheureuse ? je l'ai tirée par le bras et je suis allée chercher des bassines d'eau et des couvertures, j'ai appelé tes sœurs pour qu'elles m'aident, toi, je ne sais pas où tu étais, on a coupé les branches cramées pour que votre père ne se rende compte de rien, j'ai tout ratissé et nettoyé, ni vu ni connu. C'est la seule et unique fois où j'ai giflé Mimi.

Silvia lève la tête et se tait comme un récepteur qui ne capterait plus aucun signal.

— C'est fou, ça, dit-elle soudain. Mimi ne t'a jamais raconté ?

Puis elle reprend son activité, étalant sur une planche en bois les fines rondelles d'orange pour les faire sécher, laissant toujours le même écart entre elles et effectuant d'imperceptibles rectifications quand ce n'est pas le cas.

— Tu vois bien, il ne peut jamais rien arriver à Mimi. Il y a des gens comme ça, ils ont un ange gardien.

Aïda hoche la tête. Il faut se rendre à l'évidence : comment, dans ces conditions, croire en sa disparition définitive ?

Mimi prenait des risques. Elle avait en effet une manière très particulière d'éprouver la vie – d'éprouver sa propre mortalité. Confiante et entêtée. Aïda, pour sa part, avait passé son enfance, sur le côté, à veiller sur Mimi. Elle était au mieux une petite fille sage et avisée, au pire une timorée et une trouillarde. Tout bien pesé, son unique entorse à la prudence fut le jour du carnaval.

Silvia s'ébroue, elle rassemble ses effets et dit, accentuant encore les doutes d'Aïda :

— En même temps c'est peut-être arrivé après ton départ pour Palerme.

Puis elle ajoute pensivement :

— C'est la seule fois où j'ai giflé l'une de vous... Je n'étais pas comme votre père. Lui, c'était un homme gouverné par ses humeurs.

Elle se tourne alors vers la maison afin de rentrer et de clore toute velléité de poursuivre la conversation.

Mais Aïda ne veut pas en rester là, elle fait une dernière tentative :

— Je recevais bien la carte postale que tu m'envoyais chaque année.

Silvia sourit. Elle a l'air toute contente. Enfin une bonne nouvelle : on peut faire confiance à la *Poste Italiane*.

— Mais je n'arrivais pas à répondre.

— C'est rien, c'est rien, fait Silvia.

Elle lève le nez et observe la danse des martinets. Il semblerait que sa petite tête vagabonde capte momentanément de nouveaux signaux.

— Tu sais, l'autre fois, je ne t'ai pas vraiment prise pour Mimi. C'est juste que je ne m'attendais pas à te voir là.

— Tu aurais trouvé plus normal de voir Mimi débarquer dans ta cuisine ?

— Peut-être. J'ai l'impression qu'elle est là, pas loin, et elle me parle et me soutient et ne me dit pas que je suis folle. Ou vieille.

Silvia échappe, dirait-on, à l'adage commun qui veut que nous soyons plus en paix si nos disparus sont morts plutôt que volatilisés. Il n'y aurait donc pas de règles. Silvia est plus heureuse ainsi. À attendre patiemment le retour de Mimi. Elle a toujours été très douée pour la patience. Ce n'est finalement pas du déni, grands dieux. C'est sa manière d'enfiler des perles et de composer avec la succession des jours.

Elle se lève et laisse Aïda sur la terrasse, elle lui lance depuis la cuisine :

— Il y a les restes d'hier pour le dîner. C'est incroyable ce que les gens apportent pour un enterrement. Même pour l'enterrement de ton père.

Aïda se demande comment sa mère passe de « votre père » à « ton père », si cela a un sens, puis elle se dit qu'il faut cesser de chercher un sens à toutes choses, la surinterprétation est un piège, il faut que se taise le commentaire ininterrompu, parasitaire et partisan que son cerveau produit. Elle soupire. Elle n'a pas la moindre idée de la façon dont elle pourrait s'y prendre pour faire taire sa petite voix quand elle le souhaite. À part lire des livres sur la théorie des cordes ou sur le chat de Schrödinger. À part s'immerger dans la routine qu'elle a mise au point au 22 via Brunaccini. Il doit y avoir des traitements plus efficaces. Méditation, yoga, pleine conscience, etc. Elle le sait. Elle soupire de nouveau.

— Moi je monte, je n'ai pas faim et je suis un peu fatiguée, dit sa mère.

La toute nouvelle liberté de Silvia Salvatore lui permet de sauter le dîner et de monter remplir des grilles de mots fléchés ou de consulter son Yi King dans sa chambre à dix-neuf heures. Un petit pas après l'autre.

Aïda sourit, elle allume une cigarette et se rend compte que personne, jusque-là, n'a osé lui demander combien de temps elle comptait rester.

Elle se fait réchauffer de la *caponata*, met son couvert sur la table dehors sur le set promotionnel qui était déjà dans la maison-du-bas il y a vingt ans (un paquet de café hilare valsant avec un bol à l'air suppliant – le bol lui faisait un peu pitié quand elle était enfant). Il faut qu'elle s'installe pour dîner. Elle a passé pas mal d'années à manger debout devant la cuisinière, vers trois heures du matin, en piochant directement dans la casserole, une main sur la hanche pour garder l'équilibre. Ça ne donnait rien de bon à l'époque.

Elle réussit plutôt bien à endiguer les pensées inadéquates. Il y a des fourmis sur la table, elle suit leur chemin des yeux et leur oppose quelques obstacles, poivrier et carafe d'eau, elle a placé à côté de son assiette le petit poste de radio à piles un peu graisseux – c'est le lot de tous les transistors de cuisine –, et elle écoute une émission sur la conchyliculture, ça ronronne dans son oreille, elle ne perçoit pas tout, c'est par intermittence, un gentil clignotement d'attention et d'inattention. Elle se dit qu'elle n'a que trente et un ans et qu'elle recoucherait bien avec Leonardo. En fait non. Elle aimerait surtout qu'il retombe amoureux d'elle. Et dormir toute nue collée à lui. Elle grimace. Pensée inadéquate. Elle se concentre sur les huîtres plates du lac de Fusaro et sur les fourmis. Elle débarrasse, emplit ses poumons de l'odeur de la myrte, et se dit que, à tout prendre, elle serait aussi bien à cette heure dans la grande chambre qu'on lui a allouée avec ses voilages antiques et ses carapaces de guêpes sur le plancher. Du coup, elle monte, se déshabille et s'allonge sur le lit au matelas trop moelleux qui menace à tout moment de l'engloutir. Elle va vaguement bouquiner et accepter de se laisser engloutir.

Elle est réveillée vers deux heures du matin par un léger bruit, comme un cliquètement. Elle pense d'abord à un insecte, un scarabée, un papillon de nuit qui ricocherait contre la vitre. Puis elle comprend que quelqu'un lance des graviers sur les persiennes. Elle se lève. La nuit est claire. La lune a toujours été bien plus grosse ici qu'à Palerme. Elle se penche à la fenêtre. Pippo est en bas, formidable silhouette dans le jardin, casque sur les oreilles, il attend. Quand il la voit, il soulève le pot du yucca et glisse un papier dessous. Puis il s'éloigne, disparaît dans l'obscurité au-delà des lauriers-roses. Aïda sort de sa chambre et descend pieds nus et en vitesse l'escalier. Elle aimerait le rattraper, l'interpeller et le rattraper, mais elle ne veut pas risquer de réveiller sa mère. Quand elle atterrit dans le jardin, il n'est plus là. Elle tente quand même de l'appeler – mais en chuchotant presque, ça ne donne pas grand-chose. Seule la nuée des insectes nocturnes s'époumone à lui répondre. Elle essaie de soulever le pot du yucca. Il doit peser cent vingt kilos, grogne-t-elle. On pourrait faire plus simple comme jeu de piste. Aïda n'est pas très costaude. Bien moins que Pippo. Elle pousse le yucca, elle jure, elle va déchirer le bout de papier, des cloportes s'égaillent de dessous le pot, il y en a des centaines, putain de bordel de merde, enfin elle arrive à récupérer le petit mot. Elle le déplie. Écriture malhabile sur feuille quadrillée. Elle est surprise. Elle ignorait que Pippo avait réussi à apprendre à écrire.

Sur le papier soigneusement plié en quatre, il y a écrit en dialecte « Pippo sait ».

Puis elle l'entend bouger près des lauriers-roses. Il fredonne très faux. Il l'attend. Elle gémit doucement. Pippo a quelque chose à lui montrer. Et il l'attend.

26

Le Père porta longtemps Aïda sur ses épaules tant et si bien que, de sa toute petite enfance, elle n'a qu'un point de vue en plongée. Toute une période à caresser les feuilles des arbres et à cueillir les oranges rien qu'en tendant la main. Elle se souvient de la respiration un peu haletante de son père quand il gravissait la colline, de la torpeur qu'elle éprouvait ainsi transportée quand la nuit était tombée, qu'aucun des bruits nocturnes ne pouvait directement l'atteindre puisqu'elle était en sûreté, aucune des bestioles qui ne dormaient pas ne pouvait rien contre elle, elle posait le menton sur le crâne de son père et s'assoupissait parfois, cahotée et heureuse.

Un jour il cessa de la prendre sur ses épaules et ce fut pour la remplacer par Mimi. Plus menue, plus légère. L'amour qu'elle ressentait pour sa petite sœur était bien plus fort que le désarroi d'être supplantée. Cet amour était comme une infortune partagée avec le Père. On fait quoi d'un amour si encombrant ?

Et au fond ce n'était pas cher payé : échanger les épaules du Père contre la joie d'être la gardienne de l'orchidée la plus délicate du monde. Elle prenait cette tâche très au sérieux. S'assurer que Mimi était en sécurité n'était pas une mince affaire vu que celle-ci semblait, comme je le disais plus haut, avoir développé un besoin irrépressible de mettre à l'épreuve sa propre nature périssable. Ils n'étaient pas trop de deux pour veiller sur elle. Leur dévouement était une vocation. Et comme Mimi était aussi volatile qu'un akène de pissenlit et aussi agitée qu'une portée de chatons dans une taie d'oreiller, la trimballer sur ses épaules était une façon idéale pour leur père de la garder sous la main. Mimi se tenait très droite, perchée sur les épaules du Père, comme une petite reine qui aurait eu l'habitude d'être acclamée, orientant la tête de celui-ci à deux mains quand elle voulait lui montrer quelque chose ou le faire changer de direction.

Aïda avait adopté avec plaisir sa nouvelle place auprès du Père et de sa sœur, les accompagnant chaque soir pour le petit tour derrière la maison entre les buissons de myrte et les crapauds, veillant sur eux tout autant qu'il veillait sur elles, trottinant-flottant près de ses grands amours, sa petite sœur et cet homme qui, elle en était sûre, serait un jour son mari, sa mère ne dirait rien, sa mère ne disait jamais rien, à cela près que, au moment qui nous intéresse, la rectitude du Père commençait à lui peser : le prix à payer – l'exigence de vassalité – était somme toute un peu élevé. Et l'irritation d'Aïda n'aurait pas été en s'arrangeant, je ne vous fais pas un dessin, l'adolescence étant ce qu'elle est.

Quand Mimi a disparu, le Père a tout de suite compris que ce n'était pas une petite fugue. Violetta, Gilda et Aïda s'étaient levées ce matin-là pour prendre leur petit déjeuner, tartine et café au lait. Il n'y avait pas d'école – après la dernière nuit du carnaval et l'embrasement de Vavamostro, il fallait toujours deux jours pour tout remettre en place afin que Iazza puisse retourner à sa torpeur – mais on ne paresse pas au lit chez les Salvatore. Ni Violette ni Gilda, pas plus que leur mère, n'avaient fait de remarques sur l'absence de Mimi. Pour Aïda c'était clairement conjuratoire. Tant que personne ne parle de la chaise vide en bout de table alors Mimi est toujours là. Il s'agit de ne pas sceller son effacement.

Mais quand le Père qui était dans la cour avait repassé le seuil il avait demandé :

— Où est la petite ?

Et là, tout le monde s'était étonné, Oh bah tiens oui, où est Mimi ? (C'est tout de même étrange quand on y pense, parce que c'est une chose qu'Aïda s'aveugle, mais que ses sœurs et sa mère fassent comme si tout était normal, ça me laisse perplexe.)

Aïda est retournée dans la chambre, elle a soulevé les draps du lit de la petite, Pas là, elle a fait le geste plusieurs fois, je rabats le drap du dessus, puis je le soulève à toute vitesse, elle essaie de surprendre on ne sait trop quoi, peut-être Mimi est-elle devenue minuscule ou toute plate, ou peut-être que je ne la vois pas, et hop elle va apparaître entre ses draps à fleurs, mais en fait, non, rien, elle entend ses sœurs dans la cour qui appellent la petite, et sa mère, qui n'a pas pris la mesure de la chose, qui ne la prendra jamais, ce n'est pas son genre, sa mère allant à la salle de bains, regardant dans le panier de linge sale, Mimi ? la petite aime les cachettes, ouvrant le placard de guingois du palier, Mimi ? tout ça histoire de s'agiter un peu et de montrer sa bonne volonté, son apport à l'effort collectif, elle a tendance à chercher trop mollement ce qu'elle a égaré, son mari lui en fait régulièrement la remarque, elle reste en général les bras ballants au milieu de la pièce, l'air songeur, tournant sur elle-même, et il lui dit, Tu attends que les clés reviennent toutes seules sur leurs petites pattes ? la mère n'est pas la même personne chez la Gandolfi et à la maison, chez la Gandolfi elle est pragmatique, précise, efficace, à la maison elle est approximative, un peu instable, comme une gamine qui se tient à carreau, mais dont l'attention est trop vite distraite. En tout cas, le Père commence à s'agacer, on l'entend qui lui gueule, Tu t'es levée à quelle heure ? Tu l'as pas vue ? Tu faisais quoi ? et on devine que très vite il pense, C'est un de ces Albanais du carnaval qui est venu la prendre, et puis dans le même élan, C'est Guido Severini qui l'a kidnappée, et ça on va avoir du mal à l'en faire démordre, pourquoi le Père a-t-il réagi si vite et si brutalement ce matin-là, Mimi était de toute façon du genre insaisissable, elle pouvait très bien être allée faire un petit tour dans le maquis, saluer ses chers arbres, être accroupie quelque part à titiller un scarabée rhinocéros avec un bâton, alors pourquoi le Père s'est-il enflammé aussi vite, la proximité du carnaval l'inquiète sans doute, comme tous les ans, ou bien il a encore eu des histoires avec les Severini, ils s'engueulent pour un rien, personne ne sait jamais comment le conflit s'est amorcé, c'est souvent un détail, une connerie, une voiture mal garée en ville, un geste mal interprété, quoi qu'il en soit ça part vite en vrille, et là il doit y avoir encore des histoires avec les oliviers (Salvatore refuse de vendre aux Severini la parcelle sur la colline qui leur permettrait d'avoir tout le côté ouest), alors Salvatore pense déjà kidnapping, demande de rançon, auriculaire dans du coton au fond d'un colis, oui oui il pense ça, il est un peu cinglé quand même, mais bon il a compris depuis longtemps les règles du jeu à Iazza, on se la joue Scarface, ils sont tous armés, ils font les malins, Salvatore les déteste après les avoir trouvés ridicules, la richesse, comme on le sait, finit par émousser le ridicule, et ils commencent à être riches, les Severini, ce n'est pas visible visible, ce sont toujours des rustauds et des péquenots, mais leurs femmes portent des sacs à main en cuir et ils conduisent des Alfa Romeo, Salvatore les déteste, ils ont parfois des méthodes spectaculaires et parfois moins, on sait bien par exemple ce qui est arrivé à la vieille Maria Bartolomeo, elle s'est empoisonnée avec ses lauriers-roses, bah tiens, elle s'est trompée, où avait-elle donc la tête, ce soir je vais préparer ma petite tisane au laurier-rose plutôt qu'à la passiflore, comme si elle ignorait que le laurier-rose est un poison, et puis son neveu qui s'est pendu après, et hop les terrains par adjudication dans la poche des Severini, tout le monde sait ça, Salvatore posté sur le seuil de la maison à crier de sa voix de baryton, Mimi, pensant Mimi mon soleil est un piège à rançons, le père Salvatore fait fuir les merles, les grillons se taisent, il y a des grillons en février ? Aïda s'en étonne, qu'est-ce qu'ils font là, les grillons ? le monde ne tourne pas rond, la planète vacille sur son axe, elle commence à sentir un grand trou dans sa poitrine, une cage, une cathédrale, ça fait mal, elle pourrait se plier en deux de douleur, se recroqueviller, plus un gramme d'air, ma peau se colle à mes os, je suis un paquet de café moulu sous vide, Mimi, hurle le Père, et les sœurs en écho, Mimi Mimi. Aïda s'assoit sur le lit de sa petite sœur. Parfois on se sent comme un animal écrasé au bord de la route. Elle sait, elle devine, elle a certes toujours eu un sens aigu du drame, et là elle est sûre que Mimi ne reviendra pas, sa mère en bas qui doit aller bosser chez la Gandolfi, qui est tiraillée entre ses obligations professionnelles, si l'on peut dire, et l'assurance que son mari va gueuler si elle s'en va, qui est prise entre deux feux, ça lui arrive souvent, elle piétine, elle doit piétiner, parce que, elle, elle sait que la petite va revenir, c'est une évidence, Mimi est partie se cacher comme d'habitude, mais son mari a fermé les écoutilles, elle ne peut pas le rassurer, l'apaiser, c'est un mouvement qui s'alimente de lui-même, Les filles, allez chercher du côté des amandiers, je vais jusqu'en ville, et il démarre la voiture, Aïda se met à la fenêtre, elle l'a vu monter et claquer la portière, il n'avait pas les mêmes yeux, tout l'iris mangé par la pupille, ça donne un air de dingue, la panique du Père la contamine, elle est désespérée, elle se dit que si on ne retrouve pas Mimi elle ira se tuer, oui c'est bien, ça, c'est la bonne solution, puis elle se dit que non, elle ne peut pas faire ça au Père, déjà Mimi et après elle, et puis il ne resterait que Violetta et Gilda et la mère, le Père les enfermerait à la cave d'abord, ne les alimenterait plus, il les laisserait crever de faim, elles le supplieraient, elle entend déjà sa mère et ses sœurs supplier derrière la porte de la cave, recroquevillées sur les marches de l'escalier, au milieu des araignées et des souris, et puis il les étriperait, voilà, alors ne pense même pas à aller te tuer, ce serait vraiment trop facile, allez allez cherche un peu salope (parfois dans sa petite tête Aïda se traite d'abrutie et surtout de salope, c'est un mot rigoureusement interdit bien sûr, c'est un mot poison et magie), j'ai laissé la porte ouverte et Mimi est passée de l'autre côté, je vais peut-être pouvoir la retrouver, mais en attendant il faut payer, salope, il faut payer, c'est l'ordre naturel des choses.

Difficile de s'appeler deux fois Sauveur et de ne sauver personne.

Salvatore Salvatore a alerté l'île entière. Il est allé frapper chez les Severini, gueulant depuis la cour qu'on lui rende sa gamine, il y avait Antonella, la belle-fille, qui lui a répondu de la fenêtre du premier étage que les hommes n'étaient pas là, qu'ils étaient depuis une semaine à Palerme pour affaires, et que personne n'avait vu la petite dans les parages. Il a prévenu les carabiniers, il est allé au port vérifier qu'on n'avait pas aperçu Mimi sur la navette avec un type louche qui l'aurait emportée sous son aisselle, même si au fond il n'y croyait pas, il disait, Elle est ici, je sens qu'elle est ici, il a exigé qu'on fouille les véhicules des carnavaliers qui quittaient l'île, ce qu'il n'a pas obtenu, Silvia est montée chez la Gandolfi lui expliquer la situation et l'avertir qu'elle ne reviendrait pas avant qu'on ait retrouvé Mimi, ce qui a convaincu la Gandolfi de mobiliser ses gens, le soir même on organisait une battue dans le maquis, souvenez-vous, carnaval = février, et février = brouillard, on se serait cru dans une lande écossaise, Conan Doyle avec l'accent qui chante et qui tonne, des lanternes, des lampes torches, des cris, et tout le monde qui s'y met, Silvia dit, Je vais rester à la maison si jamais elle revient, et le Père ne la regardant même pas, grommelant, et elle, Tu dis quoi ? il sort sans se retourner, il sait que ce n'est pas si bête que quelqu'un reste à la maison pour accueillir la petite si d'aventure elle s'était réellement égarée ou laissé enfermer dans l'un des caveaux-villas du cimetière, mais le calme de Silvia le hérisse, il se dit qu'elle est stupide, ou indifférente, ou bien qu'elle n'a aucun sens des réalités, il voudrait la secouer, mais ce n'est pas le moment, pour l'instant chaque geste compte, alors il claque la porte et cela lui coûte, comme lui coûtera pendant des années de tenter de retenir ses coups, parce que retenir ses coups excède et rend fou, tout le monde sait ça. Aïda se joint aux autres pour la battue même si elle sait que Mimi n'est pas là, pas accessible, et qu'elle ferait bien mieux de rentrer à la maison, de se cacher dans la buanderie pour coudre un sac, l'orner de perles et y glisser son cœur afin que personne ne voie jamais combien il est ténébreux, elle qui a laissé sa petite sœur près de la porte ouverte, sa petite sœur si curieuse, les petites filles de six ans sont si curieuses, et sa petite sœur a passé la porte, quelle petite fille accepterait de rester sur le seuil sans bouger, surtout quand elle pressent ou devine ce qui vibre de l'autre côté, peut-être y a-t-il une autre pièce derrière cette porte, une enfilade de pièces, peut-être y a-t-il de grands soleils et une prairie, peut-être y a-t-il seulement du ciel et un immense vide sous les pieds, comme si Mimi s'était retrouvée tout en haut d'un gratte-ciel et tout au bord du vide parce qu'une faille s'était ouverte et qu'un tremblement de terre avait fait s'effondrer ce qu'il y avait autour d'elle, tout près et alentour, ce sont des choses qui arrivent, et la porte ne s'ouvre plus que sur ce grand vide tourbillonnant, vertigineux, sublime. Mais la porte s'est refermée, Aïda, et le cœur d'Aïda est de ténèbres, il va laisser de la suie partout, il faut le soustraire et le glisser dans le sac plein de perles, personne ne doit savoir ce qu'a fait Aïda, personne ne doit savoir qu'elle a laissé la porte se refermer sur sa petite sœur.

Sauf que Salvatore Salvatore a fini par comprendre. Et sa colère a été à l'aune de son chagrin.

27

Les ossements ressemblent à des coquillages, il y a le tout petit crâne et les fleurs dans les orbites, la couronne de fleurs, les fleurs partout, un tibia, une fleur de clématite, un fémur, une marguerite, une clavicule, des fleurs de laurier-rose, ils forment une minuscule silhouette pointillée, comment cela peut-il être le sourire de Mimi, la pétillance de Mimi, sa souplesse de bébé panthère, ses yeux si bleus et si taquins. Où sont-ils passés ? Où est cachée la vie de Mimi ? Elle a depuis si longtemps déserté la Terre. Cela était et n'est donc plus ? Il reste, et leur longévité est insupportable, les savates toutes grises de Mimi, le short et le débardeur et le gilet, et tout est gris, et ça ne ressemble plus à rien, mais ce ne sont pas des chiffons, quelqu'un en prend soin, le soin qu'on peut apporter à des objets communs et morts, des objets qui ne sont pas censés demeurer vingt ans dans un tombeau, en prendre soin c'est ne pas les toucher, sinon ils deviendraient poussière comme une dentelle antique, en prendre soin c'est ne pas les toucher et les adorer encore, oh la cendre morte de toutes ces années, seule la chevelure n'est ni décolorée ni altérée, serait-ce en elle seule que l'on survit ?

Pippo Pippo, mais qu'as-tu donc fait ?

28

— Tu as des nouvelles d'Aïda ?

— Non. Maman m'a dit qu'elle n'était pas sortie de sa chambre depuis trois jours.

— Ça doit être le contrecoup, dit pensivement Violetta sans savoir elle-même avec clarté de quel contrecoup elle peut bien parler. La mort du Vieux ? Non. Le retour sur les collines pelées de Iazza ? Peut-être.

— Enfin quand maman dit trois jours, ça peut aussi vouloir dire qu'elle vient de la croiser dans l'escalier, tempère Gilda.

— Ça doit remuer des choses de revenir.

— Pour nous aussi ça remue des choses qu'elle soit revenue, Violetta.

Ces deux-là ne se voient pas beaucoup mais elles s'appellent tous les jours. Et depuis peu elles ne parlent que de l'emploi du temps d'Aïda. Aïda que personne n'a vue, donc, depuis trois jours. Ce qui est somme toute fort curieux.

— Tu crois qu'elle va rester combien de temps ? demande Gilda.

— Aucune idée.

— On a rendez-vous chez le notaire vendredi.

— Peut-être qu'après ça elle s'en ira, dit Violetta.

— Suis pas sûre.

— Tu es toujours pessimiste, Gilda.

Et quand Gilda n'a pas le moral, elle boit. Ça, Violetta le sait bien. Elle l'a récupérée assez souvent en piteux état. Plus personne ne lui vend de l'alcool à Iazza, mais elle a toujours la possibilité d'aller plus loin, dans un hameau du coin, à Santa Chiara ou Portobello, et puis elle est capable de boire tout et n'importe quoi, du sirop pour la toux, des bains de bouche, de l'eau de Cologne. C'est tout de même étonnant que Gilda s'inquiète autant maintenant, elle qui avait pris un peu à la légère le fait que Violetta informe ou non Aïda de la mort du Vieux. Elle aussi doit subir en plein le contrecoup. Cette pensée fait grimacer Violetta.

— Tout le monde à Iazza sait qu'elle est rentrée, à présent, dit Gilda. On m'a encore demandé deux fois hier si elle comptait rester. J'adorerais avoir une réponse claire à donner. Mais elle est tellement fuyante…

— Je vais passer à la Grande Maison, soupire Violetta. Histoire de prendre des nouvelles.

Elle raccroche avant que Gilda lui dise que c'est une bonne idée vu qu'elle doit emmener Giacomo chez le dentiste ou à son cours de piano ou au foot. Gilda a toujours un empêchement. Être presque mère célibataire lui octroie pas mal de dispenses.

Violetta se prépare. Il fait gris et très chaud. C'est parce que la lune est dans son dernier quartier, dirait sa mère. Les filles regardent un dessin animé, assises sur le canapé, en mangeant des céréales et en buvant un lait chocolaté. Elles ont chacune un torchon sur les genoux, ce qui ne les empêche ni de se tacher ni d'en mettre partout. C'est bientôt la fin des vacances de Pâques.

— On y va, dit Violetta.

Comme les gamines n'entendent rien, elle se poste devant l'écran et dit très fort, On y va, les deux petites se penchent chacune d'un côté pour suivre le dessin animé qui se déroule derrière leur mère. Violetta attrape la télécommande et éteint. Écureuil serait prête à hurler, elle est celle qui est toujours encline à le faire, mais elle est aussi la plus vive alors elle comprend que sa mère

je ne veux pas comparer mes filles

n'est pas dans une disposition à supporter la moindre récrimination. Écureuil fait donc signe à Lapin de s'activer, maman n'est pas de bonne humeur.

Mes filles s'appellent Écureuil et Lapin. Je m'adresse à elles de la même manière.

Violetta avait voulu appeler les deux filles Grazia mais Leonardo s'y était opposé. Il avait cru à une blague. Comme quand on propose les prénoms les plus idiots qui soient pour l'enfant à venir. Nommer deux jumelles du même prénom était absurde – ou presque malfaisant. Comme elle avait beaucoup tempêté, il avait pour la première fois pris conscience que sa femme n'était peut-être pas la personne placide qu'il avait cru épouser. Ils s'étaient mis d'accord sur Grazia Silvia et Grazia Milena (du prénom de la mère de Leonardo). Mais personne ne les appelait ainsi. Et surtout pas Violetta.

— Ceinture, dit leur mère quand elles sont toutes trois montées en voiture.

Lapin se penche en avant comme à chaque fois qu'elle veut prendre la parole. Écureuil lui touche le bras et lui fait les gros yeux. Il est inutile de réclamer un dessin animé sur l'écran des appuie-tête. Écureuil sent ces choses-là.

Violetta a surpris dans le rétroviseur le regard qu'Écureuil a lancé à sa sœur. Lapin ne comprend rien aux pièges et ne perçoit pas l'électricité dans l'air. Ce constat afflige Violetta. Comment constater qu'Écureuil est maligne sans insinuer que Lapin l'est moins, comment parler de la grâce de Lapin sans sous-entendre qu'Écureuil en est dépourvue ?

Comment distinguer mes filles sans les comparer ?

Elles arrivent à la Grande Maison. Silvia est sur la terrasse, elle est attablée devant son agenda, elle ne les entend pas arriver. Chaque jour elle inscrit le temps qu'il fait (température, vent, impression générale : « temps triste » ou « le printemps est là »). Et elle note la mort des gens célèbres et des gens de Iazza. Silvia aime les morts atroces ou saugrenues. Parfois elle ne se souvient, dans la vie de quelqu'un, que de son épilogue singulier. Elle ne s'en délecte pas seulement. Elle s'en afflige aussi. Elle parle des mourants et des malades avec une sorte de dévotion confite. Elle se sent renvoyée à une forme d'égalité et d'harmonie. Gene Tierney est morte. La mère Jansuchi est morte. Les morts des autres ressemblent à d'effroyables trésors. Ah tiens, peut-elle dire par exemple, on est le 2 juin, c'est l'anniversaire de la mort de Garibaldi aujourd'hui, il devait avoir si chaud, le pauvre. Elle se sent concernée personnellement. D'ailleurs quand elle rapporte ce qu'elle a entendu à la radio ça donne, Ce matin ils m'ont dit que la crise allait s'éterniser. Oh mes pauvres chéries, c'est pas facile votre époque. En général, elle ajoute, Faut se cramponner.

Les petites viennent saluer leur grand-mère, Violetta se prépare un café dans la cuisine et retourne sur la terrasse. Sa mère secoue la tête, souriante, en considérant les fillettes.

— Quand on devient un vieux, on n'est plus que la mamie de quelqu'un ou le premier mort de quelqu'un.

Au secours, pense Violetta.

Elle demande où est Aïda.

— Elle est partie ce matin à vélo. Je croyais qu'elle allait chez vous.

Violetta s'assoit à côté de sa mère.

— Je ne l'ai pas vue.

— Elle voulait parler à Leonardo. J'ai pensé que c'était à propos des papiers (elle baisse la voix) et du rendez-vous chez le notaire vendredi.

— Ah.

Violetta hausse les sourcils, elle imagine mal Aïda débarquer chez eux ou à la mairie pour régler une affaire de succession avec Leonardo.

Elle a raison. Ils ne sont pas du tout en train de régler une affaire de succession.

Silvia propose un verre d'eau à sa fille.

— Le café, ce n'est pas bon pour le cœur, ma chérie.

Mais l'eau dans la Grande Maison a un drôle de goût. C'est parce que Silvia insère des filtres dans les carafes pour échapper aux œdèmes, à l'hypertension, au cancer de l'estomac et aux cauchemars. Elle les achète au marché, chez le type qui vend les melons, il fabrique tout un tas de trucs qu'il concocte avec des herbes du maquis et de la pierre de lave, et qu'il vend à prix d'or.

Et pendant que Leonardo et Aïda sont ensemble quelque part, parce que cela fait partie de l'entreprise de reconquête d'Aïda, c'est en tout cas ainsi qu'elle envisage les choses depuis ce qu'elle a compris il y a trois jours, pendant que ces deux-là donc réapprennent à se connaître, Silvia radote. Elle raconte pour la énième fois, comme si c'était un exploit, qu'elle a apporté à l'hôpital le costume de leur père dès qu'il y a été admis après son infarctus. Elle s'était ainsi évité des allers-retours inutiles. Elle savait qu'il allait mourir. Sa pratique de la divination (elle feuillette la Bible, s'arrête sur une page et pointe un mot les yeux fermés – et depuis peu elle a adopté le Yi King) lui avait permis d'en avoir la certitude. Limpidité exemplaire ce jour-là : « définitif » était le mot qu'elle avait pointé.

Elle ajoute pensivement, Pourtant j'ai presque espéré qu'il en réchappe. Réchapper à la mort rend souvent indulgent.

Violetta se dit qu'Aïda a bien fait de s'éclipser. Les monologues de leur mère sont déprimants. Cela dit, tout déprime Violetta en ce moment.

— Je vais voir si Aïda est passée rendre visite à Leonardo à la mairie.

Elle se lève et s'éloigne pour téléphoner, elle descend les marches jusqu'au jardin. Le chien de sa mère vient lui lécher la main et lui bat les mollets de la queue.

Comme elle ne peut pas joindre Aïda, faute de portable, et qu'elle ne veut pas déranger Leonardo s'il est en réunion, elle appelle Pernilla, la secrétaire de son mari, qui lui dit que celui-ci est sorti. C'est presque l'heure du déjeuner, n'est-ce pas.

Elle raccroche, elle se sent seule, avec sa mère qui continue de feuilleter son agenda en comptant ses morts, ses filles qui construisent des tours en Lego sur le tapis du petit salon et le vieux chien borgne.

Si elle était sa propre mère elle aurait un pressentiment, mais Violetta est un être qui se veut pragmatique et qui, de fait, refuse les interactions avec l'invisible. Tout de même, une très légère inquiétude l'effleure mais c'est fort ténu, c'est comme un questionnement insaisissable qui tiraille pendant une après-midi d'oisiveté. On ne sait pas trop pourquoi tout à coup on se sent bizarre – ou presque heureux, c'est un processus similaire. On est obligé de refaire le cheminement mental qui a créé cette démangeaison, ce malaise ou cette satisfaction fugaces. On le refait ce chemin et on se dit, Ah oui c'est donc ça, et la cause étant apparue, le mystère de cette humeur changée éclairci, la vie peut reprendre son cours. Violetta a besoin de parler à son mari dans l'instant. Alors elle l'appelle sur son portable. Il ne répond pas. Ça ne sonne même pas d'ailleurs.

C'est parce que Leonardo n'a aucune envie d'être joint. Il est en train de se dire, Je l'ai bien mérité ce petit moment, ou même je crois qu'il ne se dit rien, il se laisse porter par les événements, ce n'est pas dans ses habitudes, mais présentement il y a quelque chose de l'ordre de l'abandon, du plaisir de l'abandon, il faut savoir abdiquer parfois, advienne que pourra, et Leonardo sait bien que ce n'est pas sans conséquence de se promener avec Aïda à Cala Andrea en pleine semaine, même sous couvert d'un déjeuner sur le pouce, tiens, allons prendre l'air, les chaussures à la main, les chaussettes dans les chaussures, et les pieds dans le sable, il n'est pas idiot, si Pernilla ou si Violetta le voyaient, elles ne le reconnaîtraient pas, rien ne justifie sa présence aux côtés d'Aïda, il sent quelque chose coincé dans son plexus solaire, il le chasse, il se ment, je suis simplement en train de me promener en devisant avec ma belle-sœur qui va bientôt repartir, elle avait besoin de parler, ou de m'écouter, elle m'a appelé, je suis venu, rien que de très normal, et puis j'ai bien besoin d'une pause moi aussi, je bosse et je supporte la famille Salvatore et je reçois des lettres de menace et je suis seul seul seul, il fait chaud, les rochers sont noirs, ils paraissent criblés d'impacts de balles, ce ne sont que des dentelles volcaniques où nichent les oiseaux, et le ciel est gris, tout est très calme, pour une fois que quelqu'un m'écoute (il sait que ce n'est pas honnête d'ajuster ainsi sa lorgnette, mais il a besoin de se sentir autorisé), Cala Andrea est l'un des seuls endroits abrités du sirocco sur l'île, les vagues sont comme de petits animaux domestiqués qui viennent leur lécher les pieds, comment expliquer simplement des choses qui ne sont pas simples, alors il parle d'un sujet qui le turlupine, c'est une sorte de dernière parade avant de se laisser aller, il commence en déplorant la conviction de notre espèce au droit à l'abondance (je vous ai dit qu'il aimait élever le débat), il enchaîne sur l'avidité des hommes, et puis il se lance. Voilà, il y a eu récemment des complications avec les Severini, ça fait des siècles que ces histoires durent mais là ça se corse. Pourtant Leonardo a toujours tout fait pour éviter les ennuis, il est diplomate, courtois et dénué de vénalité, ce qui en fait politiquement une sorte d'exception angélique, me ferez-vous remarquer, et vous aurez raison, mais la situation disais-je s'est corsée,

en effet, l'un des frères de Leonardo, Puîné, agacé par les règles, les lois, le continent et les touristes, n'est jamais sorti en mer en empruntant le chenal. Un an auparavant il a tout bonnement décapité un type, un Hollandais, qui s'adonnait à la chasse sous-marine et qui nageait gentiment à l'endroit qui lui était imparti, ça avait fait toute une histoire, il fallait s'y attendre, heureusement on avait pu prouver que le Hollandais malavisé plongeait sans bouée de surface, donc qu'il était invisible aux yeux même expérimentés et attentifs de Puîné, et qu'il n'avait rien trouvé de mieux à faire que de s'égarer et traquer les liches en plein milieu du chenal réservé aux chaluts, ces vacanciers sont d'une méconnaissance et/ou d'une arrogance, c'est à n'y pas croire (les limites du chenal se situaient en réalité à cent mètres de là où le malheureux s'était fait scalper, on avait un peu tordu la réalité, mais ce sont des choses qui s'avèrent parfois nécessaires), tout ça pour dire que Puîné s'en était tiré mais il avait fallu des témoins arrangeants et du cash de la paume à la paume, les Severini avaient eu vent de l'affaire et ils s'en servaient dorénavant pour exercer leurs pressions, parce que ces gars-là ce qu'ils aimaient par-dessus tout, c'était la pression, et que tout était bon à prendre, avec la guéguerre autour de l'aérodrome, etc.,

c'est bon, ça y est, Leonardo a lâché ce qui le tracasse,

ils marchent sur le sable côte à côte, il n'y a rien de plus facile que de discuter avec quelqu'un en marchant à côté de lui ou en conduisant, c'est fou les conversations importantes qu'on a en voiture ou sur un sentier, Leonardo sent qu'il pourrait s'emballer, mais il reste encore à peu près maître de ce qu'il dit, On ne peut pas tout simplifier, Aïda, c'est ce que dit Leonardo, cette phrase le rassure, elle ne signifie pas grand-chose mais elle le rassure, Non non bien sûr, mais tout de même, répond Aïda, c'est comme une ultime résistance, ces nébulosités dans leur dialogue, c'est parce qu'il est en train de retomber amoureux d'elle, tous les indices sont là : regard brumeux – cette poignante lueur du désir –, pupilles dilatées, voix basse, tentation de la confidence, légère culpabilité, reprise en main par le biais d'une conversation terre à terre, puis abandon et soulagement, c'est schématique, c'est mécanique, quel réconfort cette permanence du désir, Aïda avait oublié l'effet qu'elle lui fait, elle avait oublié Leonardo, ah non non non, mensonges que tout cela, le départ de Leonardo l'avait laissée dans un lieu aride et sec qu'elle s'était contentée d'aménager pendant quinze ans, elle avait simplement passé tout ce temps à gratter le plafond de son chagrin pour faire apparaître quelque chose ou se faufiler au-delà, il faut vraiment arrêter de faire la fière-à-bras, Aïda, et là de le revoir, avec ses tempes grisonnantes, l'embonpoint de celui qui a beaucoup couru mais qui ne court plus, un embonpoint sexy d'ailleurs, accueillant, l'embonpoint de celui qui ne veut pas se satisfaire d'occuper dans le monde un espace limité, mais qui le fait avec bonhomie (on a tous tendance à croire les grands costauds débonnaires), et ses yeux si doux, elle aurait pu s'interdire de le trouver attendrissant, c'est qu'il a pas mal de travers l'animal, il a toujours le tic de vouloir voler au secours des filles perdues et des vieilles dames qui perdent la boule, c'est comme un prurit, ça le démange, un jour à Palerme elle lui avait dit (ce jour-là elle avait à peu près l'esprit clair), elle lui avait dit, Tu es si généreux, il avait cru à un hommage, un compliment, mais elle avait ajouté, C'est que tout don engendre une dette, et il avait compris qu'elle résisterait, elle ne voulait pas vouloir de lui, elle ne voulait pas de sa protection, mais c'est fou comme il est tentant à cet instant de poser une joue sur son épaule, ou de se serrer contre sa poitrine en s'enveloppant de ses bras comme d'une camisole, et ce regard brouillé qu'il porte sur elle, comme s'il ne la voyait pas dans l'immédiateté de sa présence, comme s'il l'observait à des milliers de jours d'ici, il y a si longtemps, à Palerme, pendant cet été caniculaire qu'ils avaient passé ensemble, ou qu'il projetait son désir, qu'il examinait ce qu'il pourrait bien lui faire si elle était nue devant lui, je veux qu'il me convoite, et son regard ne peut tromper personne, il faut croire qu'il y a des choses sur lesquelles on peut toujours compter,

de toute manière Aïda n'a plus peur de rien, elle ne ressent plus aucune culpabilité,

elle vient de passer trois jours enfermée dans sa chambre après avoir découvert qu'il n'y avait pas de faille spatiotemporelle à Iazza, trois jours ponctués de minuscules syncopes, à boire ce qu'elle a déniché dans le grand placard du salon, des bouteilles qui dataient de la Gandolfi, avec des dépôts comme une mère de vinaigre, son père les avait laissées telles quelles, il ne buvait presque pas, ces hommes-là n'ont pas besoin de boire pour être mauvais, et elle a retrouvé la puissance balsamique de l'alcool, que faire, mon Dieu, de ce qu'elle avait découvert, elle a sangloté, hébétée, elle a parlé toute seule, c'était comme une fièvre d'enfant, les murs se rapprochaient et s'éloignaient à leur gré, quand elle était petite sa mère disait que la fièvre est une très bonne chose, le mal sort par tous les pores, le chagrin sort par tous les pores, excrétion et essorage, la fièvre est une fin et un début, sa mère disait, Ah tu vois, tu as fait une poussée de croissance après ta fièvre, la fièvre ce ne sont peut-être que les affres de la métamorphose, vous croyez vraiment que le gecko perd sa vieille peau sans effort et sans risque et sans fièvre ? Aïda n'avait quitté sa chambre que la nuit pour aller chercher les bouteilles de la Gandolfi, comme autant de pauses torpides, sa mère le matin grattait à sa porte (sa mère ne toque jamais, elle gratte aux portes comme un chien suppliant), Ça va ? et Aïda de derrière la porte, Oui oui je suis juste un peu fatiguée, se concentrant pour prononcer ses mots avec assez d'assurance afin que sa mère n'insiste pas, mais de toute façon Silvia n'est pas très insistante, elle n'a dorénavant plus envie de s'occuper de personne, elle retourne dans sa chambre à petits pas pour faire ses mots fléchés et converser avec son vieux chien borgne dont les griffes cliquettent sur le parquet, ou bien converser avec elle-même, Et si tu faisais de petits *cassatelle* aujourd'hui ? Oh quelle bonne idée Silvia, mais n'aie pas la main trop lourde sur la cannelle, Ah oui tu as raison, les épices ça finit par faire mal au derrière. Aïda était restée allongée sous plusieurs édredons, le linge le plus lourd possible dégoté dans les grandes armoires, ou sinon elle s'était assise dos à la fenêtre avec sur les genoux un puis deux puis trois annuaires qui traînaient depuis des siècles dans le couloir, toute la Sicile, toutes les années, tous ces gens, tous ces numéros, toutes ces adresses, il lui fallait tout ce poids sur elle. Elle s'est demandé pourquoi elle avait refoutu les pieds à Iazza, pourquoi elle n'était pas restée à Palerme à attendre bien calmement, à rencontrer parfois un homme à l'accueil de l'hôtel où elle bosse de nuit, quand ils se regardent et s'évaluent mutuellement en tant que potentiels partenaires sexuels, pourquoi elle n'a pas continué à attendre en bougeant le moins possible, dans cet équilibre si difficile à trouver et à conserver.

Il n'y a pas de faille spatiotemporelle, Aïda, il y a juste un Pippo qui prend soin des reliques de Mimi, un Pippo qui n'a fait que veiller et adorer la dépouille de Mimi,

comment est-on censée se sentir après avoir vu les ossements de sa petite sœur si parfaits en leur châsse, agencés avec un soin terrifiant et sublime, terrifiant comme une comète qu'on apercevrait filant droit sur la Terre, et sublime parce que d'une beauté ténébreuse, innocente ?

je ne sais pas bien et je ne suis pas sûre de vouloir le savoir,

mais, et il faut le prendre ainsi, ce que vient de découvrir Aïda va lui permettre de se défaire de sa peau, une peau sombre et plissée et crasseuse et solide et si raide aux entournures, une peau qui va se détacher d'elle et qu'elle va pouvoir accrocher dans la penderie, sur un cintre, et dessous, sa nouvelle peau, sa vraie peau, sera lumineuse, pleine d'ombres bleutées comme du lait écrémé, et douce, cicatrisée, aussi douce qu'une agate.

29

Le roi n'en finissait plus de mugir.

Quand un enfant disparaît sur une île, c'est qu'il s'est noyé. On essayait de lui faire comprendre que c'était plutôt de ce côté-là qu'il fallait chercher. Mais il n'écoutait pas. Elle a pu tomber dans l'une de ces nombreuses combes qu'il y a sur le flanc de l'ancien volcan, a-t-il gueulé, il gueulait à cause des abrutis qui n'en avaient rien à foutre de la retrouver, à cause de leur inaptitude, de leur paresse, d'ailleurs on voyait comment ils élevaient leurs enfants, ils en perdaient un ou deux en chemin et ça ne leur faisait ni chaud ni froid, mais les gamins ne vont pas de ce côté-là, lui répétait-on le plus calmement possible, ils sont attirés par la mer, un point c'est tout, et de toute façon les flancs du volcan sont bien trop loin et inaccessibles pour une petite fille. Alors c'est qu'elle a été enlevée. Il y a un cinglé sur cette île et il l'a enlevée. Si ce ne sont pas les Severini, c'est un cinglé, et je vais le retrouver, il va me la rendre, et après ça je lui couperai les couilles, je les lui ferai bouffer, je lui arracherai les entrailles et je les exposerai aux corbeaux.

C'est alors que le jeune Maurizio qui aidait sa mère à vendre des beignets sur le marché a dit que le dernier soir du carnaval il avait vu les deux plus jeunes filles de Salvatore déambuler place de la République. Ils avaient un étal et il avait même donné un *cannolo* à la ricotta à la petite. La grande avait refusé. Il n'était pas très tard, peut-être vingt-trois heures. Ou minuit. Difficile à dire.

— Tu n'as pas trouvé ça bizarre ? a tonné Salvatore quand la mère de Maurizio a accompagné son fils chez les carabiniers afin qu'il leur rapporte ce qu'il avait vu.

Si, Maurizio avait trouvé bizarre de croiser les deux petites Salvatore au carnaval. Rapport à la réputation de Salvatore. Rapport au fait qu'il n'aimait personne, qu'il ne voulait pas que ses filles fréquentent les autres enfants et que les gens de Iazza n'étaient jamais assez bien pour lui.

Le jeune Maurizio s'est pris une torgnole par sa mère, Ne dis pas ça, malheureux. Salvatore Salvatore est dans la peine. Puis elle a demandé si son garçon aurait une récompense. Les carabiniers les ont renvoyés à leurs beignets. Et Aïda fut convoquée. Elle n'a gardé aucun souvenir précis de ces jours d'interrogatoire. On a dû lui demander ce qu'elles avaient fait ce soir-là, qui elles avaient croisé, ce qui lui était passé par la tête, bon Dieu de bois, pour emmener la petite au carnaval, mais tout est flou, tout reste pris dans l'écume des rêves. Aïda patauge un peu puis elle se réfugie dans un endroit très reculé à l'intérieur de son crâne. Pour l'atteindre il faudrait en trouver le chemin, mais le chemin change sans cesse, et les serrures fuient leurs clés, tout est instable, les couloirs ne mènent nulle part, les portes ouvrent sur des murs de briques, Aïda est très loin, impossible à débusquer elle aussi.

— Je vais tuer quelqu'un, a dit le Père, sa carabine à la main.

On la lui a retirée, on est parvenu à le calmer, une fois n'est pas coutume.

On a ratissé l'île mais rien n'y a fait. Même si on n'aimait pas beaucoup Salvatore Salvatore, on avait vaguement pitié de sa femme et de ses filles. On préfère toujours que la foudre tombe sur la maison du voisin. Mais on ne se réjouit tout de même pas du malheur des autres. On a un minimum de décence.

Aïda, grande sœur chien de berger, n'avait pas rempli son office. Et pour cela elle fut punie.

Même si elle n'avait que huit ans. Et que quelqu'un aurait dû le lui dire, quelqu'un aurait pu se charger de l'absoudre.

Plus que tout peut-être, ce fut la déception de ne plus jamais sentir sa main dans celle du Père qui la désempara. C'est un détail, certes, en comparaison de la dureté dont il fit preuve à son égard. Mais Aïda aurait tout donné, vingt ans de sa vie par exemple, ses yeux ou la vie de ses deux autres sœurs, pour revenir quelques jours plus tôt, rembobiner et reprendre les choses où elles auraient pu être reprises sans danger. Mais elle pouvait bien promettre tout ce qu'elle voulait, il ne fut remarqué aucun saut temporel à Iazza. Le monde continua son cours indifférent.

Après l'avoir interrogée mille fois sur les circonstances de cette nuit, et après qu'elle eut répété les mêmes phrases jusqu'à ce qu'elles n'eussent plus aucun rapport avec une quelconque réalité, le Père cessa définitivement de lui parler. Mimi était-elle donc le seul lien qui l'unissait à lui ?

Oh Seigneur, si seulement c'était elle qui n'était pas revenue.

On continua de chercher Mimi pendant plusieurs semaines, on rapporta l'avoir vue sur la route de Cala Andrea accompagnée d'une femme blonde qui flottait pieds nus à quelques centimètres du sol, on l'entendit chanter ou gémir, c'était selon, au fond du puits de la Macagnina, on convint qu'elle avait pris la navette pour échapper à sa famille de dingos, on l'aperçut entre deux eaux près de la grotte de Santa Lucia. Et puis on finit par secouer la tête avec consternation et résignation. C'est qu'on était habitué à Iazza, comme dans pas mal de coins du monde, à la lignée des douleurs dont on est les héritiers, on était habitué à la répétition du funeste, à l'entêtement du diable, il y a des familles qui ne sont pas vernies, n'est-ce pas, et il n'y a pas moyen d'échapper au mauvais sort, il faut s'en accommoder et porter dignement son fardeau.

30

Aïda est assise au bord de la piscine chez Violetta. Celle-ci est allée leur préparer une limonade maison dans la cuisine. Il est peut-être onze heures et demie ou midi. On est mercredi. Le rendez-vous chez le notaire est pour le surlendemain. Personne n'a évoqué le départ possible d'Aïda après les formalités. Tout le monde fait comme si elle était en villégiature à Iazza, une villégiature qui durera le temps qu'elle durera. Aïda est venue voir sa sœur. Ce qui est une drôle d'idée après avoir embrassé le mari de celle-ci sur la plage, la veille. Mais il semblerait qu'Aïda soit dorénavant inaccessible à la culpabilité. Si elle passe à vélo devant chez sa sœur, eh bien elle s'arrête pour la saluer.

La lumière est éblouissante. Les deux petites surgissent, elles se cachent derrière la chaise longue d'Aïda, lui tapotent l'épaule puis se dérobent, elles lui tournent autour, s'enfuient en gloussant et en se bousculant pour se réfugier à l'intérieur de la maison, elles ont des canines pointues de louveteau, elles restent embusquées dans l'ombre du salon derrière les rideaux de la baie vitrée, elles se font peur, Aïda joue le jeu, Où sont Lapin et Écureuil ? dit-elle. J'ai une de ces faims.

— Arrêtez d'embêter votre zia, dit Violetta en sortant sur la terrasse un plateau entre les mains – deux verres, ombrelle en papier, touilleur et rondelle de citron, bol de glaçons.

Violetta porte l'une de ses robes d'intérieur chamarrées qui ont l'air de vouloir déclarer, « je ne fais pas de manières avec toi, je suis comme je suis », mais qui clament exactement le contraire. Elle réoriente le parasol et s'assoit près de sa sœur en soupirant.

— Parfois elles sont un peu rasoir, dit-elle.

— Je les trouve adorables. (Aïda fait une pause.) Et si brunettes.

Infime flottement dans le geste de Violetta pour amener son verre parfait jusqu'à sa bouche.

— Oui oui elles ressemblent beaucoup à la grand-mère de Leonardo. (Elle émet un petit bruit de gorge.) Pas du côté viking, bien entendu.

— Bien entendu.

Aïda pense à la bouche de Leonardo, au goût de la bouche de Leonardo. Elle a un goût très différent de celui qu'elle avait il y a quinze ans. Elle a maintenant un goût de soleil et de maturité. Entendre prononcer le nom de Leonardo ici ne lui paraît même pas déplacé. C'est comme un nom tout neuf. Et penser à sa bouche est une récréation. Hier il l'a prise dans ses bras à Cala Andrea, à l'abri du sirocco, près des grottes rongées par l'air salin. Tu regrettes que je sois revenue, a-t-elle dit en le voyant si chamboulé. Il n'a pas répondu, il a juste secoué la tête. C'est à cet instant-là qu'elle s'est demandé quel goût avait maintenant sa bouche et qu'elle l'a embrassé. Et l'embrasser lui a procuré une joie si intense, un réconfort si complet qu'on peut s'interroger sur ce qu'elle avait bien pu fabriquer pendant toutes ces années à ne pas être dans les bras de cet homme.

Aïda lève la tête et regarde les martinets accomplir leurs arabesques très haut dans le ciel.

Elle pense à l'application dont elle a fait preuve depuis vingt-quatre ans pour s'accommoder de son chagrin. À la manière dont sa vie elle-même fut saccagée.

Les petites lui tournent autour de nouveau, elles ne savent pas marcher, elles ne font que sautiller ou voleter, elles lui apportent des doudous et puis des fleurs dont elles disposent les pétales à moitié arrachés sur les accoudoirs du fauteuil, l'une lui donne un dessin qui figure une toile d'araignée, ou peut-être est-ce un attrape-cauchemars rudimentaire, Aïda se met à discuter avec les doudous, les petites rient en plaquant leurs deux mains devant leur bouche, elle n'a pas l'habitude de fréquenter des enfants, elle craint par moments que son comportement sonne faux, trop appliqué, c'est comme si elle se regardait en train de mimer une zia de rêve, un peu fofolle mais attentionnée. Violetta, de son côté, ferme les yeux et respire profondément, détente et somnolence, elle fait comme s'il s'agissait d'une journée idéale de repos avec sa plus jeune sœur venue passer quelques jours en famille. Mais Écureuil grimpe sur les genoux de sa mère :

— Zia Aïda pourrait venir s'installer ici dans la petite chambre, elle nous gardera quand tu feras les courses, on sera pas obligées de venir avec toi.

— Steplaît steplaît steplaît, fait Lapin.

— Elle est mieux au Domaine, il y a plus de place, et puis il y a nonna, elles ont des choses à se dire, ça fait longtemps qu'elles ne se sont pas vues, dit Violetta.

— Mais nous aussi on a plein de choses à lui dire.

Et les petites repartent en courant.

— Maman m'a dit que tu étais restée dans ta chambre pendant trois jours, commence Violetta. Elle a dit que tu étais « vasouillarde ».

— J'étais fatiguée.

— Tu étais fatiguée.

— J'ai pas mal bossé ces derniers temps. Je n'ai pas pris de congés depuis des siècles.

— Je vois.

Violetta garde les yeux fermés, son verre de limonade à la main. Elle n'y croit pas. Et elle a raison. J'étais injuste plus haut : parfois même Violetta peut avoir un soupçon d'intuition.

— Personne ne s'est jamais demandé si j'étais morte pendant toutes ces années ? interroge alors Aïda.

Violetta est prise de court.

— Si, peut-être.

— Et personne n'a jamais vérifié ?

À ce moment, on entend les petites crier, Papa, papa, papa, et on voit apparaître Leonardo sur la terrasse. Pour une raison difficile à expliquer, elles n'ont pas entendu sa voiture arriver. Il a une imperceptible hésitation quand il aperçoit sa femme et Aïda sous le parasol. Violetta est intensément soulagée.

— Tu as oublié quelque chose, chéri ?

En fait, il n'a rien oublié. Il était juste inquiet. Ça l'a pris comme ça dans son bureau de l'hôtel de ville, il était au téléphone avec l'un des adjoints au maire et il a eu la vision de Violetta et des deux petites en train de flotter sans vie dans la piscine, il s'est dit qu'il regardait trop de films de mafia, mais il a quand même enfilé sa veste, il est sorti de son bureau, il a déposé un post-it sur le bureau de Pernilla sa secrétaire pour lui demander d'annuler son déjeuner, elle était au téléphone à dicter une recette de cuisine à sa belle-mère (parfois Leonardo va jusqu'à ressentir une forme d'orgueil local pour la désinvolture et l'inefficacité – à Iazza les horaires du car dépendent en effet moins de l'état du trafic que de la vessie du chauffeur, et ceux de la navette moins de l'état de la mer que de la gueule de bois du pilote) et il a fait tourner son index à l'intention de Pernilla pour signifier qu'il revenait incessamment. Elle a répondu en formant un rond avec son pouce et son index et en tendant les autres doigts pour lui assurer que ça lui allait.

— Non non mes petites chéries me manquaient, je voulais leur faire une surprise, dit-il en se penchant vers les fillettes.

Elles s'accrochent chacune à une cuisse de leur père, il rit, immobilisé, il fait semblant d'avoir les deux jambes coulées dans le béton, ce qui risque de lui arriver un de ces jours, Mon rendez-vous de midi a été annulé, alors j'ai eu envie de rentrer déjeuner à la maison avec vous. Il regarde Aïda, C'est super que tu sois là, ça tombe bien.

— Tu aurais dû prévenir, dit Violetta en se levant.

Elle est maintenant un peu contrariée. Elle se dirige vers la maison.

— C'est une surprise, mamma, dit Écureuil.

— Oui mais je ne sais pas ce que j'ai pour le déjeuner et Maria n'est pas là le mercredi.

— Je ne vais pas rester. J'ai dit à maman que je rentrais, intervient Aïda.

Aïda et Leonardo se regardent. Elle lui sourit. Il a l'air un peu perdu. Il y a quelque chose qui part en lambeaux à l'intérieur de lui et le bruit de la déchirure commence à devenir assourdissant.

Elle le frôle en rentrant dans la maison. On pourrait croire qu'elle va lui toucher la main mais non. Elle prend son sac et va embrasser sa sœur dans la cuisine, les petites répètent, Reste zia Aïda, reste reste reste, Aïda secoue la tête en riant, Je reviendrai vite, Quand quand quand ? Demain ? propose Aïda en jetant un coup d'œil à sa sœur, celle-ci hoche la tête, Oui oui demain, approuvent les petites, presque hystériques, Je vous emmènerai à la plage, suggère Aïda, l'une des petites fait une roulade et l'autre tente un grand écart. La plage elles y vont tous les jours, mais avec zia Aïda, c'est autre chose.

— Vous êtes des princesses, dit Aïda.

Leonardo la regarde depuis la terrasse. Elle est habillée tout en blanc. On dirait un ange. Putain de bordel de Dieu, jure-t-il intérieurement, lui qui ne jure jamais. Il aimerait presque qu'elle l'emmène avec elle, qu'elle ne le laisse pas là en partant. C'est pourtant ce qu'elle fait. Il se sent d'abord démuni. Puis, si on veut être honnête, plutôt rassuré d'être dans sa maison avec sa femme irréprochable et ses deux petites moricaudes qui piaillent. Il appelle alors les petites pour jouer dehors pendant que Violetta prépare le repas.

Celle-ci a finalement réussi à lui concocter l'un de ses menus préférés : salade de cartilage et pâtes à la tomate. Et il y a du poulet pour les filles et elle. Ils sont assis dans la cuisine autour de l'îlot central, les petites sont un peu en équilibre sur leurs tabourets hauts mais Violetta tient à ce qu'on déjeune dans la cuisine. Leonardo raconte un épisode de la vie du chien de sa secrétaire, il illustre ses propos d'un mouvement de fourchette, un bout de céleri atterrit sur le marbre, Violetta hausse les sourcils, les petites adorent les chiens, celui de Pernilla en particulier, et la manière dont leur père exagère les anecdotes (quand il se sent coupable il parle plus vite et plus abondamment) les fait hurler de rire. Violetta observe la scène et déchiquette minutieusement son poulet.

31

Leonardo n'avait pas embrassé une autre femme que son épouse depuis quinze ans. Pour vous donner une petite idée de la chose, ce fut pour lui comme de retirer des patins à roulettes à la fin d'une après-midi entière de patinage, et de marcher tout à coup sur un sol stable et plan. Tout est familier mais à réapprivoiser. Il y a un déséquilibre, une tension particulière, une sensation de manque. Une désorientation.

Leonardo n'est pas du tout sûr que ce soit une bonne chose qu'Aïda soit revenue. Mais on est capable de se trouver mille faux-fuyants dans ce genre de situation – je n'ai qu'une vie, tant que ça ne fait pas de mal je continue, personne ne souffrira de ce qui sera tu, etc.

À la lointaine époque où Leonardo fréquentait Aïda à Palerme – fréquenter est un mot désuet pour dire coucher et paresser en terrasse, un peu boudeur un peu morose, mystérieusement insatisfait –, il aurait bien échangé l'avenir que lui avaient tracé son père et son grand-père contre une vie d'expédients auprès de sa belle.

Il était incurablement romantique. Et se détestait d'être incurablement romantique. Aïda avait coutume de dire que les tyrans étaient tous sentimentaux et féroces (elle parlait de son père, je pense) et comme ce que disait Aïda était une sorte de mètre de platine iridié pour Leonardo, il estimait qu'être romantique le faisait entrer dans cette dangereuse catégorie – de tyran potentiel. Il n'en était rien, bien sûr. Il était simplement désarmant. Et contrairement à ce qu'il croyait (la connaissance que nous avons de nos contemporains à ce jeune âge est plus qu'approximative) elle préférait un Leonardo désarmant et amoureux aux petites frappes qu'elle côtoyait.

Tout ça pour dire que Leonardo, en retrouvant Aïda, à laquelle il n'avait pas pensé depuis longtemps, qu'il avait reléguée quelque part dans les limbes afin que sa vie choisie ne souffre pas de cette passion qui avait failli lui coûter sérénité et aisance, se sent bien plus secoué qu'il ne l'aurait imaginé.

Et bien entendu ce secouage n'est pas désagréable. Au début. Il fait comme un trou au milieu du buste, le plexus solaire semble irradier le corps entier, c'est un creux qui appelle à être rempli. Le fait que sa vie avec Violetta parte en vrille le rend poignant comme un athlète de haut niveau qui passerait à côté de son match. Pauvre Leonardo. Lui qui avait espéré que la (présumée) pondération de Violetta et sa (présumée) plaisante disposition déteindraient sur lui, s'accrochant à ses aspérités, comme du pollen à une manche. Il a bâti son existence en pensant que les aspects de la personnalité de Violetta les plus compatibles avec les siens étaient ce qu'il y avait de meilleur en lui : responsabilité, attention aux autres, fidélité, compassion.

Et là tout est en train de s'effriter.

Lui qui a construit et agencé un confortable aveuglement – il est bien le seul à ne pas vouloir voir qu'Écureuil et Lapin ne sont pas ses filles. Il tablait sur le peu d'importance de nos vies, le peu d'importance de nos expériences, il y pensait comme à un tissu qui se régénère vite, cautérisation, cicatrisation, ni vu ni connu. Mais on ne peut accumuler sans danger autant de cicatrices, elles finissent par tirer aux coutures même si vous avez solennellement décidé d'avoir foi en l'ordre, le foyer, les Lancia, et la tarte aux pommes.

32

Le premier printemps après la disparition de Mimi fut précoce mais personne ne le remarqua dans la famille Salvatore, à part Silvia qui nota que la tortue du jardin s'extrayait de son sommeil souterrain bien plus tôt que d'habitude, et qui, de ce fait, sortit le linge d'hiver de la maison. Elle libéra les araignées et les souris (elle ne les tuait jamais et n'avait pas le cœur à les foutre dehors en hiver), prépara des confitures de cerises à gros noyau (plus de noyau que de chair), et raccommoda ce qui pouvait être raccommodé. Tout cela, et c'est là que son génie était inégalé, en s'occupant des comptes du premier semestre de la Gandolfi. Tout cela sans être accablée de chagrin vu que Mimi finirait bien par réapparaître. Sinon, franchement, à quoi ça ressemble ?

Le premier été fut terrible. Brûlant. Atroce. Le bitume fondait sur la strada provinciale. On ne pouvait plus bouger, écrasé par une enclume de chaleur. Les frelons attaquèrent en escadrons – on accrochait des pièges partout (sucre + bière au fond de bouteilles vides, la bière c'était pour que les abeilles n'aillent pas y fourrer leur museau d'abeille). On entendait incessamment, ou plutôt sporadiquement, le bourdonnement de frelons à l'agonie se débattant dans la bière sucrée.

Le premier automne arriva d'un coup de vent africain. Il y eut du sable partout, sur les vitres, les voitures, le linge qui séchait dehors et les feuilles des arbres. Tout devint jaune et poudré. Les filles ramassèrent les fruits abîmés qui pourrissaient à terre, elles n'aimaient pas leur mollesse, leur odeur écœurante et acide, la mère les fit cuire avec du vin passé, et le Père répartit la mixture dans les ruches afin que les abeilles ne mangent pas leur propre miel.

À partir de ce premier automne, ses filles cessèrent définitivement de l'appeler papa.

Le jour de l'anniversaire de Mimi, il s'enferma dans le salon, écouta Puccini en fumant ses affreux petits cigarillos Ghepardo et on ne sut pas si les miaulements qu'on croyait entendre provenaient de Montserrat Caballé priant Calaf de ne pas convoiter la princesse Turandot ou s'ils avaient une tout autre origine.

Le jour de l'anniversaire d'Aïda, il but un bouillon de poule dans la resserre en écoutant la radio pendant que la mère tentait de faire comme si de rien n'était et servait sa tarte à la ricotta à ses filles avec force chuchotements.

Le jour des anniversaires de Violetta et de Gilda, il s'assit à table avec sa famille mais ne prononça pas un mot.

Il goûta tout de même à chaque fois à la glace à l'amande qu'avait fait livrer la Gandolfi.

Le premier hiver il gela parfois la nuit, et au matin la terre givrée croustillait sous les pas.

Et puis pendant cinq ans les clémentines furent récoltées, les renardes mirent bas sous les ormes, les merles bleus se réinstallèrent dans les rochers de Cala Andrea, on s'entêta à courir pieds nus brûlés jusqu'à la plage, on se promit chaque été, asphyxiés par la chaleur, d'installer la clim dès qu'on aurait de quoi voir venir, on continua d'entendre les gaules qui tapaient les amandiers et juste après le bruit de la grêle d'amandes sur le sol, on alla à l'école, on se chamailla, on se menaça de rapporter au Père qu'on avait vu l'une ou l'autre bavarder avec un fils Severini, la fauvette à lunettes s'égosilla depuis les acacias, on pressa le vin d'algue, les vautours tournoyèrent au-dessus du maquis, la sécheresse tua les mulots et les caméléons, on les retrouva tout secs, comme essorés, de petits objets dont personne n'aurait su que faire, on les rapporta à la maison et on les cacha sous les draps pour effrayer les autres parce qu'ils avaient vraiment une allure de mauvais œil, on créa une coalition anti-Aïda, on considéra qu'il suffisait de répéter suffisamment quelque chose pour que la chose devînt vraie, si la chose est assez répétée elle devient un fait, tout le monde sait ça, dites et redites que vous êtes la meilleure pour faire la *pasta alla Norma* et on ne saura plus un jour d'où est partie la rumeur, la chose répétée devient un fait, c'est comme ça, et n'était-ce pas Aïda qui avait fait entrer le malheur dans la maison Salvatore ? On décida de ne plus parler à Aïda, puis on lui reparla, on l'asticota, on la bouscula, elle ne réagissait pas beaucoup, elle restait souvent hébétée, n'était-ce pas elle la Grande Fautive ?

Il en va ainsi des enfances tristes : chaque jour est enduré en attendant demain, Aïda ruait tout de même parfois dans les brancards, alors on faisait les outragées, comment ose-t-elle ruer dans les brancards, on se bagarra un peu et, si on se faisait mal, on chiala discrètement pour ne pas déranger Sa Seigneurie, Sa Seigneurie qui tout à coup se mit à peindre, partant le matin avec son chevalet et son bissac comme d'autres partaient avec leurs paniers, leurs filets, leurs amorces et leurs appâts, Sa Seigneurie ne comptant presque plus que sur sa femme pour faire bouillir la marmite, peignant la mer, agençant des tableaux maladroits et généralement ratés – on eût pu croire que sa vision était déficiente, l'échelle des objets et celle du paysage n'étant jamais concordantes. Et Silvia, martyre Silvia, offrait une toile à la Gandolfi chaque année en guise d'étrennes. Vous n'êtes pas obligée, disait la Gandolfi avec un air fort chagriné. Malgré sa condescendance la Gandolfi allait jusqu'à les faire accrocher dans le couloir du deuxième étage. C'est dire si elle se sentait associée à la Grande Tristesse de la famille Salvatore.

Et c'est pendant cette période qu'Aïda commença à faire ses rêves qui parlaient d'enfant perdu, de désert et d'amandiers en fleur. Elle se réveillait épuisée. Elle ignorait encore que les rêves sollicitent notre cerveau comme s'il devait résoudre un problème mathématique particulièrement épineux. Rien de reposant là-dedans. Mais un nettoyage au karcher, un pilonnage exigeant et nécessaire. Il n'y avait donc pas de repos pour elle. Uniquement une intense solitude.

Chaque soir donc, pour s'endormir et tenir à distance les rêves qui parfois prenaient un tour plus angoissant – l'un des pires était celui des insectes qui entraient dans sa bouche et qui l'étouffaient –, Aïda faisait défiler des pensées réconfortantes. Elle énumérait toutes les choses qu'elle aimait : les boutons ronds de la commode par exemple, le bien-être que le tabouret de la cuisine procure quand on cale les talons sur son barreau, la face lisse du chausse-pied, l'odeur du pot de sauge à côté de la porte d'entrée, le cliquetis du fermoir chromé du porte-monnaie de sa mère quand ses petites boules s'entrechoquent, ouvert fermé ouvert fermé, la bouteille de lait à peine sortie du frigo qu'on se passe sur les joues quand il fait si chaud, la suite la plus longue possible de nombres premiers, les croix courbes qu'on trace avec les ongles sur les piqûres de moustique, le bruit du râteau dans les gravillons, les caustiques – ces figures lumineuses fractales et hypnotiques qui se meuvent mollement sur le sable au fond de l'eau –, le claquement d'une fermeture Éclair qui tourne sans relâche dans le tambour de la machine à laver, la fraîcheur des draps quand on écarte les jambes en ciseaux, les petits pois qu'on vient d'écosser dans lesquels on plonge les mains et qui filent entre les doigts comme des perles.

Ces pensées lui furent d'un grand secours.

Du moins jusqu'à ses treize ans.

À la puberté ce fut comme si son corps réclamait son dû pour l'avoir laissée tranquille et accompagnée plaisamment pendant toute l'enfance. Tu croyais donc que tout cela était gratuit ? Tu croyais donc que tout cela était immuable ? Elle vit ses hanches s'arrondir, ses seins poindre, ses poignets s'épaissir et ses poils pousser. Elle était en pleine dilatation, sa chair, les pores de sa peau, ses pupilles même, ses os, tout tendait à se dilater. Elle refusa d'abord d'abdiquer, s'entourant chaque soir la poitrine d'une bande que sa mère utilisait en général pour compresser les plaies, persuadée que la métamorphose se faisait à son insu, alors qu'elle dormait, essayant de veiller plus longtemps, allongée, les yeux grand ouverts, attentive à ce qui se passait à l'intérieur de son corps sans sa permission, ce bouillonnement fébrile qui agitait son ventre, son sexe et ses artères. Elle ne voulait pas devenir comme sa mère et ses sœurs. Il devait bien y avoir un remède. Que faire de ce corps alourdi ? Ce corps malodorant. Malgré tous ses efforts – affame-toi, surveille-toi, comprime-toi –, il lui fallut admettre que son corps n'était plus fait pour la vitesse. Son corps n'était, une bonne fois pour toutes, pas une flèche. Lui était réservé, comme à toutes les femmes qu'elle connaissait, un bien autre usage.

Et c'est à ce moment-là que sa vue devint insupportable à Sa Seigneurie.

Dès qu'il l'apercevait, il se crispait.

Quand il passait près d'elle, il la houspillait.

— Basta, disait-il.

Il ne disait pas, Pousse-toi de là, ni même, Dégage, il disait, Basta.

Était-il possible que sa détestation soit l'exact revers de son amour ?

D'abord elle ne se rebella pas, sa pénitence lui semblait encore trop douce. Et puis elle se mit à cogiter, c'est l'âge des cogitations, et elle pensa, C'était à toi, ma Seigneurie de mes deux, de retrouver Mimi, elle pensa, Tu es un nul, elle pensa, Tu es un timoré. TI-MO-RÉ était la cadence qui rythmait ses pas jusqu'à l'école. TI-MO-RÉ-TI-MO-RÉ-TI-MO-RÉ.

Elle prit l'habitude de plaider mentalement pour sa propre défense, s'adressant à son père, argumentant, suppliant, invectivant, et parfois c'était à ses sœurs qu'elle s'adressait mentalement, les implorant de ne pas la laisser seule, elle voyait dans chaque petit signe de détente l'espoir d'une réconciliation.

Mais il n'y eut aucune réconciliation.

Elle commença à apparaître avec irrégularité à l'école, et à filer un mauvais coton. Elle se mit, encore toute jeunette, à fréquenter les deux ou trois petits durs à cuire de Iazza et à faire la maligne – l'impression que tout cela me donne c'est qu'elle baisse les bras, c'est une sorte d'« à-quoi-bon », ce dévoiement, un « de toute façon vous me détestez ». C'était hors de question pour elle de devenir une *jaddina* – le petit nom des filles à Iazza, il s'agit d'une sorte de gallinacé élevé pour sa chair, les choses au moins sont bien claires, personne n'avance masqué. Elle se bagarrait – son surnom c'était « chaussure en béton » –, se mit à fumer, à ricaner en bousculant les vieilles près du marché (comment deviner la vieillesse quand on n'en a aucune once en soi ?), à s'agripper à l'arrière des scooters, pieds nus, cheveux au vent, et à pratiquer sur le bras ou l'épaule de ses acolytes des tatouages très très rudimentaires avec une pointe de compas et de l'encre, têtes de mort et vagues silhouettes de dragons, messages satanico-mafieux, ridiculo-ronflants. Elle rentrait le plus tard possible à la maison-du-bas pour éviter de croiser Sa Seigneurie ou d'avoir à supporter les remarques de ses sœurs concernant sa dépravation. Elles l'appelaient *Bagascia*, ce qui avait à voir avec des mœurs qu'elles lui supposaient dissolues.

En réalité les futures petites frappes de Iazza se retrouvaient à leur repaire, la tour génoise, ils picolaient, parlaient de sexe – en non-pratiquants pour la plupart d'entre eux – et s'aventuraient à raconter en dialecte leurs exploits invraisemblables. Ils étaient satisfaits d'avoir la compagnie d'une fille, même si c'était Aïda. Même si elle n'avait ni des gros seins ni un joli petit cul et ne portait jamais de micro-maillot de bain. Sa présence donnait juste un peu de piquant à leurs conversations, et puis ça les valorisait à leurs propres yeux, ils se prenaient pour des types très tolérants, c'est presque comme si Aïda avait été un garçon noir.

Le beau Leonardo, qui prisait l'ordre et la loi, était fasciné par cette engeance buveuse de bières, fumeuse d'herbe et fouteuse de merde. Attirance des pôles magnétiques opposés, on connaît la chanson. Leonardo avait certes occupé les pensées d'Aïda quand elle était gamine mais, aucune des deux parties n'ayant réussi à prendre son courage à deux mains pour se déclarer, leurs chemins respectifs étaient à ce moment-là de l'histoire en train de s'éloigner l'un de l'autre à toute allure.

Aïda tint encore tant bien que mal trois années dans la maison-du-bas, mais toute cette histoire était partie pour mal finir. Silvia s'en rendait bien compte, elle piocha donc dans son pécule. Elle n'était pas idiote, elle disposait d'un pécule conséquent qu'elle conservait dans un sac plastique cuirassé d'élastiques sous le plancher de la buanderie – à quoi pensait-elle en mettant à gauche chaque mois et depuis des années quelques billets extraits de ses émoluments gandolfiens ? À se ménager une fuite ? Ou à disposer simplement de la possibilité secrète d'une fuite ? Réflexe d'écureuil ? Instinct féminin de dissimulation et de survie ? Il est évident qu'on développe les compétences de son écosystème.

Bon. Nécessité faisant loi, elle décida de permettre à sa fille Aïda de quitter le navire. La paix reviendrait peut-être dans la maisonnée – et on pourrait attendre benoîtement le retour de Mimi puisqu'elle ne manquerait pas de revenir tout auréolée de gloire, Silvia en était toujours convaincue.

Elle fit faire une carte d'identité à sa fille sans en référer à Sa Seigneurie, écrivit une attestation (je soussignée Silvia Salvatore née Petrucci certifie que ma fille, mineure, etc.) dûment signée et bien tournée, confia à Aïda argent, recettes de cuisine, remèdes contre le mal de mer et la gueule de bois – trousseau utile s'il en est –, lui remit l'adresse d'une cousine issue de germain qui avait choisi de vivre à Palerme pour échapper à l'assiduité de son propre père et qui tenait seule un petit commerce d'épices piazza Caracciolo (elles ne s'étaient pas vues depuis l'adolescence mais s'envoyaient une lettre de mise au point annuelle à chaque Noël), elle accompagna le tout de ses bons vœux de réussite et de non-retour, puis elle escorta Aïda à la navette un jour choisi judicieusement – en effet, le 1er de chaque mois Salvatore Salvatore était absent une bonne partie de la matinée, il allait sur les coups de sept heures du matin jusqu'à la digue de l'autre côté du port pour y peindre une toile de petite dimension, il détenait ainsi une collection du même minuscule paysage marin, malhabile et sans intérêt, mais qu'il aimait examiner dans ce qu'il appelait pompeusement son atelier (l'excroissance moche qu'il avait tenté d'accoler à la maison-du-bas mais que son absence générale de motivation avait laissée en jachère). Il accrochait les toiles au mur ou les posait sur le sol et se perdait dans leur contemplation.

Comment Aïda apprécia-t-elle l'initiative de sa mère ?

Ce n'est pas clair.

Avec un subtil mélange de soulagement et de ressentiment peut-être. Mettez-vous à sa place. À seize ans, on vous carre dans un bateau pour ne plus voir votre sale petite gueule, mais c'est aussi une façon efficace de vous sauver la vie ou en tout cas de vous envoyer explorer d'autres routes que celle qui vous était promise. Et bon vent, avec ça.

Silvia embrassa sa fille et la serra dans ses bras et pleura et lui caressa les cheveux et le visage. Puis elle la laissa monter sur le ponton avec une dernière recommandation, l'une de ses recommandations ésotériques dont elle avait le secret : Et ne reviens pas sans l'avoir retrouvée. Ce qui aurait pu suffire à justifier un départ – histoire de fuir la cinglerie familiale.

Quand Salvatore Salvatore rentra de sa flânerie picturale, il trouva son épouse à la table de la cuisine en train de trancher les tomates et ciseler les oignons, le céleri et les carottes. Elle ne leva pas la tête de son ouvrage, dit simplement, J'ai aidé Aïda à partir, ce qui était une formulation somme toute ambiguë, on aurait pu croire à un accompagnement vers un départ plus définitif encore. Salvatore s'arrêta tout net, il connaissait le goût des femmes pour la sournoiserie mais il sous-estimait la sienne depuis des lustres quant à ses capacités d'organisation. Il balança sa besace de peintre sur la table au milieu du céleri et des oignons. Tout roula, tomba à terre et s'éparpilla aux quatre coins de la cuisine et sur les genoux de Silvia, qui leva les yeux vers Salvatore avec un air d'innocence et d'incompréhension, fronçant légèrement les sourcils comme si elle essayait de saisir quelque chose à ce mystère fait homme, quelque chose en effet lui échappait, quelque chose lui échapperait toujours. Tu es vraiment timbrée, ma pauvre femme, gueula-t-il. Et il ressortit aussitôt pour courir jusqu'à l'embarcadère. Il coupa par le maquis pour y arriver aussi vite que ses jambes un peu raides le lui permettaient, sa vieille bagnole était en panne depuis quelques jours et Salvatore était mauvais mécanicien, il était capable de confondre un carburateur et un filtre à air, et négligent avec ça, alors il attendait toujours trop longtemps avant d'aller déposer sa guimbarde chez Aîné Azzopardi afin qu'il la répare, il n'avait donc plus qu'à cavaler, suivre le chemin que sa fille et sa femme venaient de parcourir à petits pas. Il arriva trop tard. Il aperçut au loin la navette qui s'éloignait, on n'entendait presque plus déjà son teuf-teuf plaintif. Sa fille était à son bord, le roi ne pouvait que scruter l'horizon, il s'assit à l'extrémité du quai, laissant pendouiller ses jambes au-dessus de l'eau huileuse et pourtant si claire, un mélange qui ne se mélange pas, qui s'enlace et se tortille, un mélange de transparence et d'immondices, arc-en-ciel d'essence, on eût pu croire qu'il hésitait à se jeter dans ce marigot, mais en fait non, il resta là, accablé, jusqu'à ce que l'ombre de la conserverie lui tombe dessus, cela signifie qu'il resta bien là sept heures, est-il possible de demeurer immobile ainsi et si longtemps sur le ciment d'un quai, ses pensées avaient dû se figer également, une ankylose complète de son être, calcification et ossification, me voici devenu pierre, fin de la métamorphose, il y eut pas mal de gens à passer derrière lui, des pêcheurs et des femmes de pêcheurs, certains, très peu, le hélèrent, mais il ne se retourna pas, ne bougea pas, les mains à plat sur le ciment fissuré avec ses petites touffes d'herbe obstinées, les jambes sans vie, parviendrait-il un jour à se remettre debout, on ne le vit pas se lever ni s'éloigner, à un moment, voilà, il n'était plus là, il aurait très bien pu sauter dans l'eau mais en fait non, il rentra chez lui, s'installa dans son atelier et ne le quitta plus jamais, il n'en ressortit que lorsqu'il trouva le moyen de prendre possession du domaine de la Gandolfi, quelle mouche le piqua, peut-être voyait-on mieux l'horizon depuis la terrasse de la Grande Maison et puis ça faisait atrocement grincer des dents alentour, et ça, jamais Salvatore Salvatore, même dans sa vie d'anachorète, ne réussit à se priver de cet aiguillon de plaisir, emmerder ses voisins. On a tous, comme chacun sait, des angles morts.

33

Le notaire de Iazza porte un costume en lin clair, c'est son côté colon d'Abyssinie, et, comme il passe tous ses week-ends sur son voilier, il arbore un teint hâlé spectaculaire. Aïda se souvient de ce que la Gandolfi disait, Ton bronzage dure un été, ta peau doit durer toute la vie. Elle trouvait la mode du bronzage vulgaire et crétine. Maître Azzopardi (c'est un cousin de Leonardo) prend très au sérieux sa mission d'autorité publique, il sait s'adapter à chaque client, il accommode ses blagues – il dirait plutôt ses mots d'esprit – à son auditoire, il sourit beaucoup, bienveillant, pédagogue, paternel, mais ce qu'il annonce aujourd'hui n'a pas l'heur de plaire aux filles Salvatore, ou du moins aux aînées, elles paraissent presque étonnées que le Père n'ait pas déshérité la cadette, mais comment aurait-il pu, lui qui pensait être exempté de mort ? Elles maîtrisent vite leur déception, de toute façon elles vont laisser l'usufruit du Domaine à leur mère, qui est là sans avoir l'air d'être là, on est obligé de la rappeler à l'ordre à plusieurs reprises, elle n'écoute pas ou alors elle entend mal, on ne sait pas, elle a surtout une attention vagabonde, Leonardo est absent, lui, réellement absent, c'est étonnant, il y a encore très peu de temps il aurait été du genre à assister sa femme une main sur l'épaule, à traduire à sa belle-mère les passages les plus touffus, et à rendre, rien que par sa présence, ce salmigondis administratif digeste ou en tout cas moins menaçant.

Aïda s'éclaircit la gorge, elle a bonne mine, ça fait plaisir, elle a passé l'après-midi de la veille à la plage avec ses nièces, elle reprend du poil de la bête on dirait. Il y a quelques jours, après qu'elle a découvert ce qu'elle a découvert, on lui aurait plutôt trouvé une petite mine et conseillé de se ménager. Ce qu'elle fait d'ailleurs. Elle est en train de se ménager, mais à sa manière à elle. Elle dit qu'elle, elle aurait bien besoin de sa part, elle sait que bon ça n'arrange peut-être pas grand monde mais elle a quelques embarras à Palerme, cela pose-t-il un problème, on ne sait pas encore si cela en pose un mais cela jette un froid, maître Azzopardi, royal, dit qu'il n'y a jamais-de-problèmes-que-des-solutions, il faut examiner la chose et se mettre d'accord, il rouvre la pochette qu'il avait un peu prématurément refermée, Gilda doit se dire, Ah bah voilà, quelle idée d'avoir fait venir Aïda à Iazza, ç'aurait pu être réglé en deux coups de cuillère à pot, elle en veut à Violetta d'avoir tenu à contacter Aïda, il faut bien en vouloir à quelqu'un, Violetta ouvre de grands yeux et dit qu'il y a aussi la maison-du-bas et puis des terrains, on trouvera à s'arranger, Violetta ne veut pas qu'on la tienne pour responsable du fiasco auquel pourraient tourner les pourparlers, ce malaise diffus qui ne la lâche pas depuis quelques jours lui tortille l'estomac, Oui oui on va trouver à s'arranger, confirme maître Azzopardi qui s'aime dans le rôle du négociateur avec le poseur de bombes, et du coup apprécie pareil petit rebondissement lors d'un rendez-vous pour une succession qui devait se passer comme sur des roulettes, ça maintient éveillé, et puis il est dans son élément, à Iazza les successions sont alambiquées, les indivisions mènent à la ruine, ou du moins à celle des bâtisses concernées, on les voit sur le bord de mer, les maisons de la discorde, corrodées par l'iode et le sirocco, planches clouées sur fenêtres, bougainvilliers dévorateurs, broussailles jaunes et avertissement en dialecte placardé sur les portes.

Violetta et Gilda ont un désir commun, inutile d'en discuter, c'est de voir Aïda repartir, oui d'accord c'est pas malin de l'avoir fait venir, d'avoir cédé au regrettable chant de la culpabilité et de l'avoir conviée aux funérailles, mais maintenant qu'on en est là, le mieux est de trouver un terrain d'entente, Gilda est agacée mais sait que la situation tournera en sa faveur, Violetta en aura pour pas mal de temps à expier sa décision stupide de faire revenir Aïda et ça donnera l'avantage à Gilda, et si ça lui donne l'avantage ça lui donne de l'allant, c'est comme une gorgée de rhum, même si elle ne doit pas penser à ce genre de chose (aux gorgées de rhum, veux-je dire), et Violetta sait bien qu'il ne faut pas qu'Aïda reste trop longtemps, hier elle a emmené les petites à la plage et les petites sont rentrées enchantées et insistantes, Aïda en avait une de chaque côté, les petites ne lui tenaient pas la main, elles s'accrochaient à ses avant-bras comme des bébés guenons, On retourne demain avec zia Aïda à la plage et puis on ira faire du shopping avec elle samedi – le shopping pour les petites c'est déambuler dans la rue commerçante en mangeant une glace, en achetant des colliers d'amitié qu'elles s'offrent l'une à l'autre, ou des bracelets tressés en Chine populaire – et puis lundi on lui montrera notre école, elle viendra nous chercher, et Aïda a ri, elle s'est accroupie devant ses nièces et elle a dit que non, demain il y a le rendez-vous chez le notaire, et les petites ont demandé à quoi ça sert un notaire, et Aïda a répondu qu'il s'agissait de régler les affaires de leur nannu, Il faut établir le partage maintenant qu'il n'est plus là, les petites ont trouvé ça logique, elles ont dit, Il faut partager en quatre, nonna, mamma, Gilda et Aïda. Et Aïda a applaudi, Vous êtes très intelligentes, c'est tout à fait ça, mais après le notaire je m'occuperai de vous si votre maman a besoin d'un peu de temps pour elle, et Violetta qui avait assisté à cette scène s'était dit fugacement qu'elle pourrait s'habituer à la présence d'Aïda, on s'habitue aux anges gardiens, mais là présentement, dans le bureau climatisé de maître Azzopardi, elle grimace et se sermonne, Non non, il faut qu'Aïda s'en aille, il ne faudrait pas qu'elle s'immisce trop dans son existence, pourtant ça lui serait agréable une sœur qui ne passe pas sa vie à geindre ni à donner des ordres, et sur qui elle pourrait compter en ce qui concerne les petites, mais il faut raison garder, le mieux pour tout le monde c'est qu'Aïda retourne à Palerme, on se donnera des nouvelles, elle sera la bienvenue quand elle voudra échapper à la crasse et à la pollution de la capitale, tout le monde va réintégrer ses pénates et les chèvres seront bien gardées. Elle aurait bien aimé que Leonardo daigne se joindre à elles ce matin, il est son époux tout de même, et il aurait été de bon conseil, et puis maître Azzopardi est son cousin, et vu qu'on ne sabote pas sa propre famille, vu qu'on est plus conciliant, plus attentif, plus coulant avec elle, c'eût été de bon aloi, mais bref apparemment monsieur avait mieux à faire, elle ne sait plus ce qu'il lui a fourni comme prétexte pour justifier son absence, elle le trouve un brin fuyant depuis peu, c'est ce remue-ménage sans doute, et puis surtout son histoire d'agrandissement de l'aérodrome, avec tout le bric-à-brac qui lui tient à cœur pour protéger les oiseaux additionné à ses grandes idées sur le progrès humain, elles sont encombrantes les grandes idées de Leonardo, oui oui elle se rend compte qu'il a des dossiers sur les bras bien plus complexes que la succession des sœurs Salvatore, elle n'est pas idiote, elle sait qu'à Iazza le pouvoir et l'argent sont des territoires visqueux, où ne le sont-ils pas ? me rétorquerez-vous, mais ici, disons qu'on est décomplexé, on ne règle pas les choses avec des petites voix de belette, rien n'est feutré ni moquetté, on fait ça de manière un peu plus brutale, elle aimerait bien qu'il soit là, ce serait comme d'être venue en force, puisque Gilda ne pouvait pas être accompagnée de son affreux tire-au-flanc qui s'est carapaté à Naples, et qu'Aïda n'est flanquée de personne évidemment, quant à la mamma Silvia, n'en parlons pas, elle est nombreuse, mais on a l'impression qu'elle n'est pas là, du moins c'est tout comme.

Il est incontestablement difficile de trouver une minute de libre dans l'emploi du temps de Leonardo. Pourtant, hier, il a su s'octroyer un moment avec Aïda, mais de ça, Violetta n'est pas au courant. Après avoir raccompagné les petites, Aïda a en effet rejoint Leonardo et ils sont montés jusqu'à la cabane de chasse du grand-père Azzopardi, là il n'y avait aucune chance qu'on les surprenne, le grand-père Azzopardi est mort et le père Azzopardi ne bouge plus de son fauteuil planté devant la télévision par satellite sur laquelle il regarde des types hirsutes qui survivent en Alaska, qui mangent du lichen et boivent leur propre urine, tirent occasionnellement sur des ours et chuchotent leurs exploits en anglais tandis que, par-dessus, la voix du doubleur italien, inopportune, les raconte en mode majeur. Et puis personne ne monte jamais jusque-là, c'est l'endroit parfait pour se fondre dans le décor. Quand Aïda entendait, enfant, qu'un type avait « pris le maquis », elle l'imaginait caché dans les broussailles ou calfeutré dans une cabane comme celle-là. Dans ces cabanes il y a toujours ce qu'il faut, des boîtes de haricots et des boîtes de sardines, du café, du savon, une trousse de secours.

Ils se sont assis sur le lit et ils ont parlé. C'était plus facile ainsi. S'ils s'étaient tus ils auraient dû passer tout de suite à ce pourquoi ils étaient venus dans la cabane de chasse, et ça, Leonardo n'y était pas encore prêt, il est loyal et inadapté, dans un endroit comme Iazza je vous assure qu'être un Leonardo est un handicap, il est emberlificoté dans l'économie si particulière de l'île, ses solides fils d'araignée faits de colle et de chantage, alors il a parlé des Severini, c'était comme un mot magique, un sésame pour résister encore à son désir pour Aïda, à ce qui allait se produire à n'en pas douter dans la cabane de chasse, il lui suffisait de parler de ces abrutis néandertaliens, il freinait, il jugulait, mais il sentait toutes les digues s'effondrer une à une, et un problème n'arrivant jamais seul, mais surtout, ne pense pas, Aïda, que tu sois un problème, tu es l'inverse d'un problème, tu es une chance, c'est seulement qu'il ne pensait pas que la revoir lui ferait cet effet-là, alors voilà, disais-je, un problème, comme un séisme, n'arrivant jamais sans son armada de répliques, il ne savait plus bien comment se comporter avec Violetta et les filles, les avoir auprès de lui était à la fois très doux et tout à fait insupportable, il aurait voulu que sa vie fût augmentée et proprement segmentée, c'est horrible ce qu'il disait là, il en était conscient, il aurait voulu, quand il était avec elle, ne penser qu'à elle, et quand il était avec Violetta et ses filles, n'être qu'avec celles-ci, il ne voulait pas lui mentir, il lui a dit qu'il la trouvait si belle, si bouleversante,

si bouleversante que quoi ?

si déchirante, oui déchirante, et la sentir près de lui est un prodige et un tourment,

là-dessus Leonardo a dit que s'il s'allongeait en pleine journée il aurait l'impression de renoncer à toutes ses responsabilités, alors Aïda lui a répondu qu'il n'était pas obligé de s'allonger et elle l'a embrassé, Leonardo lui a pris le visage entre ses mains, il l'a regardée longuement comme s'il n'allait pas la revoir pendant longtemps, et pourtant c'était l'inverse qui venait de se produire, il avait les yeux tristes, désirants, il a dit qu'il avait le sentiment, depuis un moment, que sa vie se limitait à changer les chaises de place sur le *Titanic*, il a dit que la nuit Violetta dormait tout au bord du lit, comme si elle préférait tomber plutôt que risquer de le frôler, drôle d'idée de confier ce genre de choses à cet instant, on est bien d'accord, mais c'est qu'il n'est pas expérimenté en la matière, Leonardo, il est si novice qu'il en est touchant, il pourrait être exaspérant mais en fait non, parce qu'il y a toujours quelque chose d'émouvant chez les gens raisonnables et maîtres d'eux-mêmes qui abattent leurs cartes, et de gratifiant pour celui qui assiste à ce dévoilement, au demeurant il est possible qu'Aïda aurait souhaité en savoir plus sur l'épaisseur matérielle de la coexistence entre Leonardo et Violetta, elle est curieuse, quand bien même, il faut l'avouer, ce ne serait pas le moment. Certes, la comparaison lui serait, dans les circonstances présentes, évidemment favorable, mais c'est aussi un peu risqué : Leonardo s'épancherait, lui en serait reconnaissant, puis il s'en voudrait de s'être épanché et serait rongé de culpabilité. Classique.

Alors Aïda l'a fait taire. Elle a dit ce qu'elle ne pouvait se permettre de dire, mais de toute façon il était trop tard, la boussole du cœur parfois s'affole, on ne peut rien y faire, elle a dit, Serre-moi dans tes bras, mon amour, puisque, comment avait-elle pu s'astreindre à l'ignorer pendant toutes ces années, être serrée dans les bras de son amour est le seul moyen de traverser cette forêt de ronces qu'est la vie.

Il est temps de passer aux choses sérieuses, a-t-elle ajouté en lui souriant. Elle a retiré son pull et déboutonné la chemise de Leonardo. Elle s'est collée contre lui et quand elle l'a accueilli en elle, elle l'a reconnu, quand elle l'a senti bouger en elle, elle en aurait pleuré, même si elle n'est pas ce genre de fille, le genre de fille qui pleure quand elle fait l'amour, Dieu l'en garde. Un grand calme a suivi le débat, un grand calme qui émanait des deux amants comme la paix qui vous envahit tout entier quand on a nagé très longtemps et très loin, une sorte de délassement qui paraît ne jamais devoir finir.

Il est temps de passer aux choses sérieuses, n'est-ce pas.

C'est ce qu'elle pense aussi en ce jour chez le notaire. On passe aux choses sérieuses. La voilà qui dit, assise les mains serrées sur les genoux dans la belle lumière baignant le cabinet de maître Azzopardi, elle dit, Je ne sais pas ce qu'en pense maman mais ce serait bien que tout soit mis au clair, ce serait moins pénible pour tout le monde, comme ça après basta on n'en parle plus. Et maman fait son sourire angélique et dit, De toute manière moi ce que je vais faire c'est retourner dans la maison-du-bas, et les deux aînées lui tapotent la main, Oui oui bien sûr, et calculent ce qu'elles vont devoir donner à leur petite sœur, tandis qu'Aïda répète, Allez allez basta et on n'en parle plus. Et comme c'est ce que tout le monde veut ici, ne plus en parler, tout le monde acquiesce. Plus vite ce sera réglé plus vite tout rentrera dans l'ordre. Même si Aïda n'en a pas fini avec ses sœurs. Je puis vous l'assurer.

34

La cousine Petrucci à Palerme, chez qui Aïda débarqua avec la ferme intention de n'y pas rester, était une femme de tête, mon Dieu oui ça pouvait exister, célibataire, fumeuse de cigarillos et agressive,

Alors cousine Aïda, c'est toi la répudiée ?

mais Aïda, à ce moment-là, refusait de vivre en ces termes son départ de Iazza,

Je suis venue de mon plein gré, je voulais voir du pays,

et cousine Petrucci éclatant de rire,

Tu ne vas pas être déçue.

Elle aussi, c'était sa mère qui l'avait envoyée à Palerme, avant qu'elle plante un couteau dans le ventre de son père, elle l'avait échappé belle, toute la famille l'avait échappé belle, sa mère aurait pu la marier sur l'île plutôt que de l'expédier à Palerme, mais cousine Petrucci avait un pied-bot et un sale caractère, le plus simple avait donc été un aller sans retour pour la capitale, le père était mort depuis un moment à présent, bouffé par un emphysème, cousine Petrucci avait dûment fêté la chose avec ses copines de la piazza Caracciolo où elle vendait des épices, elles avaient bu du vin pétillant et proféré les pires insanités sur les hommes. Ce sont ces femmes-là qu'Aïda rencontra en arrivant dans le quartier. Elles lui plurent et lui déplurent à la fois, Aïda était si jeune, elle ne voulait pas que son destin fût tout tracé maintenant qu'elle avait traversé la mer africaine, elle ne voulait pas devenir une de ces femmes qui gueulent toute la sainte journée mais se font battre le soir par leur homme, des femmes très grosses ou très maigres, vache ou chèvre, gagnant leur pain dans leur échoppe ou sur les marchés, et pondant avec régularité des gamins crasseux.

Non merci, très peu pour elle.

Elle fit montre d'une mauvaise volonté caractérisée à s'intégrer, elle se leva tard, travailla mal (elle était censée donner un coup de main à cousine Petrucci qui avait l'intention de développer son petit commerce), s'éclipsa en journée et commença à fréquenter les vauriens du quartier. Cousine Petrucci lui signifia que tout ça c'était bien gentil, mais qu'elle n'était pas la petite sœur des pauvres, alors quand Aïda aurait calmé le feu qu'elle avait au cul, elle pourrait revenir si elle le souhaitait, cousine Petrucci comprenait, ça faisait ce genre d'effet parfois la capitale, c'était en général temporaire – ou, par exception, tragiquement définitif. Certains finissaient en effet par récolter à la décharge des boîtes de conserve pour les revendre, certaines finissaient par racoler le premier péquin venu, mais cousine

Petrucci savait que ce ne serait pas le cas d'Aïda, il fallait juste qu'elle fasse ses armes, elle n'avait que seize ans après tout, cousine Petrucci comprenait, elle le lui assurait, mais à la boutique elle avait besoin d'au moins deux employées, deux petites mains, et certainement pas d'une branleuse, pardon hein, mais là il fallait appeler un chat un chat, elle l'aurait virée plus tôt n'était l'affection qu'elle portait à Silvia, alors Aïda pourrait-elle aller voir ailleurs si cousine Petrucci y était ?

Bonne fille, elle lui dénicha tout de même une chambre sous les toits à la pension Vucciria, Aïda pourrait y habiter si elle rendait service à la logeuse concernant l'entretien, cousine Petrucci lui dit que malgré leurs petits désaccords elle serait toujours la bienvenue pour le programme télévisé et les pâtes aux navets du dimanche soir, elle ajouta, Tu trouveras vite un autre boulot, il y a beaucoup de choses à faire ici pour ceux qui ont des bras, elle lui donna sa bénédiction et redescendit les cinq étages en clopinant sur son pied-bot.

Aïda trouva l'endroit atroce, comment aurait-elle imaginé que quinze ans plus tard elle y serait encore, elle aurait certes d'ici là descendu deux étages et notablement augmenté sa surface habitable, elle bénéficierait de la terrasse collective, ne ferait plus le ménage pour la logeuse obèse, et son appartement carrelé se révélerait bien moins étouffant que la chambre perchée des débuts, n'empêche, malgré ce changement de standing elle habiterait toujours le même immeuble, et qui aimerait imaginer à seize ans que l'endroit où vous venez de débarquer est celui que vous ne quitterez plus, parce que même si vous êtes mal partie dans l'existence, vous pensez quand même que le mouvement général tend à l'amélioration, vous êtes encore dans une sorte d'élan, c'est biologique, sinon autant se pendre sans attendre à la poutre faîtière.

Aïda se mit à bosser pour subvenir un minimum à ses besoins (usine de paniers-repas, conditionnement, reconditionnement, gardiennage, ménage et coups de main divers, tout ce qui ne demandait pas trop de conversation parce que parler elle n'en avait pas le moins du monde envie), et elle passa une grande partie de son temps sur le front de mer avec des types pourvus de gros chiens tristes, qui vendaient des cigarettes à la sauvette, récupéraient des caddies sur les parkings des supermarchés dans lesquels ils transbahutaient des lave-vaisselle détraqués et des chaînes hi-fi préhistoriques d'un côté à l'autre de la ville, ils attendaient que le vent tourne et que la fortune leur sourie, ce qui ne manquerait pas d'arriver vu qu'ils étaient malins comme des singes, qu'ils avaient les connexions idoines et qu'ils étaient les rois des bons plans. Elle n'avait pas vraiment d'atomes crochus avec eux, si on excepte la force de la proximité et la bière. Ce fut la période où Aïda prit pleinement conscience que boire améliorait le monde.

Quand Leonardo se présenta à la pension Vucciria trois mois après l'installation d'Aïda dans son pigeonnier, il était, malgré les apparences, dans ce que nous pouvons appeler ses petits souliers.

Il est difficile de déterminer avec clarté les motifs qui menèrent un Leonardo fraîchement débarqué à Palerme jusqu'à la pension d'Aïda la répudiée. Si ce n'est un désir taraudant, dont le véritable objet restait la fille en colère sur le banc de pierre, un désir dont il essayait de se débarrasser en le consommant (cette justification est souvent fallacieuse mais Leonardo était jeune et fort inexpérimenté). Et sans doute aussi que, enfin éloigné de Iazza et libéré temporairement des impératifs de la lignée mâle des Azzopardi, il n'avait rien trouvé de mieux, pour faire usage de sa liberté toute neuve, que d'aller tout droit se fourrer dans la gueule de la louve.

Peut-être mettait-il à l'épreuve, et de manière toute personnelle, l'adage qu'on entendait encore beaucoup : *Cu nesci, arrinesci* (réussir à quitter sa terre, c'est réussir).

En tout état de cause Aïda fut décontenancée de le découvrir sur le perron de la pension, c'était Iazza qui frappait à sa porte, elle estima que cousine Petrucci était un peu légère d'avoir transmis son adresse – mais personne ne pouvait résister à un Leonardo briqué, courtois, engageant et déterminé. Elle le trouva attirant, s'en voulut de le trouver attirant (cela dit, durant cette période, Aïda tombait amoureuse métronomiquement et pouvait, avec tout autant de flegme et de facilité, se libérer de ses inclinations), puis elle se dit qu'il devait avoir appris à jouer de son charme alors elle décida de lui en vouloir plutôt à lui. Il souhaitait qu'elle l'initie à Palerme et aux Palermitains ? (Il n'avait pas été très inventif, il est vrai, pour justifier son arrivée inopinée chez Aïda.) Il désirait de l'authentique et du pittoresque, et surtout ne pas se contenter des distingués contacts auxquels son père l'avait recommandé ? Soit.

Il tombait bien. Elle était entre deux. Entre deux boulots, entre deux mecs, entre deux cuites.

(J'aime tant la manière dont l'autre est inconnaissable et effrayant, chacun avait peur de l'autre, et chacun était bien décidé à ne pas le montrer.)

Elle endossa donc la panoplie de l'affranchie et s'attela à dévergonder le gendre idéal de Iazza.

Le fait de ne jamais se rappeler comment elle était rentrée chez elle, de se réveiller vers midi tout habillée sur son lit, gueule de bois et oreiller noir de maquillage, révélait, elle en était convaincue, qu'elle était pourvue d'un sérieux instinct de survie. Quand elle se mettait à voir double nettement – les contours des objets dédoublés n'avaient plus rien de flou –, elle était en droit de se demander si elle ne disposait pas d'un accès personnel au grand mystère des choses. Elle ne comprenait plus ce qu'on lui disait, distinguant seulement l'intonation – c'était comme percevoir les voix d'une télévision à travers la cloison d'une chambre d'hôtel –, saisissant ce qu'elle voulait saisir, ressentant une joie douce et narcotique. Bien sûr il y avait aussi la honte rétrospective, la honte de ne pas savoir ce qu'on a fait durant les dernières vingt-quatre heures, cette certitude d'avoir été mise à nu, l'indignité, l'envie hémorragique de PARTAGER à laquelle elle était sûre de ne pas avoir échappé, l'envie de parler à n'importe qui dans la rue, cette fringale de coups de fil tous azimuts, et savoir qu'il ne faut pas céder, jusqu'au moment où on oublie qu'il ne faut pas.

Comment Leonardo surnagea-t-il dans ce marasme ?

C'est qu'ils passèrent une grande partie de leur temps au lit. Comme une sorte de doigt d'honneur à Iazza, aux règles de Iazza, aux pères fondateurs et aux vieilles en noir qui détestent encore plus les femmes qu'elles ne détestent les hommes. Aïda était une fille qui ne voulait pas pleurer comme une fille, elle voulait pleurer comme un homme, elle disait ce genre de chose, elle avait seize ans, et c'est peut-être aussi ce qui lui plaisait chez Leonardo, et qui en aurait rebuté plus d'une, parce que lui, il était du genre à pleurer après avoir fait l'amour avec elle (elle baisait, il faisait l'amour). Elle était caparaçonnée dans sa rage et sa nudité, elle était d'ailleurs tout à fait indécente, lui ouvrant la porte totalement à poil, picolant sans aucune mesure, utilisant le vocabulaire le plus cru possible, en *palermitanu* ou en italien, l'abandonnant à n'importe quelle heure du jour ou de la nuit pour aller courir je ne sais où après je ne sais qui, revenant pour se pelotonner contre lui, disant, Ta peau contre la mienne, mais éclatant de rire quand il répondait, C'est un miracle, faisant décidément la maligne. La fière-à-bras.

Leonardo était fiancé à Violetta. Il le lui dit à la fin de la première semaine qu'ils passèrent ensemble, il avait l'air à moitié désolé alors qu'il feignait le détachement, ne l'annonçant pas vraiment mais faisant semblant d'avoir oublié de lui en parler à son arrivée ou plutôt faisant semblant de croire qu'elle ne pouvait qu'être déjà au courant, un peu comme lorsque, dans un couple, on n'ose pas annoncer quelque chose qui chiffonnera l'autre, l'accusant (l'autre) vaguement, mais avec magnanimité, d'être oublieux, Tu sais bien, je t'avais dit que je serais absent la semaine prochaine, tu ne te souviens pas ?

Il le lui dit le soir où l'un des types du bord de mer avait demandé à Aïda en le désignant du menton, Tu es avec le steward ? elle n'avait pas répondu, le type avait insisté, Vous êtes ensemble ? alors elle avait répondu, Parfois. Leonardo n'était pas censé entendre. Mais il avait entendu.

Donc il était fiancé à Violetta, et Aïda fit comme si elle s'en fichait, même si elle ne comprenait pas que la chose ait eu lieu si vite après son départ, je tourne le dos et hop trois mois après ma sœur est fiancée au garçon dont nous étions toutes entichées, elle fit quand même comme si elle s'en fichait, c'était vraiment la valse des singeries entre eux, elle lui dit qu'une promesse était une promesse, il lui faudrait retourner à Iazza pour se marier avec Violetta, il se récria, il ferait ce qu'il voulait, il n'avait pas encore pris sa décision, Violetta était quelqu'un de bien certes, il s'en voudrait de lui briser le cœur, mais il avait sa vie à vivre n'est-ce pas, qui pouvait affirmer le contraire. Mais tout le monde, cher Leonardo, tout le monde affirmait le contraire. Il avait dix-huit ans et il était biberonné par son père et son grand-père qui supporteraient qu'il se livre à deux trois petites expériences à Palerme mais qui comptaient sur lui pour rentrer au bercail après, découplé et raisonnable et entreprenant,

Ah ah ils veulent me confisquer ma vie, mais être le dauphin, repassé, plié, rangé, non merci, très peu pour moi, grand bien leur fasse à ceux que ce genre de chemin tout tracé renforce et rassure,

Leonardo lui, il voulait se frotter à la vraie vie même si ça pique, même si ça urtique, oh mon Dieu, il était si romantique et candide, c'est qu'Aïda lui plaisait, avec son peignoir sale et ses bottes de cow-boy (elle disait qu'elles étaient en peau de serpent, mais elles avaient plutôt l'air d'être un assemblage de plusieurs lambeaux de fauteuils en skaï), et ce qu'Aïda lui faisait vivre lui plaisait, même si c'était aberrant, oui, d'avoir envie de côtoyer avec elle ces garçons ricanants et violents du bord de mer, d'avoir envie de zoner sur la promenade et de balancer des canettes vides sur les mouettes, d'accepter que ces garçons le considèrent au mieux comme une musique d'ambiance, le remarquant vaguement, ne prenant pas la peine de l'écouter, qui souhaiterait donc une chose pareille ? Mais ceux qui ont le choix bien sûr, les nantis, les encanaillés, les amoureux, les Leonardo, ceux qui peuvent décider au bout d'un petit moment que, même la mort dans l'âme, ils pourront reprendre la navette et regagner leurs pénates.

Il s'agissait de se rendre à l'évidence : croire partager avec cette bande d'affamés une sorte de chagrin d'être au monde, un truc vaguement existentiel, était fort puéril. Ces gens, Aïda comprise, étaient trop solitaires et trop durs pour un Leonardo. Alors quand Violetta se mit à l'appeler avec insistance, et son père à lui envoyer des confrères autoritaires et musclés pour le ramener à la raison, il recouvra son discernement. Il se secoua et se demanda comment il s'était débrouillé pour permettre à cette fille sauvage d'avoir autant d'ascendant sur son bonheur. Il se convainquit qu'elle ne voulait pas de lui et que rien ici n'était pour un garçon dans son genre.

Alors il rentra.

Même si en miettes son cœur se retrouva.

Décidément et définitivement, ils étaient passés à côté l'un de l'autre. Ils n'avaient rien compris l'un de l'autre, l'un à l'autre, trop effrayés et piteux. Quand il lui avait annoncé qu'il repartait, elle ne l'avait même pas regardé, elle avait fait Mmmmmh, elle était assise à côté de lui sur les marches devant la sirène à deux queues, la sirène difforme de la fontaine à Mondello, elle respirait l'haleine de la ville et des plantes et de la mer et de la poussière, elle avait sauté sur ses pieds, On y va ? et il avait eu l'espoir qu'elle voulait dire qu'elle allait rentrer à Iazza avec lui, mais en fait non, elle voulait dire, Viens on rejoint les autres, elle voulait dire, On ne va pas rester comme deux crétins à se lécher la poire, elle voulait dire, Tu m'ennuies, elle voulait dire, Tu crois quoi ? Tu crois vraiment que tu ne m'ennuyais pas ?

Alors il rentra.

Même si en miettes leurs cœurs se retrouvèrent.

Pour Aïda, la douleur de la séparation fut comme le besoin d'alcool. Elle vint par spasmes. Il fallait juste l'endurer et la laisser passer. Il suffisait d'être patiente. Et Aïda pouvait se révéler très patiente.

35

La mère de Pippo est revenue de l'hôpital. Elle n'est pas en grande forme. À quoi va-t-elle foutre le feu la prochaine fois ? se demande-t-on en secouant la tête. Elle s'est installée chez sa sœur, sur la route aux écrevisses. Aïda passe et repasse à vélo devant le jardin. Elle voit Pippo assis bien droit contre le mur avec son tricot. Il est immuable. C'est comme si rien n'avait eu lieu. Comme si ce qu'il sait depuis tant d'années et qui n'a jamais été révélé était scellé à l'intérieur de lui, soigneusement empaqueté, hermétique et précieux et empoisonné – mais le poison est inopérant tant que tout ça est soudé. Sauf que sa main droite est recouverte d'un bandage. On a informé Aïda que Pippo s'était enfoncé sa fourchette dans la main à table. Il n'est pas doué, a dit Gilda. Elle a ajouté, comme si cela pouvait éclairer ce jugement, On dirait une hotte aspirante qui serait installée à deux mètres de la cuisinière. Elle a essayé d'embrayer sur une étude qu'elle venait de lire sur les intoxications au monoxyde de carbone mais on a préféré en rester là. Tout le monde a l'air de penser que si Pippo s'est blessé c'est parce qu'il était affecté par l'absence de sa mère. Mais personne ne sait comment pense Pippo.

Aïda finit par adosser son vélo au muret et elle vient vers lui, elle s'assoit à côté de lui sur le petit banc de pierre devant la maison. Pour une fois, Pippo ne porte pas son casque, On y retourne ? demande-t-elle doucement, Tu m'emmènes encore une fois ? c'est qu'elle ne peut pas y aller seule, Aïda, c'est impossible, le gardien doit être présent, et le gardien c'est Pippo. Il ne semble pas avoir entendu, il défait son rang parce qu'il a sauté une maille, ce ne doit pas être évident de tricoter avec des mains comme des battoirs. Finalement, contre toute attente, il se lève, il pose son tricot sur le banc et se dirige vers le fond du jardin, se peut-il qu'il soit soulagé d'avoir révélé ce qu'il était le seul à savoir, non, c'est trop simple, et encore une fois, personne ne sait comment pense Pippo. Le soleil est haut dans le ciel, et suivre Pippo c'est suivre un sillon creusé depuis toujours, une sorte de voie romaine, une voie sacrée, usée et adoucie par des milliers de trajets, Pippo fait de grandes enjambées, Aïda trottine derrière lui, il se baisse régulièrement pour cueillir des fleurs, alors elle ramasse de petits cailloux ronds, il s'agit de ne pas arriver les mains vides.

L'autre fois, comme il faisait nuit, Pippo portait autour du cou une lampe de poche attachée à une cordelette. Parce que pour descendre dans la crevasse, le chemin est, comme il se doit, escarpé et glissant. Il faut être une chevrette pour descendre dedans. Ou bien être accompagnée ou portée par le plus délicat des colosses.

Ils passent de nouveau devant les amandiers qui ceinturent le bourg. Devant l'amandier où s'était perchée Mimi. En février il devait être en fleur. Au moment du carnaval les amandiers sont toujours en fleur. Ils ont quelque chose de phosphorescent la nuit. Comme dans son rêve. Mimi adorait les amandiers en fleur. Les grandes triques pour gauler les amandes sont posées le long des troncs. Pourquoi est-ce que personne ne les rentre jamais ? Elles ne servent à rien une grande partie de l'année. Mais elles sont fort tentantes pour déloger les petites filles qui ne veulent pas descendre des arbres.

Pippo marque un bref arrêt devant l'amandier de Mimi. Il se tourne vers Aïda comme pour s'assurer qu'elle a bien compris. J'ai compris, Pippo, tu m'as montré, tu m'as même dessiné sur le sable ce qui s'est passé ce soir-là, l'arbre, la petite fille bâton et les deux autres filles bâtons armées de leurs bâtons, tu as même essayé de dire leurs noms, je croyais que tu ne parlais plus ou seulement à ta mère, mais tu as prononcé leurs noms, tu ne les as pas répétés, c'était déjà un fol effort de sortir de ton silence, mais tu ne voulais pas que je croie mal, que je croie que tu étais coupable, oh mon Dieu j'essaie encore de comprendre comment tu penses, quelque chose me serre si fort la poitrine, je me sens évidée, je suis désolée d'avoir cru que tu étais coupable, mais mets-toi à ma place, je sais que je ne devrais pas retourner voir le reposoir de ma doucette, de ma Mimi, mais c'est comme si je devais m'assurer de ce que j'ai vu, m'en assurer à la lumière du jour qui rend les choses réelles et triviales et stériles, même s'il ne peut jamais faire totalement jour sous la peau de la terre, alors les choses ne seront jamais totalement réelles ni triviales ni stériles, tout est si accompli et assemblé dans la nuit sous la terre,

le reposoir que Pippo a aménagé pour Mimi est un vaste pâturage, en fait c'est une minuscule crevasse sous la terre mais aussi un vaste pâturage, l'endroit est borgne et pourrissant mais il est la châsse de la sainte et un vaste pâturage, et la voie romaine est devenue une crevasse au milieu d'une vallée glaciaire du Précambrien, la voie romaine qui menait de l'amandier, celui qui est devant chez la vieille Caruso, jusqu'aux grottes de lave noire de Birinikula, tout le monde connaît l'endroit, mais il est si inaccessible, les escaliers qui contournent la falaise sont si escarpés, et le dédale des salles et des combes est si labyrinthique, et fluctuant aussi à cause du sirocco et de la mer qui le grignote et en modifie régulièrement la topographie, que personne ne l'a jamais complètement arpenté, personne ne l'a jamais réellement cartographié,

il n'y a pas beaucoup de place, Pippo, il n'y a de place que pour un seul, en plus de Mimi, et dire que j'ai cru, j'ai cru, la première fois, que tu étais responsable de tout cela, que c'était toi qui avais secoué l'amandier, que c'était toi qui n'avais su que faire du petit corps brisé alors que non, toi tu sais quoi faire des petits corps brisés, il n'y a que deux gamines terrorisées, Oh mon Dieu le Père le Père le Vieux, répète l'une, les sœurs Salvatore ont toutes choisi le même soir pour échapper aux bras puritains et protecteurs du Père, Descends Mimi, descends, il faut rentrer, qu'est-ce que tu fous là, il n'y a vraiment que deux gamines terrorisées pour prendre de si mauvaises décisions, des décisions qui vont devenir déraillement et déviance, changement définitif de cap, deux gamines terrorisées et fort malheureuses, on ne répétera jamais assez que le malheur est un poison, même si penser cela m'agace, on ne peut pas toujours absoudre, je ne suis pas assez bonne pour cela, ni assez orgueilleuse, et Basta basta, a tant répété le Vieux après la disparition de Mimi, et j'entendais Bestia bestia, j'étais la bête, elles ont saccagé la joie, mais y avait-il joie pour elles, les deux aînées, y avait-il eu joie pour elles ? Il n'y a que l'immémorial chagrin des filles qui ne sont ni des gars, ni des jolies, ni des intéressantes,

oh regardez ce bel assemblage de Mimi, ce puzzle de Mimi, il appartient maintenant à un miraculeux royaume sans friction, ça s'appelle l'éternité, non ? Un royaume qui ignore la dégradation et le délitement, qui ignore que nous partons peu à peu en morceaux, je laisse partout de petits bouts de moi, il ne restera bientôt plus rien de moi, mais Mimi est là, dans sa substance et sa moelle et ses cheveux et sa couronne de fleurs renouvelée avec application par le gardien du tombeau, je suis désolée Pippo mais je ne serai pas la nouvelle gardienne du tombeau,

je ne veux en aucun cas reprendre le flambeau, je vais faire ce que j'ai à faire et je vais repartir, je ne vais rien tenter, je ne vais pas prétendre tenir un revolver alors que je pointe simplement deux doigts vers ma cible, que leur est-il passé par la tête à mes sœurs ce soir de carnaval,

ah le Vieux qui croyait que ses quatre filles étaient toutes à dormir paisiblement dans leur petit lit avec leur diadème de fille d'ogre calé sur la tête, comme dans le conte, le diadème qui les différencierait des autres enfants et qui les empêcherait d'être dévorées, le Vieux qui croyait savoir surveiller et soustraire, alors que ses quatre filles papillonnaient et voletaient, ne souhaitaient que sucreries et farandole, et s'approchaient des sucreries et de la farandole avec une délectable terreur,

et sa précieuse, sa Mimi, sa toute petite, fatiguée et effrayée à force, sa Mimi, la panthère des amandiers, qui aimait tant se reposer bras ballants à la cime des arbres, sa Mimi grimpée dans l'amandier près du chemin qui menait à la place du village, là où il y avait du bruit et de la dinguerie, Mimi fatiguée, décidée à ne redescendre que pour retrouver Aïda quand le calme serait revenu, si on se perd on se retrouve ici, Mimi repérée par ses sœurs, comment d'ailleurs, comment ont-elles repéré Mimi, l'ont-elles vue monter dans l'amandier, oui, il est probable qu'elles nous aient suivies, il est probable qu'elles nous aient entendues quitter la chambre malgré notre extrême discrétion, elles avaient deux possibilités, réveiller le Père et nous dénoncer Mimi et moi, mais la colère du Père aurait fait des dommages collatéraux et les deux aînées faisaient toujours partie des dommages collatéraux, ou bien nous suivre, à aucun moment elles n'ont pensé rester dans la chambre, dans leur lit, en faisant semblant de rien, elles aussi elles piaffaient de découvrir le carnaval et son débordement, elles aussi elles avaient prévu de se frotter à ce qui leur était interdit, ça faisait des semaines qu'elles y pensaient et se préparaient, elles sont donc sorties à notre suite, les vilaines, les pauvres vilaines, c'était encore plus drôle, n'est-ce pas, c'était comme devenir deux espionnes en service, deux espionnes masquées,

et elles ont vu Mimi grimper dans l'amandier, c'était tellement tentant de la déloger, de la ramener à la maison et de me laisser toute seule, Descends, descends donc, et de secouer l'arbre, à deux on est plus fortes, et Mimi chahutée et ballottée, Mimi asticotée avec les gaules, Mimi qui s'agrippe et qui, en voulant éviter un coup, chavire, Mimi qui tombe, et ça n'a pas dû produire le bruit de pastèque trop mûre de sa première chute par la fenêtre de la chambre quand elle était bébé, ça a dû produire un craquement, oui, ne dit-on pas un craquement *sinistre*, mais qu'à cela ne tienne, Mimi avait réchappé tant de fois à la mort, il ne pouvait rien arriver à Mimi, c'en était même insupportable, sauf que là il y avait du sang et une fixité de Grande Endormie, que leur est-il passé par la tête, laquelle a compris avant l'autre, laquelle a dit à l'autre, Il va nous tuer, elles étaient deux gamines, et les gamines ne pensent pas comme vous et moi, elles pensent comme on pense en pleine nuit quand on se réveille et qu'on ne peut plus se rendormir, se tournant et se retournant dans les draps, chaque souci amplifié, démesuré, asphyxiant, rien ne saurait nous sauver du krach, c'est la loi des cogitations insomniaques,

ou alors elles ont simplement pensé comme les enfants pensent, sans grand lien avec la réalité, elles sont les petites filles qui sautent dans la rivière et se noient parce qu'elles ne peuvent pas imaginer rentrer à la maison avec une seule espadrille et que tout, tout, vaut mieux qu'une correction, il faut aller repêcher l'espadrille que le courant déjà emporte, personne ne les a vues de toute manière, elles ont pris soin depuis des semaines de se fabriquer en secret de jolis masques emplumés, carton, élastique et plumes de geai, personne ne les a reconnues, c'est ce que Gilda a dit à Violetta, Personne ne saura qu'on était là, on rentre, on se met au lit, c'est Violetta l'aînée, mais c'est Gilda la pragmatique, c'est Gilda dont la vue répugne à Sa Seigneurie, répugne est un mot un peu fort, indispose serait plus juste, oui, elle n'a pas un visage facile, Gilda, elle est un peu malgracieuse, et on a toujours tendance à moins aimer les enfants malgracieux, ou à les prendre en pitié, mais ce n'est pas le genre de Sa Seigneurie, la pitié ce n'est pas son genre, alors c'est Violetta qui dit, Il va nous tuer, mais c'est Gilda qui sait convaincre et qui dit, Laisse, elle fait semblant. Violetta n'ose pas s'approcher trop près alors comment vérifier si Mimi fait semblant, Et puis c'est qui qui a emmené Mimi au carnaval ? Hein ? C'est pas nous, dit Gilda, et Violetta se met à pleurer, elle répète, Il va nous tuer, et Gilda crie, Non mais arrête, tu vois pas que la gogole fait semblant, laisse-la, elle va nous suivre en se cachant, tu la connais,

et parce qu'elle a plusieurs cordes à son arc et qu'elle a peut-être deviné elle aussi que l'immobilité de Mimi est celle d'un petit corps devenue chose, Gilda ajoute, Elle était dans l'amandier, elle a pu tomber toute seule,

et c'est pas nous qui l'ont emmenée,

alors elles rentrent à la maison en courant, je les verrais bien se donner la main, mais en fait ce n'est pas possible, l'une court plus vite que l'autre, elles courent comme si ça allait changer quelque chose, l'une court plus vite que l'autre parce qu'à ce moment-là il s'agit de sauver sa peau et de gagner la course, à partir de demain il faudra ne plus jamais se lâcher la main, plus jamais, mais cette nuit l'une pourrait trébucher l'autre ne l'aiderait sans doute pas à se relever, elles courent et elles grimpent dans leur chambre et se glissent dans leurs lits respectifs, elles ferment les yeux,

mais elles ont les yeux grand ouverts sous leurs paupières,

il faut dormir, il faut dormir, il faut annuler ce qui s'est passé, et en effet ce qui s'est passé est presque annulé puisque le lendemain Mimi n'est plus sous l'amandier, ce qui est bien la preuve que rien ne s'est passé le soir du carnaval, personne ne les a vues, à part Pippo bien entendu, mais je ne vous l'apprends pas, Pippo était là, et Pippo sait s'occuper des petits oiseaux blessés, et même des petits oiseaux morts, il connaît le cartilage des canetons entre ses grosses paluches, cette sensation de friabilité, ça bouge sous la peau, il y a si peu de chair, c'est si léger et si doux, il sait leur aménager des reposoirs aux petits oiseaux, c'est d'ailleurs ce qu'il sait le mieux faire dans la vie, Pippo,

de toute façon il n'arrive jamais rien les soirs de carnaval qui ne puisse être traité par des remèdes contre la gueule de bois, tout redevient toujours comme avant, les lendemains de carnaval,

et personne ne saura où est passée Mimi, Mimi s'est sauvée, volatilisée, c'est magique, comment vont-elles vivre tant d'années dans ce mystère, peut-être vont-elles traverser toutes ces années en brasse coulée, parfaitement immergées, c'est un trou dans leur histoire, et on ne parle pas des trous, c'est tacite et parfait, on peut longtemps oublier les trous, il y en a un sur le couvre-lit, on l'agrandit chaque soir en y glissant le doigt, sans y penser, et à un moment donné il n'y a plus de couvre-lit, elles vont vivre des années sans parler de ce qui est arrivé la nuit du carnaval, il n'y a pas de résolution pour Violetta et Gilda, il n'y a qu'une continuation de la stase, elles vont rester immobiles, sous l'eau, elles vont attendre, qu'est devenue Mimi, il n'y avait plus de petit corps sous l'amandier, c'est magique, vous dis-je, et ça ne les a pas dérangées plus que ça, ou plutôt, soyons honnêtes, elles se sont débrouillées pour que ça n'ait pas vraiment existé, tout s'est retrouvé ordonné, tout l'est toujours, puisque ce fut Aïda la Grande Responsable devant l'Éternel, et c'était exactement ce qu'il fallait.

36

Ce soir, Violetta porte un pantalon fluide qui lui confère une allure quasi liquide. Aïda est venue à vélo. On est dans l'appartement de Gilda au deuxième étage du seul immeuble moderne de la rue piétonne. On dîne chez elle. Entre filles. Il est possible que les deux aînées conçoivent ce dîner comme une sorte de dîner d'adieu : « Pars vite, va loin et reviens tard » – l'ancestrale consigne aux pestiférés. Tu as eu ta part du gâteau, tu as eu ce que tu voulais, allez, sans rancune et bon vent. C'est une drôle d'idée d'organiser la chose chez Gilda. Celle-ci prépare des repas qui ressemblent en général à des medleys de rock : tout a le même goût. Mais ce soir, chez Violetta, c'était inenvisageable : Leonardo et l'un de ses collègues se retrouvent pour une soirée boulot-sandwichs au salami.

Quand elle accueille Aïda qui est un peu en retard, Gilda adopte une élocution appliquée, il apparaît qu'elle a déjà pas mal bu et elle ne veut pas que ça s'entende, ou le plus tard possible, alors elle évite les mots impossibles à prononcer, elle se borne aux mots de deux syllabes, elle est concentrée et un peu excitée. Les enfants sont là. Aïda va les saluer dans la chambre de Giacomo. Celui-ci est sur son ordinateur avec un copain, ils jouent à un jeu de guerre post-apocalyptique. Les petites sont sur le lit, elles ont apporté et étalé leur attirail de coloriage. Aïda les embrasse. Giacomo sent la lessive efficace, les jumelles plutôt l'assouplissant. Elle n'embrasse pas le copain. Pour le moment il est invisible ou mal caractérisé. Personne ne sait encore que c'est à cause de lui que tout va partir en eau de boudin.

En revenant dans le salon, Aïda entend la fin d'une anecdote. Gilda raconte qu'un type l'a abordée tout à l'heure à l'instant où elle sortait de voiture sur le parking du supermarché, il lui a dit, Ne vous inquiétez pas, je suis suisse, comme si la délinquance n'existait pas en Suisse, elle le répète plusieurs fois, Comme si la délinquance n'existait pas en Suisse, et elle glousse. Violetta lance un coup d'œil à Aïda et fait une petite moue explicite – complice serait un peu fort mais explicite convient.

Les enfants ont déjà dîné. Aïda fume une cigarette sur le balcon pendant que Gilda s'active vaguement dans le coin cuisine pour mettre la dernière main à son repas raté, elle s'emploie à camoufler son égarement, on l'entend marmonner, Violetta vient rejoindre Aïda à la porte-fenêtre, J'ai arrêté officiellement il y a sept ans, dit-elle, et elle tend la main pour saisir le paquet, Aïda pourrait trouver inconvenant de partager une cigarette avec sa sœur alors qu'elle a fait l'amour avec le mari de celle-ci l'après-midi même, et il s'agit bien ici de faire l'amour, il ne s'agit plus de baiser, c'est moins technique et plus mélancolique, Leonardo n'est pas un homme infidèle, c'est un homme amoureux, c'est ce qu'il lui a dit, avec un brin de dépit, comme s'il lui parlait d'une indisposition, ou plutôt comme s'il venait de recevoir les résultats fâcheux d'une biopsie, du dépit donc mais aussi du courage, voilà voilà, ça m'est tombé dessus, il va falloir que je m'organise, ce qu'il ressent c'est exactement ce qu'il ressentait adolescent quand il voyait Aïda assise sur son petit banc de la place du village, il a l'impression qu'on lui fore les entrailles à la petite cuillère, oui, le forage à la petite cuillère, c'est plus violent, plus consumant que le coup des papillons dans le ventre, et Leonardo n'a aucune intention de sombrer dans le cycle infernal honte-absolution-honte-absolution, il ne possède aucun des attributs d'un homme infidèle, il ne supporterait pas de se complaire dans le double plaisir de se comporter comme un salaud et de se féliciter d'être parfaitement lucide concernant ce comportement, d'ailleurs il ne demande rien à Aïda, les gens qui ne vous demandent rien sont bouleversants, ils vous laissent à vos décisions, à vos responsabilités, c'est parfois inconfortable mais c'est un cadeau, il a dit, Te revoir remet ma vie en question, il lui a embrassé la paume des mains, Mais tout ça c'est mon affaire, ne t'inquiète pas.

Aïda pourrait donc trouver inconvenante cette cigarette qu'elle partage avec sa sœur sur le balcon, mais il semblerait qu'elle ait mis au point un système assez efficace de cloisonnement des événements, serait-elle comme ces types qui partent de chez eux le matin après avoir honoré leur épouse, lui avoir souhaité bonne journée en lui posant un baiser sur le front, et avoir ébouriffé avec amour les cheveux de leur progéniture, puis qui font un crochet par chez leur maîtresse, quelle belle énergie, avec croissants et érection toute neuve, avant de rejoindre enfin leur petite entreprise, repus et sincères. Il y a des gens qui sont doués pour le calfatage. Ou alors, pour en revenir à Aïda, tout cela doit participer à un plus vaste plan. Elle se sent peut-être un instant mauvaise ou effrayante. Mais elle réactive sa colère – c'est précisément cela : la colère m'appartient, la vengeance m'appartient. Elle pourrait avoir pitié de ses sœurs, or là elle est trop en colère pour cela.

C'est prêt, c'est prêt, yodle Gilda.

Le repas est en effet assez raté. Difficile de savoir ce qu'on mange. Le seul aliment reconnaissable ce sont les avocats, Gilda rappelle à ses sœurs que leur mère nommait les avocats des « poires alligators », où avait-elle pêché ça, Violetta dit qu'elle ne s'en souvient pas, Aïda ne dit rien mais hoche la tête, elle donne raison à tout le monde, Violetta devient vite très légèrement pompette, comme on l'est à un dîner de filles, rien que le mot pompette, n'est-ce pas, Gilda, elle, est complètement beurrée, Aïda boit un truc pétillant sans alcool, mais elle sait se mettre au diapason, ou du moins elle sourit sans arrêt gentiment, nébuleusement, elle écoute, il est évident qu'avoir un secret est un trésor, c'est palpitant, réellement palpitant, on pourrait presque le sentir, ce secret, vibrer et pulser dans l'obscurité de la cage thoracique, Gilda se répète pas mal, elle commence ses phrases par « ni une ni deux », elle ne trouve pas ses mots, et plutôt que de rester bloquée, elle remplace tout par « machin », c'est incompréhensible, à un moment Violetta dit, Je n'ai aucune compétence à part conduire une voiture et faire des enfants avec le voisin, et Gilda éclate de rire, elle rit tant qu'elle en attrape le hoquet et qu'elle éternue, elle dit, Vous savez que si on gardait les yeux ouverts quand on éternue, nos globes oculaires seraient éjectés des orbites, ou en tout cas, ce qu'elle prononce doit vouloir signifier ça, elle s'y prend à plusieurs fois, ce n'est pas clair mais on comprend l'idée, Aïda a apporté du prosecco, elle dit, En attendant le dessert je vais nous faire des cocktails, elle se lève et se poste dans le coin cuisine, c'est la débandade côté table du salon, elle regarde ses sœurs en train de s'effondrer, elle entend les exclamations des garçons dans la chambre de Giacomo, et Gilda qui répète, Non mais c'est dingue, quand on éternue, nos globes oculaires pourraient être éjectés, Aïda prépare des spritz ou quelque chose dans ce goût-là, Tu savais ça, c'est dingue non ? Aïda est inaccessible à la pitié ce soir, elle apporte les verres sur la table, c'est agréable d'être celle qui n'a pas bu, on a l'impression de maîtriser parfaitement la situation, Gilda parle maintenant de la pluie, on en est au chapitre météo, mais chez Gilda cela s'accompagne toujours de plus vastes considérations, Et donc l'eau de pluie sur toute la planète est devenue non potable, non non non, pas juste à Bombay ou New York mais aussi dans l'Himalaya (elle a du mal à prononcer le mot), partout, partout je te dis, c'est à cause des PFAS (on dirait qu'elle tente de souffler une bougie), tu sais les polyfluorotrucs, les machins chimiques dans les shampoings, le maquillage, les emballages, eh bien ils se désintègrent pas, hop ils ont tout contaminé, les cours d'eau, la terre, la pluie, elle va peut-être s'endormir à la fin de sa phrase mais en fait non, elle se lève, Le dessert, le dessert, dit-elle, elle envoie valser ses talons, elle avait mis des talons pour recevoir ses sœurs, la voilà pieds nus, elle est un peu voûtée tout à coup, c'est drôle, c'est comme si tout ce qu'elle était tenait moins bien debout, arrêt momentané de la lutte contre l'attraction terrestre, fil à plomb qui fait des nœuds, elle ouvre le congélateur, elle se tient le plus fermement possible à la porte du congélateur, Violetta dit, J'arrête de boire, je suis en voiture, et puis il faut que les filles ne se couchent pas trop tard, sinon après je n'arrive plus à les tirer du lit, Reste pour la glace, dit Gilda, reste pour la glace, elle sert comme elle peut la chose dans des coupes et les apporte à table, Les cuillères, les cuillères, dit-elle, elle repart en cuisine, ce pourrait être pathétique, mais pourquoi les femmes qui boivent seraient-elles plus pathétiques que les hommes qui boivent, non non non, Allez on trinque, lance-t-elle, la glace a l'air d'avoir pris un coup de chaud avant de regeler, le sorbet d'un rouge sanglant est recouvert d'une pellicule de givre, et sur la langue fondent de petits flocons transparents dénués de saveur.

Après avoir plus ou moins terminé le sien, Violetta se lève, Bon allez j'y vais, Tu veux un café ? Non non j'y vais, il faut que j'aille coucher les filles,

elle récupère jumelles et fourniment divers dans la chambre, et tout le monde embrasse tout le monde,

C'était sympa, Les garçons dites au revoir, Tu es garée où ?

Nino le copain est censé rester dormir là, Soirée pyjama, dit Gilda, Giacomo lève les yeux au ciel, ils retournent en quatrième vitesse dans la chambre, Je te ramène ? demande Violetta, Merci mais j'ai mon vélo, dit Aïda, j'aide Gilda à débarrasser et je me sauve.

Quand Violetta et les fillettes sont parties, Aïda propose à sa sœur, Va te reposer, mais Gilda a repris un peu du poil de la bête, Non c'est bon, elle range, elle s'active, et c'est à ce moment-là qu'on entend un cri qui provient de la chambre des garçons, et Giacomo qui appelle, Mamma mamma, avec une voix de tout petit garçon affolé, une voix suraiguë, méconnaissable.

Elles se précipitent dans la chambre. Nino, le copain, se tord par terre, il a vomi sur la moquette, Gilda dessoûle dans l'instant, Qu'est-ce qu'il a mangé ? Aïda observe la scène depuis le seuil de la pièce, elle ne sait pas quoi faire, elle n'a aucune qualification en matière de maladie infantile, alors elle reste plus ou moins pétrifiée, Nino se tient l'abdomen, le bas de l'abdomen, il tremble, on le dirait pris d'une fièvre tropicale, Gilda dit, C'est l'appendicite.

Voilà le moment où le savoir hétéroclite qu'elle a accumulé depuis tant d'années lui permet de poser un diagnostic. (En réalité – sans vouloir déprécier davantage Gilda –, c'est surtout que Giacomo a eu une crise d'appendicite deux ans auparavant.) Gilda sait donc quoi faire. Elle prend les choses en main.

— Aide-moi à le transporter, dit-elle à Aïda. Je l'emmène à l'hôpital.

— Tu ne veux pas appeler ses parents ?

— Ils ne sont pas à Iazza pendant trois jours. On va les avertir mais là il y a urgence. Faudrait pas qu'il nous fasse une péritonite.

Elles descendent Nino jusqu'à la voiture de Gilda, qui, toute échevelée, vacille un peu mais à peine, Remonte chez moi, demande à Giacomo le numéro des parents et appelle-les, c'est plus simple, moi je file. Aïda voudrait dire que ce n'est pas très prudent de conduire dans cet état, mais Gilda est déjà partie, elle a claqué la portière et elle est partie, Aïda rentre et se tient ballante au milieu du salon, mais pas longtemps, parce que quelque chose se fait jour, parfois la chance vous fait une œillade, alors elle envoie Giacomo à la salle de bains, Va te laver les dents et va te coucher, je viens te voir après, et ne t'inquiète pas pour ton copain, ça va aller. Quand elle l'entend s'enfermer dans la salle de bains, elle s'assoit à côté du guéridon où est posé le téléphone.

Le carabinier qui répond a une voix chargée de tabac – exactement la voix qu'on imagine pour un carabinier coincé pour toujours dans la petite pièce vétuste qui sert de poste de carabiniers à Iazza. Elle lui dit à toute vitesse qu'elle est très inquiète, elle vient de voir une femme qui faisait des embardées en voiture, une Toyota bleue, sur la strada provinciale, direction Palomino, elle était visiblement en état d'ivresse et il y avait un enfant à l'arrière. Elle dit :

— Il faut aider ce gamin. Dépêchez-vous. J'ai peur pour lui.

— C'est bon, pas de problème, on y va.

Il est laconique, rassurant. Il maîtrise la situation.

— Mais restez en ligne, ajoute-t-il.

Il hèle un collègue pour que celui-ci reprenne ladite ligne. Aïda attend une seconde, elle sait qu'ils n'auront aucun moyen de remonter jusqu'à elle, tout est bien trop archaïque à cet endroit du monde, alors elle raccroche, ferme les yeux et soupire doucement.

Épilogue

Il regarde ses affaires, chaussettes, slip, pantalon et chemise : l'essentiel. Il se dit qu'il est sur la bonne voie. S'en tenir à l'exact nécessaire. Tout est ramassé. Comme une injonction bienveillante à la sobriété et au travail. Bienveillante parce que Leonardo n'est ni un obsessionnel – de ceux qui aiment s'imposer des contraintes – ni un mouton – féru de sujétion. Il faudrait voir ce changement de vie comme une ascèse choisie. Peut-être une transition.

Il a laissé la maison à Violetta. C'était le moins qu'il pouvait faire.

Les petites ne dorment jamais chez lui. C'est exigu, certes. Mais ce n'est pas la vraie raison puisqu'elles sont comme deux chatons inséparables qui pourraient se rouler en boule dans le fauteuil près de la fenêtre, s'endormir en ronronnant et en transpirant. En vérité, il ne peut pas soustraire les fillettes à leur mère. Il l'imagine trop facilement seule le soir dans la grande maison vide, déambulant de pièce en pièce dans l'une de ses atroces robes d'intérieur, un gigantesque verre de vin rouge à la main (c'est ce qu'il voit, dans son fantasme mélancolique, une sorte de saladier à l'américaine rempli de vin rouge), et la piscine comme un attrait fatal. Violetta est une femme de devoir tout comme il est un homme de devoir : si elle a les filles avec elle, elle fera ce qu'il faut et ne partira pas en quenouille. Pour le moment (ce n'est pas absolument satisfaisant mais c'est un début), il se contente de quitter son bureau de la mairie dans l'après-midi pour aller chercher les petites à l'école – il est devenu, en plus d'être un homme de devoir, un homme buissonnier, ce n'est pas incompatible, c'est même salutaire –, il va donc les chercher et les emmène à la mer, au cabanon que lui prête Puîné, mais il les ramène le soir à leur mère. Il ne fait pas ça tous les jours. Ce sont des arrangements approximatifs. Mais ce sont des arrangements. Et le calme qui est revenu dans sa vie, après la tempête d'hystérie que l'annonce de son départ a suscitée, est un bienfait.

Ce nouvel état des choses lui permet de n'écouter que d'une oreille distraite les doléances de sa belle-sœur à la mairie. Gilda vient le voir plusieurs fois par jour dans son bureau, elle frappe à la porte, trois petits coups rapprochés et un quatrième après une pause, un code qu'elle veut familier et qui pourrait être exaspérant à cause de l'intimité (suppliante) qu'il tente d'induire, elle passe une tête, et puis, quelle que soit la situation, que Leonardo soit en ligne, plongé dans un dossier, appliqué à signer des virements, occupé avec un collaborateur, ou je ne sais quoi d'autre, elle s'assoit – s'effondre serait plus juste – dans le fauteuil face à lui et elle se lamente. Elle suit un programme de désintoxication et Giacomo a été placé chez son père à Naples. Les parents de Nino, le gamin à la crise d'appendicite, ont porté plainte contre elle quand les carabiniers les ont informés de l'état dans lequel elle conduisait et des risques qu'elle avait fait courir à leur fils. Naples c'est tellement loin, gémit Gilda. Deuxième temps : Je dois être la seule mère de ce pays à qui on a enlevé son fils. Troisième temps : Je suis sûre que le père de Giacomo s'est trouvé une pétasse à Naples. Puis retour au premier temps. Elle oscille toute la journée entre les jérémiades et la colère. Ce qui ne la rend pas plus sympathique qu'avant. Elle n'en veut pas à Leonardo d'avoir quitté Violetta. Elle croit que c'est parce que les petites ne sont pas ses filles. Elle croit sans doute qu'il n'existe qu'une seule cause aux événements. Elle croit aux coupables. Mais c'est surtout que la situation met Violetta à égalité avec elle. Peut-il exister quelque chose de plus réconfortant. Même s'il s'agit du Grand Dépit Conjugal des sœurs Salvatore.

Il y a des variantes à ses agressives jérémiades (et toujours un bénéfice à tout : avoir perdu la garde de son fils va lui servir de rente compassionnelle toute sa vie maintenant), elle se plaint de ne pas faire partie de la famille dominante de brigands insulaires, Si j'étais une Severini, ça ne se serait pas passé comme ça, Ah voilà ce que c'est d'être une Salvatore (sous-entendu : et la belle-sœur d'un Azzopardi, n'en parlons pas), on peut toujours crever la gueule ouverte, ou encore, Voilà ce que c'est de naître dans une famille de gagne-petit. Parfois elle remplace « gagne-petit » par « crevards ». Ne plus boire rend souvent belliqueux. Et à ce rythme elle ne va pas seulement perdre la garde de son fils mais aussi l'indulgence de sa famille.

Cela dit, elle se trompe sur l'état actuel de la famille Severini. Décidément les secousses telluriques commotionnent tout le monde en ce moment à Iazza. Tout se met à bouger en même temps. Tout se désajuste – avant un nouvel équilibre temporaire. C'est la débandade chez les Severini. En effet l'une des multiples petites frappes que cette engeance produit à chaque génération, le jeune Lucca Severini-Messina, qui a toujours eu le sang chaud, n'a rien trouvé de mieux à faire pour occuper son samedi soir que d'assommer une jeune fille à coups de manche de pioche. Dessoûlant brusquement (mais seulement en partie), il a cru l'avoir tuée, alors il a mis le corps dans le coffre de sa voiture et il a voulu le jeter dans le port. Bienheureusement pour la fille, la chose ne s'est pas goupillée comme il l'espérait, il a été surpris au milieu de son transbahutage, les carabiniers sont arrivés, il a argué un petit tour au clair de lune, il a nié en bloc alors même que la pauvre fille en piteux état gisait sur le ciment du quai à côté de lui, il s'est agacé, il a menacé tout le monde, sans doute parce qu'il était sûr d'être incessamment délivré par la cavalerie Severini, mais parfois il faut se rendre à l'évidence, ça s'appelle l'épreuve du réel, jeune Lucca Severini-Messina, la cavalerie ne peut plus rien pour vous.

Les Severini ont donc pour l'heure d'autres chats à fouetter que de faire les malins en intimidant les fonctionnaires de la mairie. Ils ont bien d'autres préoccupations qu'aménagement du territoire, trafics divers et pots-de-vin. Il s'agit de sauver les miches de l'un des leurs et de se ranger vite fait des voitures. Ce qui permet à Leonardo de ne plus se sentir immédiatement menacé et de courir à petites foulées et l'esprit tranquille sur les sentiers côtiers. Il a recommencé à courir. Il ne tiendra pas longtemps. Mais ça fait partie de son changement de vie – les réformes suivent les coups d'État. Il est l'objet d'une métamorphose. C'est parce qu'il est amoureux. J'échappe à la vaine pâture. Je choisis le bas-côté, c'est pas mal le bas-côté comme endroit, il s'y passe un tas de choses, il faut y négocier sans arrêt, avec ses peurs, ses envies, ses frustrations, qui sont comme on s'en doute les trois mamelles de Iazza, le sol y est meuble, un peu instable, mais je peux facilement effectuer de petits sauts depuis le bas-côté, je retrouve la vaine pâture, j'y viens en visiteur, car plus rien ne m'y oblige, et je vais pouvoir comme il me convient embarquer débarquer embarquer débarquer, sur une île il est en permanence question de cela, en tout cas pour les plus chanceux, ceux qui ne se sont pas transformés en cailloux, embarquer débarquer embarquer débarquer. N'oubliez pas, même le granit peut passer à l'état gazeux.

Leonardo habite dorénavant et de manière intermittente le bas-côté (contrairement à Pippo, par exemple, qui habite lui aussi le bas-côté mais qui y est coincé). Leonardo ne sait pas exactement à quoi va ressembler sa vie maintenant. Mais ce n'est pas une source d'angoisse. Parce que c'est peut-être lui le vrai héros, c'est lui qui est passé à l'état gazeux. Il a pensé à tout ça quand il a raccompagné Aïda à l'embarcadère, le jour où elle est repartie à Palerme. Je ne suis plus un caillou. Il n'a rien promis parce qu'il ne promet plus rien. Alors que c'était toute sa vie, promesses, réconfort, mensonges de boy-scout et poignées de main chaleureuses. Leonardo n'est plus un homme politique. Il y a bien sûr une forme de soulagement intense dans le renoncement, tout le monde le sait ou s'en doute ou joue avec cette tentation comme avec un bonbon qui, à force de s'effiler dans la bouche, s'aiguiserait tant qu'il en deviendrait dangereux pour la trachée. Il y a du soulagement chez Leonardo et un peu de tristesse aussi – il a tellement aimé pendant toutes ces années faire le tour de la maison avant d'aller se coucher pour voir si les petites dormaient paisiblement, entrer dans leurs chambres, les respirer, les écouter.

Leonardo n'a rien promis mais il est quand même du genre à se projeter dans trente ans ou même, tiens, simplement dans une ou deux semaines, quand il débarquera pour quelques jours chez Aïda, à Palerme, dans ce petit appartement de la pension Vucciria qu'elle quittera bientôt (souvenez-vous que son imminent délogement et sa potentielle part d'héritage avaient motivé son retour à Iazza), il se sent capable d'aller et venir, ce qui est un luxe comme on le sait, embarquer débarquer embarquer débarquer, du genre à se projeter dans trente ans, disais-je, et à rêver qu'ils deviendront des gens pleins de curiosité, ils échangeront au-dessus de la table du petit déjeuner à propos de l'étymologie des mots et des mystères de l'Univers – les quasars, la sauvagerie des hommes, la recette des gnocchis, la peur de la mort et l'oubli de la mort, la solitude et l'amour, et l'intelligence des poulpes – avant de s'enlacer chaque soir dans leur lit – je souhaite que tu sois la première chose que je voie à mon réveil et la dernière quand je m'endors – et ils se réjouiront de la chance qui leur a été donnée de se retrouver et d'échapper ainsi à la mélancolie d'être en vie. Ils pourront attendre ensemble avec le plus de placidité possible ce que tous leurs prédécesseurs ont vécu et ce que leurs successeurs vivront. Voilà ce qu'il veut, Leonardo, et je crois bien qu'Aïda, la vilaine, la vengeresse, est prête à le vouloir aussi. J'ai envie de les laisser là, à l'orée de quelque chose, en train de fabriquer de leurs mains un objet fragile et lumineux, je les laisse en prendre soin, c'est ainsi qu'on laisse ses enfants, prenez soin de cet objet palpitant et somptueux et insignifiant que je mets entre vos mains, je ne veux plus me préoccuper de rien. Tout cela aura bien sûr une fin que je ne raconterai pas ici, je la connais déjà, vous la connaissez aussi, puisque rien ne pourra l'empêcher et puisque la connaître, vivre en la connaissant, est notre privilège et notre malédiction à tous.

DE LA MÊME AUTRICE (SUITE)

Quatre Cœurs imparfaits (illustrations de Véronique Dorey), Thierry Magnier, 2015.

Paloma et le Vaste Monde (illustrations de Jeanne Detallante), Actes Sud Junior, 2015 (Pépite du meilleur album).

La Science des cauchemars (illustrations de Véronique Dorey), Thierry Magnier, 2016.

À cause de la vie (illustrations de Joann Sfar), Flammarion, 2017 ; J'ai lu, 2018.

La Nuit du dodo (illustrations de Alice Zalko), Éditions du Muséum national d'Histoire naturelle, 2023.

14003

Composition
NORD COMPO

Achevé d'imprimer à Barcelone
par CPI Black Print
le 7 janvier 2024

Dépôt légal janvier 2024
EAN 9782290391020
OTP L21EPLN003516-594029

ÉDITIONS J'AI LU
82, rue Saint-Lazare, 75009 Paris

Diffusion France et étranger : Flammarion